KB211827

키다리 아저씨 2

그 후 이야기

키다리 아저씨 2

그 후 이야기

진 웹스터 지음 | 서현정 옮김

더클래식

| **차례** |

키다리 아저씨 2
그 후 이야기

스톤 게이트, 우스터
매사추세츠,
12월 27일
주디에게

네 편지 받았어. 두 번이나 읽었는데 그저 놀라울 따름이구나. 저비스 씨가 너에게 크리스마스 선물로 존 그리어 고아원을 모범적인 고아원으로 변신시킬 돈을 주었고 너는 그 돈을 집행할 책임자로 나를 선택했다는 게 정말이니? 아무것도 모르는 나를, 샐리 맥브라이드를 고아원 원장 자리에 앉히겠다니! 정말이지 말도 안 돼. 두 사람 다 제정신이 아니야. 그게 아니면 혹시 아편에 중

7

독되기라도 한 거니, 그래서 말도 안 되는 환상이 머릿속을 휘젓고 다니는 거니? 내가 100명의 고아가 있는 고아원 원장에 어울린다는 말은 내가 동물원 원장에 어울린다고 하는 말이나 마찬가지야.

거기다 흥미로운 스코틀랜드 의사가 있다는 말로 나를 유혹하겠다는 거야? 사랑하는 주디야, 더불어 저비스 씨에게도 한 마디하고 싶구나, 네 속셈 뻔히 다 보여! 펜들턴 저택 벽난로 앞에서 두 사람이 어떤 대화를 나누었을지 눈에 선해.

"샐리가 대학을 졸업하고도 아무것도 안 하는 게 안타깝지 않소? 샐리는 우스터의 사교계에서 시간을 낭비하는 것보다 더 쓸모 있는 일을 해야 마땅할 인재요. 그리고 (이건 저비스 씨가 하는 말이야) 요즘 들어 괘씸하기 짝이 없는 젊은이 할록한테 점점 더 관심을 보이는 것 같은데, 그 작자는 필요 이상으로 잘생기고 매력적이고 엉뚱한 점이 정말 마음에 안 들어요. 난 정치인이라면 딱 질색이라니까. 그러니 샐리가 할록한테 쏟는 관심이 사라지도록, 고상하고 완전히 빠져들 수 있는 일을 맡깁시다. 아, 좋은 생각이 떠올랐소! 샐리한테 존 그리어 고아원 원장 자리를 맡깁시다!"

마치 내가 그 자리에 있었던 것처럼 저비스 씨의 목소리까지 귀에 선명하게 울리는구나. 지난 번 너의 아름다운 저택에 초대받았을 때 저비스 씨와 첫째로 결혼, 둘째로 속물적인 정치인들, 셋째로 사교계 여성들의 천박하고 쓸모없는 삶에 대해 진지한 대화를 나눈 적 있단다.

제발 부탁이니까 너의 도덕적인 남편에게 그 분이 한 말씀 모두 가슴 속에 깊이 새겼고, 우스터로 돌아온 후로는 일주일에 한 번씩 오후에 여성 알코올 중독자 수용소에서 수용자들한테 시를 읽어 주는 봉사 활동을 하고 있다고 꼭 좀 전해 줘. 내 생활이 겉으로 보이는 것처럼 그렇게 천박한 것만은 아니란다.

그리고 정치인들이 모두 다 속물이고 저급한 건 아니라는 사실도 꼭 알려 주고 싶구나. 최소한 그 사람은 대단히 훌륭한 정치인이야, 관세와 단세에 대한 생각은 저비스 씨와 다르지만.

그리고 내가 공공의 이익을 위해 살아갈 수 있는 기회를 주겠다는 너의 생각은 정말 고맙지만, 이런 일은 고아원의 입장에서도 생각해야 한다고 봐.

너는 무방비 상태로 있는 그 가엾은 고아들이 불쌍하지도 않니? 너는 안 그런지 몰라도 난 그 아이들이 정말 불쌍해, 그래서 네가 제안한 자리를 정중히 거절하는 바야.

뉴욕으로 오라는 너의 초대는 대단히 마음에 들어, 그렇지만 네가 날 위해 마련한 계획들은 썩 마음에 들지 않는다는 점을 분명히 하고 싶구나.

제발 부탁이니 뉴욕 고아원과 기아 양육원 방문을 극장과 오페라 구경 그리고 저녁 식사로 대체해 주면 좋겠구나. 이브닝드레스 두 벌과 하얀 모피 칼라가 달린 푸른색과 황금색 코트를 새로 샀거든.

얼른 새 옷들도 가방에 넣을게. 그러니까 나를 친구인 샐리로서가 아니라 리펫 원장의 후임으로만 보려고 한다면 얼른 전보 보내 줘.

영원한 너의 친구이자
천박함 그 자체이며
이런 내 모습을 버릴 생각이 전혀 없는
샐리 맥브라이드.

추신. 네 초대는 적말 시의적절했어. 고든 할록이라는 매력적인 젊은 정치인이 다음 주에 뉴욕에 머물기로 되어 있거든. 일단 그 사람을 알고 나면 너도 그 사람을 좋아하게 될 거야.
추신 2. 샐리는 주디가 좋아하는 오후 산책을 갈 거야. 다시 한 번 묻는데, 너희 부부 둘 다 정신 나간 거니?

～

존 그리어 고아원,
2월 15일
주디에게

지난 밤 11시, 눈보라를 뚫고 싱가포르와 나 그리고 제인이 이곳에 도착했어. 그런데 고아원 원장이 개인 하녀와 차우차우 개를 데리고 부임하는 것이 흔한 일은 아닌가 봐. 우리를 맞이하려고 기다리고 있던 야간 경비원과 가정부가 당황해서 어쩔 줄을 모르더구나. 두 사람 다 싱가포르 같은 개는 처음 봤는지 내가 늑대를 휴대용 우리에 넣어왔다고 생각하지 뭐니. 그래서 나는 싱가포르는 개가 확실하다고 두 사람을 안심시켰어. 야간 경비원은 싱가포르의 까만 혀를 살펴보고 나서야 농담을 던질 여유가 생겼는지, 월귤 파이라도 먹였냐고 묻더구나.

내가 데려온 식구들 묵을 곳이 마땅치 않아서 가엾은 싱가포르는 낑낑대면서 낯선 목재 저장소로 끌려가 굵은 삼베를 깔고 잤단다. 제인도 사정은 그다지 나을 게 없었어. 고아원에 여분의 침대가 없어서 양호실에 있는 150센티미터짜리 요람 신세를 져야 했지 뭐니. 너도 알다시피 제인 키가 180센티미터나 되잖니. 그래서 밤새 잭나이프처럼 몸을 구부리고 자야 했어. 그 바람에 오늘은 하루 종일 구부정한 자세로 절뚝거리고 다니면서 경솔한 여주인의 엉뚱한 짓을 드러내놓고 한탄하고, 내가 정신을 차려서 우스터의 부모님 집으로 돌아갈 날만 학수고대하고 있단다.

제인 때문에 내가 여기 있는 다른 관리 직원들한테 좋은 인상을 주기 힘들 거라는 건 나도 알아. 이런 곳에 개인 하녀를 데려온다는 게 그야말로 너무 터무니없는 짓이라는 건 나도 잘 알지만 우리 식구들이 어떤지 너도 잘 알잖니. 나는 식구들 한 사람 한 사람의 반대를 모두 물리쳐야 했어. 그런데 식구들이 마지막까지 고집한 것이 제인이었어. 제인을 데려가서 내가 식사는 제대로 하는지, 밤에 잠은 제대로 자는지 살펴보게 하지 않으면 여기 오는 것을(그나마도 임시로 오는 것을) 절대 허락하지 않겠다는 거야. 만약 제인을 데려오지 않겠다고 했다면…… 아마 나는 평생 스톤 게이트의 문지방을 넘어 밖으로 나오지 못했을 걸! 어쨌든 그런 역경을 헤치고 우리가 여기까지 왔는데 제인이나 나나 모두 여기서는 환영 받지 못하는 것 같구나.

오늘 아침에는 종소리를 듣고 6시에 눈을 떠서 그대로 누운 채 내 침실 위에 있는 욕실에서 어린 여자아이들 25명이 떠드는 소리를 들었어. 다들 목욕은 하지 않고 세수만 하는 것 같았는데도 마치 강아지 25마리가 물장난을 하는 것처럼 요란하더구나. 아이들 소리를 듣다 자리에서 일어나 옷을 갈아입고 주위를 살펴보았는데, 내가 여기 부임하겠다고 확답을 하기 전에 이곳을 구경시켜 주지 않은 것을 보니 넌 역시 참 똑똑해.

아침 식사를 준비하는 과정에는 내가 할 일이 거의 없고 내 소개만 하면 되기 때문에 즐거운 마음으로 식당으로 찾아갔는데, 세상에 어쩜 이리도 끔찍한지……! 벽은 칙칙한 갈색에 식탁보는 기름때로 얼룩덜룩, 식기는 양철 접시와 양철 컵이 전부이고 의자는 긴 나무의자뿐인데다 장식이라고는 '하느님께서 준비하신다!'라고 쓰인 문구가 전부더구나. 누군지는 몰라도 그런 문구를 쓰게 한 후원자는 분명히 잔인한 사람일 거야.

주디, 세상에서 이렇게 흉측한 곳은 정말 처음 봐. 그리고 청색 제복 차림에 생기라고는 찾아볼 수 없는 창백한 얼굴의 아이들이 줄지어 서 있는 것을 보고 있자니 내가 터무니없이 버거운 책임을 떠맡았다는 생각에 하마터면 그 자리에서 쓰러질 뻔했어. 저마다 자기 하나만을 아껴주고 보살펴 주는 엄마의 사랑이 필요한 1백 명의 어린 아이들에게, 한 사람 힘으로 충분한 사랑을 베풀어준다는 것은 도저히 불가능한 일이야.

내가 이 일에 이렇게 쉽게 뛰어들게 된 것은 네가 간곡히 부탁한 것도 원인이지만, 그보다는 심술궂은 고든 할록이 내가 고아원을 관리하겠다는 말을 너무 우습게 여겼던 것이 더 크게 작용했어. 그리고 너희 부부와 함께 있으면서 나도 이런 일을 할 수 있겠구나, 라는 최면에 걸렸지 뭐야. 고아원에 대한 글을 읽고 네가 안내한 17곳이나 되는 고아원을 방문하면서 고아들에게 관심도 갖게 되었고 고아원에 대해 갖게 된 생각들을 실천에 옮기고 싶은 욕구도 생겼어.

하지만…… 지금은 뭘 어떻게 해야 할지 모르겠어. 내가 감당하기에는 너무 벅찬 과업이야. 1백 명이나 되는 생명의 미래의 건강과 행복이 온전히 내 손에 달려 있어. 더불어 3, 4백 명은 될 그 아이들의 자녀와 손자들의 건강과 행복까지도 내 손에 달려 있는 셈이잖니. 그런 식으로 따지면 내가 영향을 미치게 될 아이들의 수는 기하급수적으로 늘어나게 될 거야. 생각만 해도 끔찍하구나. 나 같은 게 어떻게 감히 이런 일을 맡겠다고 나선 걸까? 제발 부탁이야, 다른 원장을 찾아봐, 빨리!

제인이 저녁 식사 준비가 다 됐다고 하네. 네 고아원에서 벌써 두 끼나 식사를 했는데 또 다시 식사를 해야 한다니 가슴이 너무 답답하구나.

한참 후.

고아원 관리 직원들은 다진 양고기와 시금치 요리에 타피오카 푸딩을 후식으로 먹어. 이런 곳에서 아이들한테는 대체 무엇을 먹이겠니? 생각하고 싶지도 않구나.

오늘 아침 식사 자리에서 내가 최초로 한 공식 연설에 대해 이야기해야 할 것 같구나. 나는 후원회 회장이신 저비스 펜들턴 씨와 여기 있는 아이들이 사랑해 마지않는 '주디 이모'의 자비에 힘입어 존 그리어 고아원을 얼마나 멋지게 변화시킬 것인가에 대해 이야기했어.

펜들턴 가를 너무 내세웠다고 기분 나쁘게 생각하지 말아줘. 다 정치적인 이유에서 그렇게 말한 거야. 고아원 관리 직원들이 모두 있는 자리였기 때문에, 앞으로 여기에서 일어날 변화들이 변덕스러워 보이는 내 머리가 아니라 후원회 고위층 머리에서 나온 생각이라는 것을 강조해야 할 필요가 있다 싶었어.

내가 나타나자 아이들은 밥을 먹다 말고 뚫어져라 나를 쳐다보았어. 어디서든 눈에 띄는 내 머리색과 역시 어디서나 눈에 띄게 치솟은 내 들창코가 신기해 보였을 거야. 관리 직원들 역시 내가 원장이 되기에는 너무 젊고 경험도 부족하다고 생각하는 게 확실해 보였어. 저비스 씨가 칭찬을 아끼지 않은 스코틀랜드 의사는 아직 만나지 못했는데, 여기서 일하는 다른 사람들의 못마땅한 점을 모두 덮을 수 있을 정도로 훌륭한 사람이어야만 해. 안 그러면 나 정말 가만히 안 있을 거야. 특히 유치부 교사인 스네이트 양의 문제점을 덮어 주려면 그 스코틀랜드 의사가 정말 대단한 사람이어야 할 거야. 스네이트 양과는 환기 문제로 일찍부터 충돌이 있었어. 하지만 나는 아이들을 얼음 동상으로 만드는 한이 있더라도 고아원의 끔찍한 악취를 모두 씻어내고 말 거야.

오후가 되어 쌓인 눈이 반짝거릴 정도로 화창한 햇빛이 쏟아지기에 나는 지하 감옥 같은 놀이방을 닫고 아이들을 모두 밖으로 나가라고 지시했어. 그랬더니 어린 사내아이 하나가 두 살짜리가 입기에는 너무 작은 코트를 억지로 몸에 끼워 입으면서 "저 여자 우리 쫓아내나 봐."라고 중얼거리더라.

그런데 운동장으로 나온 아이들은 다시 안으로 들어가라는 지시만 기다리는지 구부정하게 서서 꼼짝도 안 하는 거야. 뛰어 다니는 아이도 없고, 소리 지르는 아이도 없고, 눈 위에서 미끄럼 놀이를 하거나 눈싸움을 하는 아이도 없었어. 이게 말이 되니? 이 아이들은 어떻게 놀아야 되는지 전혀 모르고 있었어.

다시 한참 후.

네 돈을 쓰는 즐거운 과업을 드디어 시작했어. 오늘 오후에 뜨거운 물을 담아 몸을 녹이는 물주머니 11개(시내 약국에 남아 있는 건 이게 전부였어.)와 양모 담요, 솜을 넣은 누비이불을 샀어. 그리고 아기들이 자는 침실 창문을 활짝 열었어. 이제 이 가엾은 아기들은 밤마다 신선한 공기를 마시면서 잘 수 있을 거야.

불평할 게 수천 가지는 넘지만 벌써 10시 30분이고 제인이 당장 잠자리에 들라고 성화야.

그대의 충실한 부하
샐리 맥브라이드.

추신. 잠자리에 들기 전에 다들 괜찮은지 보려고 복도를 돌아다녔는데 내가 뭘 발견했는지 아니? 세상에, 스네이트 양이 아기들 침실 창문을 조용히 꼭꼭 걸어 잠그고 있지 뭐니! 늙은 여자들을 위한 양로원에 자리가 나는 대로 스네이트 양을 쫓아 보내고 새 선생을 들여야겠어.

제인이 아예 내 손에서 펜을 빼앗아 가려고 해.

잘 자.

❧

존 그리어 고아원,

2월 20일

주디에게

로빈 맥래 선생이 오늘 오후에 새 원장과 인사를 하려고 찾아왔어. 다음에 맥래 선생이 뉴욕에 가게 되면 반드시 저녁 식사에 초대해서 네 남편이 나한테 어떤 짓을 했는지 네 눈으로 똑똑히 보기 바란다. 저비스 씨는 내가 이곳 원장이 되면 제일 좋은 점이 세련되고 재치 있고 학식이 풍부하고 더불어 매력까지 넘치는 맥래 선생이라는 남자를 매일 만날 수 있다는 사실이라고 믿게 만들었지만 모두 다 말도 안 되는 소리였어.

맥래 선생은 키가 큰데 몸집은 호리호리하고 머리는 모랫빛에 눈은 싸늘한 회색이야. 그리고 나와 자리를 같이 하는 내내 일자로 다문 입술 가에 미소라고는 그림자조차 비치지 않았어. (나는 정말 명랑하게 굴었는데 말이야.) 어떻게 사람이 그럴 수가 있니? 혹시 끔찍한 범죄를 저지른 사람 아니니? 그게 아니라면 단지 스코틀랜드 사람이라서 그렇게 과묵한 거니? 그 사람하고 같이 있느니 차라리 바위하고 같이 있는 게 더 재미있겠어!

덧붙여 말하자면 내가 맥래 선생을 마음에 들어 하지 않는 것처럼 맥래 선생 역시 나를 마음에 들어 하지 않았어. 그 사람은 내가 경박하고 사리분별도 못해서 신뢰가 필요한 이런 자리에는 전혀 어울리지 않는다고 생각하더구나. 아마 지금쯤 저비스 씨는 나를 당장 이 자리에서 내쫓아 주십사 하는 맥래 선생의 편지를 받았으리라고 장담해.

대화를 하는 동안에도 맥래 선생과 나는 전혀 말이 통하지 않았어. 선생은 고아원에서 보호가 필요한 아이들을 제대로 돌보지 못하는 문제에 대해 폭넓고 철학적인 이야기를 계속 했지만 나는 이곳 여자아이들 사이에 인기 있는 머리 모양의 문제점에 대한 이야기만 계속했단다.

내가 했던 이야기에 대해 설명을 하자면 내 심부름을 주로 맡아서 하는 새디 케이트를 예로 들어야 할 것 같구나. 새디는 아플 정도로 머리를 뒤로 바싹 당겨 팽팽하게 빗어 넘겨서 두 갈래로 땋아 내렸어. 그렇게 하면 귀가 너무 팽팽하게 당겨져서 아플 거야. 그런데 로빈 맥래 선생은 머리 모양 때문에 아이들의 귀가 아프건 말건 전혀 신경 쓰지 않았어. 그 사람은 오로지 아이들 뱃속에만 관심이 있었어. 뿐만 아니라 우리는 빨간 페티코트에 대해서도 의견이 달랐어. 나는 파란색 깅엄 체크 제복 아래로 2센티미터나 삐져나온 빨간 플란넬 페티코트 때문에 여자아이들 자존심이 완전히 구겨졌을 것이라고 생각하는데 맥래 선생은 그 빨간 페티코트가 쾌활해 보이고 따뜻하고 위생적이라고 생각하더구나. 아무래도 존 그리어 고아원의 새 원장은 이곳을 통치하기 위해 엄청난 전쟁을 치러야 할 것 같아.

그래도 한 가지 다행스러운 점은 있어. 맥래 선생도 나처럼 여기 온 지 얼마 되지 않아서 고아원의 전통에 대해서는 내게 왈가왈부할 만한 처지가 못 돼. 그리고 예전에 있던 의사가 남겨 놓고

간 동물 표본으로 보아 하니 아기들에 대해서는 아무것도 모르는 수의사였던 것 같아. 그런 사람과 같이 일하지 않는 것만도 천만다행이지.

요즘 이곳 관리 직원들은 전부 나한테 예절 교육을 받고 있어. 그래서 오늘 아침에는 요리사가 수요일 저녁에는 옥수수 죽이 나온다고 미리 알려 주더구나.

내 후임은 찾아보고 있는 거니? 후임이 오기 전까지는 계속 일할 생각이지만 그래도 가급적 빨리 찾아보기 바라.

이미 마음을 굳힌

너의 친구

샐리 맥브라이드.

∽

존 그리어 고아원 원장실

2월 27일

고든에게

내가 당신 충고를 듣지 않았다고 아직도 불쾌하게 생각하고 있나요? 아일랜드 조상의 피를 이어 받고 거기다 스코틀랜드 인의 피까지 조금 섞인 빨간 머리는 강제로 끌고 가기보다는 살살 달

19

래야 말을 듣는다는 사실을 당신은 모르시나요? 당신이 나를 무시하는 태도로 반대하지만 않았어도 나는 당신 이야기에 귀를 기울이고 구원받았을 거예요. 그래요, 솔직히 고백하는데 지난 5일 내내 당신과의 언쟁을 후회했어요. 당신 말이 옳았어요. 내가 틀렸어요. 깨끗하게 사과할게요. 지금의 곤경에서 벗어나게 된다면 앞으로는 (거의 대부분의 경우) 당신의 판단에 따를게요. 이토록 완전하게 복종을 약속하는 여자가 세상에 또 있을까요?

주디가 이 고아원을 소개하면서 말했던 아름답고 낭만적인 이야기는 그저 그 친구의 상상 속에 존재하는 것일 뿐이었어요. 여기는 너무 끔찍해요. 지루할 정도로 길게 뻗은 복도, 페인트칠도 안 하고 벽지도 안 바른 벽, 보기 흉한 파란색 제복, 인간의 아이라고는 믿기 어려운 얼굴을 한 어린아이들까지, 이곳이 얼마나 흉측하고 비참한지는 말로 다 설명 못 해요. 냄새는 또 어떻고요! 물걸레질 때문에 축축이 젖은 바닥, 환기라고는 도무지 시키지 않는 방들, 그리고 백 명이나 되는 사람들의 음식을 만드느라 늘 부글부글 용암처럼 끓어오르는 화로 냄새가 뒤섞여 도저히 참을 수가 없어요.

바뀌어야 하는 것은 고아원만이 아니에요. 아이들도 전부 다 바뀌어야 해요. 그런데 그 일이 샐리 맥브라이드처럼 이기적이고 사치스럽고 게으른 사람한테는 너무 벅찬 일이에요. 주디가 적당한 후임자를 찾는 즉시 나는 이 자리에서 물러날 생각이에요, 그런데 그런 일이 당장 일어날 것 같지 않아 걱정이에요. 주디가 나만 여기 버려두고 남부로 여행을 가 버렸거든요. 그리고 저는 약속한 바가 있어서 이 고아원을 무작정 떠날 수도 없어요. 그래도 여기 있는 내내 향수병에 시달릴 것이라는 점만은 장담할 수 있어요.

기운을 북돋워줄 수 있는 편지를 보내 줘요, 내 서재를 환하게 밝힐 수 있는 꽃도 보내 주고요. 리펫 부인한테서 고스란히 물려받은 이 서재는 갈색과 빨간색이 뒤섞인 태피스트리 벽지를 바른 벽에 금박 입힌 탁자 하나를 제외한 모든 가구들이 온통 강청색 플러시 천으로 휘감겨 있어요. 거기다 카펫은 초록색이고요. 당신이 분홍색 장미만 보내 준다면 이곳은 세상의 모든 색이 다 자리하게 될 거예요.

우리가 마지막 만난 날 내가 너무 무례하게 굴었다는 점 인정해요. 전 그 일로 지금 보복을 당하고 있어요.

후회하고 있는 샐리 맥브라이드.

추신. 스코틀랜드 의사에 대해서는 불평하지 않을게요. 그 남자는 '스코틀랜드 인'이라는 말이 무색하지 않게 퉁명스러워요. 처음 만난 순간 나는 그 사람이 싫었고 그 사람 역시 나를 싫어해요. 그러니 앞으로 그 사람과 함께 일하는 시간이 무척이나 즐거울 것 같아요.

존 그리어 고아원

2월 22일

친애하는 고든에게

당신의 기운 넘치고 값비싼 전보가 도착했어요. 당신이 돈이 많다는 건 알지만 이렇게 돈을 함부로 써서는 안 되는 거예요. 할 말이 너무 많아서 1백자 한도의 전보에 다 담을 수 없었다면 최소한 야간 전보라도 이용했어야죠. 당신한테 그 돈이 다 필요 없다면 차라리 우리 고아들을 위해 쓰게 해 주세요.

그리고 제발 부탁이니 상식적으로 행동하세요. 당신 말대로 무작정 고아원을 그만두는 일은 도저히 할 수 없어요. 그건 나의 친구 주디한테도, 저비스 씨한테도 옳지 않아요. 이런 말하면 기분 나쁘겠지만 나는 당신과 친구로 지낸 시간보다 주디와 저비스 씨하고 친구로 지낸 시간이 훨씬 더 길어요. 그리고 그 사람들 계획을 망치고 싶은 생각도 없고요. 나는 모험 정신을 가지고 여기 왔고, 어떤 일을 해야 하는지도 보았어요. 당신도 내가 냉정한 사람이 되기를 바라지는 않을 거예요.

그렇다고 해서 내가 평생을 이곳에 몸 바치겠다는 뜻은 아니에요. 나도 기회가 오는 즉시 이곳을 그만 둘 생각이에요. 하지만 펜들턴 부부가 이런 책임 있는 자리를 맡길 정도로 나를 신뢰한다는 사실이 고마운 것도 사실이에요. 당신은 믿지 않겠지만, 나에게도 관리 능력이라는 것이 어느 정도는 있고 겉으로 보이는 것 이상으로 상식도 있답니다. 내가 이 고아원에 모든 노력을 기울이겠다고 마음만 먹으면 111명 고아들이 만났던 중에 가장 훌륭한 원장이 될 자신도 있어요.

이런 내가 우습다고 생각하고 있죠? 하지만 사실이에요. 주디와 저비스 씨는 내가 그런 사람이라는 사실을 잘 알고 있고, 바로 그 때문에 내게 이 자리를 맡아 달라고 부탁한 거예요. 그토록 나를 믿어 준 사람들을 당신이 제안한 것처럼 함부로 외면하는 짓은 할 수 없어요. 여기 있는 동안은 하루 24시간 동안 여느 사람이 할 수 있는 만큼의 일을 꼭 해낼 생각이에요. 그래서 옳은 방향으로 빠르게 일이 진행되는 고아원을 후임자에게 넘겨주려고 해요.

하지만 그 사이에 내가 너무 바빠서 고향을 그리워하지도 않을 거라는 생각으로 나를 잊어버리면 안 돼요. 절대 그런 일은 없을 테니까. 매일 아침 눈을 떠 리펫 부인이 발라 놓은 벽지를 볼 때마다 이건 악몽이라고, 내가 정말 이 곳에 있는 것이 아니라는 생각을 해요. 도대체 내가 무슨 생각으로 당연히 내 것인 아름답고 행복한 집과 즐거운 시간들을 뒤로 하고 여기 왔을까요? 내 머리가 잘못되었다는 당신 생각에 동의해요.

그렇지만 당신이 왜 그렇게 흥분을 하는지는 꼭 물어보고 싶어요. 어쨌든 당신은 나를 만날 수 없잖아요. 우스터나 존 그리어 고아원이나, 워싱턴에서 멀기는 마찬가지예요. 그리고 당신을 안심시키기 위해 덧붙이자면, 이 고아원 부근에는 빨간 머리 여자를 좋아할 남자가 하나도 없어요, 우스터에는 여럿 있지만. 그러니 화를 가라앉혀요. 나는 당신을 괴롭히려고 여기 온 것이 아니에요. 나는 모험을 하고 싶었고, 드디어 모험을 하게 되었어요! 제발 빨리 답장 보내줘요, 그래서 날 기쁘게 해 줘요.

깊이 뉘우치고 있는
샐리.

~

존 그리어 고아원
2월 24일
주디에게

저비스 씨에게 내가 성급하게 판단을 내리는 사람은 절대 아니라고 전해 줘. 나는 밝고, 상냥하고, 남을 의심할 줄 모르는 성격에 웬만해서는 사람을 싫어하지도 않아. 하지만 그 스코틀랜드 의사는 세상 누구도 좋아할 수 없을 거야. 그 사람 절대 안 웃어.

오늘 오후에 그 사람이 또 찾아왔어. 그래서 그 사람한테 리펫 부인의 강청색 의자에 앉으라고 권하고 조화를 맞추기 위해 나는 그 맞은편에 앉았어. 그 사람은 따분한 스코틀랜드 인의 성격에 생기를 더하려는 듯 초록색과 노란색이 조금 섞인 겨자색 홈스펀 양복을 입었더구나. 거기다 자주색 양말에 빨간색 넥타이, 그리고 자수정 타이핀으로 차림새를 마무리했어. 네가 칭찬을 아끼지 않는 이 의사가 이 고아원의 미적 감각을 높이는 데는 그다지 도움이 되지 않을 것이 확실해 보여.

이곳에 머무는 15분 동안 맥래 선생은 이 고아원에서 이루어지길 바라는 변화들에 대해 간결하게 설명했어. 내참 기가 막혀서! 하나만 물어볼게. 도대체 원장의 역할이 뭐니? 원장은 그저 방문 의사의 지시를 받아 따르는 꼭두각시에 지나지 않는 존재니?

맥브라이드 대 맥래의 결투가 시작된다!

화가 머리끝까지 난
샐리.

❧

존 그리어 고아원
월요일
맥래 선생님께

전화로 연락하는 것이 불가능할 것 같아서 새디 케이트 편에

25

이 편지를 보냅니다. 자신을 맥거어-크 부인이라고 하면서 상대가 말하는 도중에 전화를 끊어 버리는 사람이 선생님 댁 가정부인가요? 그 사람이 전화를 받는 일이 잦다면 선생님의 환자들은 어떻게 화를 참아내는지 궁금하군요.

선생님께서는 오늘 오전에 이곳을 방문하지 않으셨는데 마침 페인트공들이 오는 바람에 어쩔 수 없이 선생님께서 쓰실 새 진료실 벽에 칠할 페인트 색을 제가 선택했습니다. 선택한 색은 밝아 보이는 옥수수색입니다. 옥수수색은 위생과 관련해 문제가 없다고 믿습니다.

그리고 오늘 오후에 시간이 나신다면 차를 타고 워터 스트리트의 브라이스 선생에게 가서 반값에 팔겠다고 나온 치과 진료 의자와 기계 장치들을 살펴봐 주시기 바랍니다. 그 장비를 여기로 (선생님의 진료실 한구석에) 옮겨다 놓으면 아이들을 따로따로 워터 스트리트로 데려갈 필요 없이 브라이스 선생이 훨씬 빨리 우리 아이들 111명을 진찰하고 치료할 수 있을 거예요. 좋은 생각 같지 않아요? 밤중에 문득 떠오른 생각인데 제가 치과 의자를 구입해 본 경험이 없으니 전문가의 조언을 구하는 바입니다.

그럼 이만.
샐리 맥브라이드.

존 그리어 고아원

3월 1일

주디에게

제발 전보 좀 그만 보내!

물론 네가 여기서 일어나는 모든 일을 궁금해 한다는 것도 알고 내가 매일 보고서를 올리듯 편지를 해야 한다는 것도 알지만 정말로 그럴 시간이 없어. 어찌나 피곤한지 밤이 되면 제인이 엄하게 감시하지 않아도 옷도 못 벗은 채로 곧장 침대로 뛰어들 지경이야.

시간이 좀 지난 후에, 내가 여기에 좀 더 익숙해지고 관리 직원들도 각자의 임무를 제대로 수행한다고 믿을 수 있을 때쯤 정기적으로 보고서를 보내도록 할게.

내가 마지막으로 편지를 쓴 게 닷새 전인가? 그 닷새 사이에 많은 일이 있었어. 맥래 선생과 나는 고아원을 바꿔 놓을 계획의 청사진을 만들어서 깊은 수렁에 빠진 이곳을 뒤흔들어놓고 있단다. 이 사람이 점점 더 싫어지고는 있지만 우리는 일종의 업무상 휴전을 약속했어. 그리고 이 남자, 일 하나는 정말 잘해. 나는 내가 참 힘이 넘치는 사람이라고 늘 자부해 왔는데 고아원 변화 계획을 실행에 옮기고 보니 이 사람을 쫓아가기가 힘에 부칠 정도야.

27

스코틀랜드 사람답게 맥래 선생은 불독처럼 고집 세고 끈질겨, 그러면서도 아이들 마음은 어쩜 그리 잘 헤아리는지 몰라, 내 말은 의사로서 말이야. 그 사람은 여기 아이들에 대해 지금껏 해부 실험을 위해 배를 가른 개구리들에 대해 갖는 애정 그 이상은 아마 갖고 있지 않을 거야.

언젠가 저녁에 저비스 씨가 맥래 선생의 아름다운 인도주의적 이상에 대해 열변을 토하던 것 기억나니? 어쩜 저비스 씨는 농담도 잘 하시지! 맥래 선생은 존 그리어 고아원을, 실험 대상이 되는 것을 반대할 부모가 없는 아이들 상대로 자기가 하고 싶은 의학 실험을 마음껏 할 수 있는 전용 실험실 정도로밖에 생각 안해. 이 사람이 새로 개발한 치료약을 시험한다면서 아기들 먹을 죽에 성홍열 균을 집어넣는다고 해도 나는 놀라지 않을 거야.

고아원 관리 직원들 중에 정말로 제대로 일하는 사람은 초등반 교사와 난방 관리인뿐이야. 아이들이 초등반 교사인 매튜스 양한테는 달려가서 안아 달라고 애교 부리지만 다른 교사들한테는 얼마나 깍듯이 예의를 차리는지 너도 한 번 봐야 해. 아이들은 원래 사람의 성격을 금방 알아볼 줄 알아. 그러니 아이들이 나한테 지나치게 예의바르게 굴면 그건 창피하게 여겨야 하는 일이야.

여기 생활에 익숙해지고 우리한테 정확히 무엇이 필요한지 파악하고 나면 고아원 전반에 걸쳐서 정리해고를 단행할 거야. 생각 같아서는 첫 번째 대상자를 스네이트 양으로 하고 싶어. 그런데 알고 보니 대단히 자비로운 후원자들 중 한 사람의 조카여서 해고가 쉽지 않을 것 같아. 성격은 둔한데다 무턱이고 눈빛도 흐릿하고, 코맹맹이 소리를 하면서 입으로 숨을 쉬어서 모든 면이 볼 때마다 답답해. 말을 할 때도 끝까지 분명하게 하는 법이 없이 말꼬리를 흐리는 버릇까지 있어. 늘 말을 하다 중얼거리면서 흐지부지 끝내고 말아. 나는 이 사람을 볼 때마다 어깨를 붙잡고 흔들어서 정신이 번쩍 들게 만들고 싶은 충동이 느껴져. 게다가 스네이트 양은 2살부터 5살까지의 어린아이 17명을 혼자 책임지고 있단 말이야! 아무튼 그 사람을 해고시키지는 못하더라도 지금 나는 그 사람이 알아차리지 못하게 조금씩, 책임자가 아닌 위치로 바꾸고 있는 중이야.

맥래 선생이 괜찮은 여성을 찾아내서 소개해 주었거든. 이 여성은 여기서 2, 3킬로미터 정도밖에 떨어지지 않은 곳에 살기 때문에 매일 고아원에 와서 유치부 아이들을 돌봐줄 수 있어. 큰 키에 다정하고, 소처럼 생긴 갈색 눈을 한 이 여성은 (이제 겨우 19살밖에 안 되었는데) 아이를 돌보는 솜씨가 보통이 아니라서 아이들이 여간 좋아하는 게 아니야.

유아실 책임자 자리는 아이를 다섯이나 낳아 길러서 거의 육아의 베테랑이라 할 수 있는, 쾌활하고 푸근한 중년 여성에게 맡겼어. 이 사람 역시 맥래 선생이 찾아줬어. 맥래 선생은 볼수록 참 쓸모 있는 사람이야. 이 여성은 형식상으로는 스네이트 양의 아래 직원이지만 조금씩 책임자의 위치로 가고 있어. 덕분에 요즘 나는 유아실 아이들이 비능률적인 책임자 때문에 숨이 막혀 죽을

지 모른다는 걱정에서 벗어나 편하게 잠을 잘 수 있게 되었어.

알겠지만 고아원 개혁 사업은 이제 시작 단계로 돌입했어, 그리고 썩 내키지는 않지만 맥래 선생이 고집하는 기초 과학적인 측면의 개혁을 대부분 수용하고 있는데, 가끔은 불안한 생각이 들어. 나를 불안하게 만드는 것은 '과연 내가 저 어린 생명들에게 충분한 사랑과 따뜻한 보살핌을 충분히 줄 수 있을까'라는 걱정이야. 맥래 선생의 과학적 지식만으로는 그 문제를 해결할 수 없다고 나는 확신해.

현재 우리한테 가장 시급한 지적 작업은 여기 있는 기록 전부를 일관된 형식으로 정리하는 일이야. 여기 있는 기록들은 하나같이 보관 상태가 엉망이야. 리펫 부인은 커다란 검정색 회계 장부에 아이들의 가족, 행실, 건강에 대해 생각나는 대로 아무렇게나 적어 놓았어. 어쩌다 몇 주씩 아무 기록도 하지 않고 지낸 적도 있고. 그 때문에 입양을 원하는 가족이 아이의 부모에 대해 알고자 해도 여기 아이들의 절반 정도는 어디서 왔는지조차 알 수 없는 형편이란다.

"아가야, 너는 어디서 왔니?"

"파란 하늘이 열리자 제가 여기 오게 되었어요."

그런 아이들에게는 이것이 고아원에 온 과정에 대한 설명의 전부야.

이 때문에 우리한테는 이 일대를 돌아다니면서 우리 아이들의 조상에 대해 알아낼 수 있는 모든 정보를 수집할 일꾼이 필요해.

그나마 여기 있는 아이들 대부분이 친척이 있어서 일이 그리 어렵지는 않을 거야. 나는 이 일에 제인 웨어가 적합하다고 생각하는데 네 생각은 어떠니? 제인이 경제학 수업 때 얼마나 대단했었는지 기억할 거야. 그 애가 목록과 도표와 조사 작업은 완벽하게 해 냈잖아.

그리고 알려줄 게 하나 더 있어, 존 그리어 고아원에서는 건강 검진이 진행되고 있는 중인데, 현재까지 검진을 받은 28명의 가엾은 아이들 중에 표준치에 부합하는 아이는 겨우 다섯 명밖에 안 돼. 그나마 그 다섯 명도 여기 온 지 얼마 안 되는 아이들이야.

1층에 있는 온통 초록색의 흉측한 접견실 기억나니? 나는 할 수 있는 한 그 곳에서 초록색을 걷어내고 의사의 진료실에 어울리는 곳으로 꾸몄어. 저울도 있고 약도 갖춰서 제법 진료실 분위기가 나는데 그 중에서도 제일 진료실에 어울리는 것은 치과 진료 의자와 이를 가는 치과용 천공기야. (둘 다 시내에 있는 브라이스 선생한테서 중고 가격에 구입한 거야. 브라이스 선생은 여기 있는 환자들을 위해 백색 법랑과 니켈로 된 치과용 접시도 마련했어.) 이 천공기는 지옥의 용광로처럼 생겼어, 그러니까 지옥의 용광로를 끌어들인 나는 지옥 괴물이 되는 거지. 그래도 용광로로 끌려가 이를 치료하는 희생자는 내 사무실로 와서 초콜릿 두 개를 받아가게 되어 있어. 우리 아이들이 눈에 띄게 용감하지는 않지만 알고 보니 겁 없는 전사였어. 어린 토마스 케호는 치료 도구들이 잔뜩 있는 테이블을 발로 걷어차고는 의사 선생의 엄지를 물어뜯으려고 덤

31

벼들었어. 존 그리어 고아원 전담 치과 의사가 되려면 치과 기술 뿐만 아니라 아이들을 제압할 힘도 있어야 되는 건지…….

인정 많은 숙녀에게 고아원을 소개하느라 잠시 편지를 중단했어. 이 여성은 한 시간 정도를 머물면서 50가지 정도 되는 질문을 두서없이 하더니 눈물을 훔치면서 내게 맡겨진 가엾은 아이들을 위해 1달러를 남기고 갔어.

지금까지는 내게 맡겨진 가엾은 아이들이 여기서 벌어지는 새로운 변화에 그다지 관심이 없어. 갑자기 신선한 공기를 호흡할 수 있게 된 것에도 별 관심이 없고, 물을 마음껏 쓸 수 있게 된 것에도 무덤덤해. 지금은 일주일에 두 번 목욕을 시키고 있는데 욕조와 수도꼭지만 충분히 마련되면 일주일에 일곱 번 목욕을 시킬 생각이야.

그래도 최소한 한 가지 개혁은 좋은 반응을 얻고 있어. 바로 일일 식비가 오른 거야. 이 때문에 요리사는 어떤 음식을 만들어야 할지 고민이 늘었고, 다른 관리 직원들은 지출이 늘었어. 이 고아원에서는 오랜 세월 절약을 생활의 기본 원칙으로 삼아 온 탓에 이제는 절약이 거의 종교적인 믿음이 되다시피 했더라고. 나는 소심한 관리 직원들한테 자비로운 후원회 회장님 덕분에 기부금이 정확히 두 배로 늘었고 펜들턴 부인이 아이스크림 같은 필수품을 사는 데 쓰라고 추가 경비도 듬뿍 지원해 준다는 말을 하루에 스무 번도 넘게 하고 있어. 그런데도 관리 직원들은 여기 아이들을 배불리 먹이는 것이 사치라는 생각을 버리지 못 하고 있단다.

맥래 선생과 내가 과거의 식단을 꼼꼼히 살펴봤는데 도대체 무슨 생각으로 그런 식의 식단을 짰는지 기가 막힐 따름이었어. 리펫 부인이 원장으로 재임할 당시 가장 많이 되풀이된 저녁 식단은 바로 이거야.

삶은 감자
삶은 쌀
우유 젤리

이런 것만 먹었으니 여기 있는 1백 11명의 아이들은 전분 덩어리나 마찬가지야.

이 고아원을 둘러보다가 로버트 브라우닝의 시를 살짝 변용해서 인용하고 싶은 생각이 들었어.

"천국이 있는지는 확실치 않지만 지옥은 분명히 존재한다.
그리고 존 그리어 고아원 역시 분명히 존재한다!"

샐리 맥브라이드.

&

존 그리어 고아원

토요일

주디에게

어제 로빈 맥래 선생과 아주 사소한 일로 싸웠는데(이번에는 내가 옳았어.) 그 뒤로 맥래 선생한테 특별한 별명 하나를 지어 주었어. 그래서 오늘 아침에 '적이여, 안녕하세요!'라고 인사를 했더니 선생이 매우 불쾌해하더구나. 선생은 나와 적이 되고 싶은 생각이 전혀 없다고 말했어. 물론 그 사람은 내가 자신의 뜻에 따라 고아원을 운영하는 경우에 한해서는 전혀 적대적이지 않지.

새로운 아이가 둘 들어왔어. 이름은 이사도르 구트슈나이더와 맥스 요그이고 침례교 여성 자선 협회를 통해 우리에게 인계되었어. 어쩌다 이 아이들이 침례교를 선택하게 되었는지 짐작이 가니? 나는 이 아이들을 맡고 싶지 않았지만 자선 협회의 가엾은 여성 회원들이 설득력이 대단할 뿐만 아니라 한 아이당 일주일에 4달러 50센트라는 상당한 비용을 지불하겠다고 하지 뭐니. 그래서 아이들이 모두 113명이 되었고, 이곳은 아주 복잡하게 됐어. 입양 보내야 할 아기가 6명이나 있어. 아이를 입양하기를 원하는 좋은 가정을 찾아봐 줘.

자기 가족이 몇 명이나 되는지 금방 답할 수 없다는 것이 무척 창피한 일이긴 하지만 우리 가족은 마치 주식 시장처럼 그 수가 매일매일 변하는 것 같아. 생각 같아서는 일정한 수로 유지하고 싶은데 그게 쉽지 않아. 아이가 1백 명이 넘는 여자는 아이 하나 하나에게 필요한 만큼의 관심을 쏟아줄 수가 없단다.

월요일.

이 편지가 내 책상에 이틀이나 머물고 있었는데 그 사이 우표를 붙일 짬이 나지 않았어. 그런데 오늘 남은 저녁 시간은 한가할 것 같아서 편지를 플로리다로 여행 보내기 전에 한 두 장 정도 더 쓰기로 했어.

나는 이제 겨우 아이들 한 명 한 명의 얼굴을 외우기 시작했어. 처음에는 아이들 모두 말할 수 없을 정도로 보기 흉한 제복을 똑같이 입은 데다 하나같이 생기 없고 무표정한 얼굴을 하고 있어서 분간하기가 불가능할 것 같았어. 그렇다고 지금 당장 아이들한테 새 제복을 입히자는 편지를 보내지는 마. 네가 그렇게 하고 싶어 한다는 건 나도 알아. 벌써 나한테 다섯 번이나 그런 이야기를 했잖니. 한 달 정도 후에는 그 문제에 대해 생각해 볼 수 있지만 지금 당장은 아이들의 겉모습보다 속에 신경 쓰는 게 더 급해.

한 가지 분명한 사실이 있어. 나는 시설에 수용되어 있는 고아들한테 관심이 없어. 요즘은 우리가 귀가 따갑도록 들어온 모성본능이라는 것이 나한테는 없는 게 아닌가 걱정이 된단다. 아이들은 하나같이 지저분하고, 침을 질질 흘리고, 쉴 새 없이 코를 훌쩍거려. 여기저기서 개구쟁이 짓을 해서 순간적으로 나의 관심을 일깨우는 아이들이 있긴 하지만 대부분의 경우, 여기 아이들 모두 하얀 얼굴에 푸른 체크무늬 제복을 입은 똑같은 모습으로밖에 안 보여.

그래도 한 사람 예외는 있어. 새디 케이트 킬코인은 첫날부터 많은 아이들 중에서 단연 눈에 띄었고 지금도 늘 돋보이는 아이야. 요즘은 내 심부름을 도맡아 하고 있고, 매일 나를 즐겁게 해 줘. 지난 8년 간 이 고아원에서 일어난 말썽 중에 새디 케이트의 비상한 머리에서 나오지 않은 것이 없어. 그리고 이 아이는 출신 배경이 정말 독특해. 물론 고아들 사이에서는 그리 독특하다고 할 수도 없겠지만. 새디는 11년 전 39번가 저택 현관 계단에서 '알트만 주식회사'라는 상표가 붙은 마분지 상자 속에서 잠든 채 발견되었어. 상자 뚜껑에는 '새디 케이트 킬코인, 생후 8주. 잘 보살펴 주세요.'라고 깔끔하게 적혀 있었다더구나.

아이를 발견한 경찰관이 아이를 벨뷰로 데려갔고 그곳에서는 아이들이 도착하는 순서대로 '천주교, 개신교, 천주교, 개신교'라고 종교를 정해 줘. 그래서 새디 케이트는 아이의 이름과 아일랜드 핏줄임이 너무도 분명한 푸른색 눈에도 불구하고 개신교가 되었어. 그리고 여기서 아이는 점점 더 아일랜드 핏줄임이 분명한 모습으로 자라고 있는데도 천주교에 반발해 파가 갈리면서 창시된 개신교 신자답게 아주 사소한 일 하나 하나까지 거세게 반항을 한단다.

아이는 검은 머리를 양 갈래로 땋았는데 각각의 땋은 머리가 서로 반대 방향으로 뻗어 있고, 아기 원숭이 같은 얼굴에는 장난기가 가득해. 그리고 테리어 견처럼 기운이 넘쳐서 장난을 치지 못하도록 하루 종일 할 일을 맡겨야 해. 이 아이가 저지른 말썽은 고아원 기록부에 가득 적혀 있어. 가장 마지막에 적힌 기록은 바로 이런 거야.

"매기 기어한테 문 손잡이를 입에 집어넣으라고 괴롭힘 – 벌, 오후 내내 침대에서 못 나오게 하고 저녁식사로 크래커만 주었음."

매기 기어가 문 손잡이를 집어넣을 수 있을 만큼 입이 크긴 한데 문제는 한 번 들어간 문 손잡이가 나오질 않았다는 거야. 그래서 맥래 선생이 달려왔고 미끈미끈하게 버터를 바른 구둣주걱으로 문제를 해결했어. 그 뒤로 맥래 선생은 매기 기어를 '입 큰 매기'라고 부른단다.

이러니 새디 케이트가 안 보일 때 또 무슨 장난을 치는 게 아닌지 신경을 쓰지 않을 수가 없어.

후원회 회장님과 상의해야 할 일이 백만 가지도 넘어. 나한테 고아원을 맡기고 너희 부부가 남부로 여행을 가 버린 건 생각할수록 몰인정한 짓이야. 나를 이런 곤경에 빠뜨렸으니 내가 고아원을 엉망으로 만들어 버려도 너희 부부는 날 비난하면 안돼. 자가용을 타고 여행하면서 달빛 아래 야자수가 늘어선 바닷가를 산책하는 친구야, 여행 중간중간에 3월의 뉴욕에서 싸늘한 이슬비를 맞으며 네가 돌보아야 할 113명의 아이들을 대신 돌보고 있는 나를 기억해 줘, 그리고 내게 감사해 주기 바란다.

고아원에 머물고 있는(잠시 동안만이야.)

샐리 맥브라이드.

✍

존 그리어 고아원
적에게

　선생님께서 오늘 오전 왕진을 오셨을 때 빠뜨리고 살펴보지 못한 새미 스페어를 함께 보냅니다. 선생님께서 떠나신 후에야 스네이트 양이 이 아이한테 문제가 있다는 것을 알려왔습니다. 아이의 엄지를 잘 살펴 주십시오. 저는 이런 증상은 한 번도 본 적 없지만 아이의 엄지에 난 것을 종기라고 진단하는 바입니다.

이만 마침.
샐리 맥브라이드.

✍

존 그리어 고아원
3월 6일
주디에게

아이들이 나를 사랑할지 안 할지 아직 모르겠지만 적어도 아이들이 내 개를 사랑하는 것은 확실해. 이 고아원 문을 들어선 생명체 중에 싱가포르처럼 인기 있는 생명체는 없어. 매일 오후에 제일 착하게 행동한 남자아이 셋한테 싱가포르의 빗질을 맡기고 있고, 착하게 행동한 또 다른 남자아이 셋한테는 싱가포르에게 밥과 물을 주는 일을 맡기고 있어. 하지만 이보다 더 멋진 상은 토요일 오전에 주고 있어. 그건 최고로 착하게 행동한 남자아이 셋한테 주는 상인데, 뜨거운 물과 벼룩 비누로 싱가포르를 목욕시키는 일이야. 싱가포르를 돌보는 기회만 상으로 내걸면 얼마든지 아이들이 규율을 지키게 만들 수 있을 것 같아.

그런데 이런 교외에 사는 아이들한테 애완동물이 없다는 게 이상하지 않니? 특히 이 아이들은 사랑할 대상이 절실히 필요한 아이들인데 말이야. 나는 새로 책정된 기부금으로 동물원을 사들이는 한이 있더라도 언젠가는 우리 아이들한테 애완동물을 마련해줄 생각이야. 너 혹시 새끼 악어와 새끼 펠리컨을 데려올 수는 없겠니? 살아 있는 것이면 무엇이든 대환영이야.

원래는 오늘이 내가 처음 맞이하는 '후원자의 날'인데, 저비스 씨가 뉴욕에서 사업상 회의를 하느라 후원자의 날 행사를 못 하게 되어서 얼마나 다행인지 몰라. 아직 아이들 제복도 새로 마련하지 못했잖니. 그래도 4월 첫째 수요일에 열릴 후원자의 날에는 보여줄 거리를 꼭 마련할 거야. 맥래 선생이 낸 아이디어 모두와 내가 낸 몇 가지 안 되는 아이디어가 실현된다면 우리가 그 결과

물을 자랑할 때 후원자들 모두 눈이 휘둥그레질 거야.

다음 주 식단을 막 완성했어. 그리고 고민에 싸인 요리사의 눈에 잘 띄게 부엌에 붙여 놨지. 지금까지는 존 그리어 고아원에서 다양성이라는 개념을 찾아볼 수가 없었어. 하지만 이제는 달라졌어. 앞으로 우리가 얼마나 근사한 음식들을 먹게 될지 너는 아마 상상도 못 할 거야. 갈색 빵, 옥수수 빵, 통밀 머핀, 옥수수 죽, 건포도가 잔뜩 든 쌀 푸딩, 사과 푸딩, 생강 빵…… 이밖에도 아주 많아. 제일 나이 많은 여자아이들이 이런 군침 도는 음식 만드는 일을 돕고 있으니 이 아이들은 분명히 미래의 남편으로부터 사랑받게 될 거야.

어머, 나 좀 봐! 쓸데없는 이야기를 떠드느라 정작 중요한 소식을 빠뜨릴 뻔했어. 새 일꾼이 왔어. 정말 보석 같은 일꾼이야.

너, 1910년 졸업생 벳시 킨드레드 기억하니? 합창단 단장이었고 연극반 회장이었잖아. 나는 그 아이를 아주 또렷하게 기억해. 늘 예쁜 옷을 입고 다니는 아이였어. 그 아이가 여기서 20킬로미터도 채 떨어지지 않은 곳에 살고 있어. 어제 오전에 차를 타고 시내를 지나가는 그 아이와 우연히 마주쳤어, 아니 정확히 말하자면 내 옆을 스쳐가는 그 아이를 봤어.

지금껏 한 번도 말을 해 보지 않았지만 우리는 마치 오래된 친구처럼 반갑게 인사를 나눴어. 그 아이가 나를 금방 알아본 데는 내 머리색이 큰 역할을 했어. 난 얼른 그 아이의 차에 올라타서 이렇게 말했지.

"1910년 졸업생 벳시 킨드레드, 우리 고아원에 와서 우리 아이들 기록 정리하는 것 좀 도와줘!"

그런데 뜻밖에도 그 친구가 정말 이곳으로 찾아왔어. 벳시는 일주일에 나흘이나 닷새 정도 여기 와서 임시 비서로 일하기로 했어. 그런데 나는 어떻게 하든 벳시를 여기 정식 직원으로 영원히 붙잡아 둘 작정이야. 이렇게 쓸모 있는 사람은 처음 봤어. 벳시가 아이들을 좋아하게 되어서 영원히 아이들을 떠나지 못하게 되기만을 바랄 뿐이야. 내 생각에는 봉급을 넉넉하게 주면 벳시가 여기서 계속 일할 것 같아. 벳시는 타락한 요즘 세대답게 가족에게서 독립해서 살고 싶어 하거든.

아이들 기록을 정리하다 보니 맥래 선생의 기록도 정리하고 싶어졌어. 저비스 씨가 맥래 선생에 대해 아는 소문이 있다면 제발 부탁이니 편지로 알려 줘. 나쁜 소문일수록 더 좋아. 어제는 맥래 선생이 찾아와서 새미 스페어의 엄지에 생긴 종기를 절개했어. 그러고는 강청색 서재로 와서 엄지에 붕대 감는 법에 대해 알려 주었어. 고아원 원장이 할 일은 한두 가지가 아니야.

그런데 마침 차 마실 시간이 되었기에 별 생각 없이 차를 권했더니 뜻밖에도 순순히 응하지 뭐니! 물론 나와 같이 있는 것이 즐거워서가 아니라 (그건 절대 아니야) 마침 제인이 갓 구운 머핀 한 접시를 가지고 들어왔기 때문이었어. 맥래 선생은 점심을 안 먹은 것 같았고 저녁 식사까지는 아직 시간이 많이 남은 때였어. 머핀을 먹어가면서 (그 사람 혼자 머핀 한 접시를 다 먹었단다.) 맥래 선생은 내가 이 자리를 맡기에 적합한 사람인가에 대해 꼬치꼬치 캐물었어. "대학에서 생물학 공부는 하셨습니까? 화학은 어느 정도나 공부하셨습니까? 사회학에 대해서는 아십니까? 헤이스팅스에 있는 모범적인 고아원은 가 보셨습니까?"

모든 질문에 대해 나는 정중하고 솔직하게 대답했어. 그런 다음 나도 한두 가지 질문을 했어. 제 앞에 앉아 계신 분처럼 논리적이고, 정확하고, 품위 있는데다가 상식이 풍부하려면 어린 시절 어떤 교육과 훈련을 받아야 하는 건가요? 끈질기게 질문 공세를 펼치며 조른 끝에 그다지 흥미롭지는 않지만 꽤 그럴 듯한 사실 몇 가지를 알아낼 수 있었어. 그 사람의 지나치게 과묵한 성격으로 보아 조상 중에 교수형을 당한 사람이 있을 거라는 짐작도 할 수 있을 텐데. 맥래 선생의 부친은 스코틀랜드에서 태어나 존스 홉킨스 병원에 취직하기 위해 미국으로 건너왔어. 그리고 그 아들인 로빈 맥래 선생은 아울드 리키(스코틀랜드 에든버러의 별칭 — 옮긴이)로 돌아가 교육을 받았어. 맥래 선생의 할머니는 스트라틀라칸의 맥라클란 출신이며 (꽤 훌륭한 가문처럼 들려.) 선생 자신은 방학이면 스코틀랜드 산악 지방에서 사슴 사냥을 했대.

이 정도가 내가 알아낸 전부야. 제발 부탁이니 내 적에 대한 소문 좀 알려 줘. 추저분한 소문일수록 더 좋아.

그 사람이 그렇게 훌륭한 사람이라면 왜 이런 외진 시골에 파묻혀 살겠니? 진취적인 의학자라면 한 손으로는 병원을 다른 한 손으로는 시체 안치소를 휘두르고 싶어 해야 하거늘. 정말 이 사람, 범죄를 저지르고 법망을 피해 여기 숨어 있는 게 아닌 것 확실하니?

별로 한 이야기도 없이 종이만 많이 쓴 것 같구나.

사소한 이야기들이여 만세!

너의 친구
샐리.

추신. 한 가지 사실은 안심이야. 맥래 선생은 옷을 직접 골라 입지 않는대. 그런 중요하지 않은 일은 가정부인 매기 맥거크 부인한테 맡긴다는구나.

다시, 그리고 마지막으로 안녕!

⌒〜⌒

존 그리어 고아원

수요일

고든에게

당신이 보내 준 장미와 편지 덕분에 아침 내내 즐거웠어요, 내가 우스터에 작별을 고한 2월 14일 이후로 즐거웠던 건 오늘이 처음이에요.

말로는 고아원 생활이 얼마나 지겹고 답답한지 다 표현할 수가 없어요. 지루한 일상에 그나마 위로가 되는 것은 벳시 킨드레드가 일주일에 나흘을 우리와 함께 보낸다는 사실이에요. 벳시와는 대학 동기이기 때문에 함께 있으면 웃을 일이 자주 있답니다.

어제는 보기 흉한 내 서재에서 벳시와 함께 차를 마시다가 흉측한 그곳을 바꿔 보자는 생각이 즉흥적으로 떠올랐어요. 그래서 덩치 크고 힘 좋은 사내아이들 여섯을 부르고 사다리와 뜨거운 물 한 양동이를 동원해 두 시간에 걸쳐 서재 벽에 있는 태피스트리 벽지를 남김없이 뜯어냈어요. 벽지를 뜯어내는 게 얼마나 재미있는 일인지 당신은 상상도 못할 거예요.

오늘 아침에는 도배장이 두 사람이 이 마을에서 구할 수 있는 제일 좋은 벽지를 바르고 있고, 독일인 가구 수리공이 플러시 천을 씌운 의자들에 사라사 무명을 덧씌우기 위해 열심히 길이를 재고 있어요.

하지만 불안해하지는 말아요. 지금 내가 이 고아원에서 평생을 보낼 준비를 하는 건 아니니까. 나는 다만 후임자를 맞이할 준비를 하고 있는 것뿐이랍니다. 주디의 플로리다 여행을 망치고 싶지 않아서 후임자를 찾아달라고 귀찮게 조르지는 못하고 있지만 일단 주디가 뉴욕으로 돌아오면 현관 앞에서 정식 사직서를 보게될 거예요.

당신이 보낸 일곱 장이나 되는 편지에 걸맞은 긴 답장을 쓰고 싶지만 창 밖에서 어린아이 둘이 싸우고 있어요. 얼른 가서 떼어

놓아야겠어요.

늘 당신을 생각하는

샐리 맥브라이드.

∽

존 그리어 고아원

3월 8일

주디에게

　내 손으로 직접 존 그리어 고아원에 작은 선물을 하나 했어. 바로 원장 전용 응접실을 새로 꾸민 거야. 여기 온 첫날 밤, 나는 물론이고 앞으로 원장 응접실을 사용하게 될 그 누구도 리펫 부인의 강청색 가구들은 결코 좋아할 수 없을 것이라는 생각이 들었어. 보다시피 나는 후임자가 이곳에 만족하면서 오래오래 머물게 만들기 위해 애쓰고 있단다.

　리펫 부인이 남긴 보기에도 끔찍한 응접실을 새로 꾸미는 데는 벳시 킨드레드가 도움을 주었어. 그래서 우리 둘이 흐린 청색과 황금색이 조화를 이룬 새로운 응접실을 탄생시켰단다. 아마 너도 이렇게 예쁜 응접실은 못 봤을걸. 이 응접실을 보기만 해도 아이들의 미술 교육에 도움이 될 거야. 벽에는 새 벽지를 바르고, 바

45

닥에는 새 융단을 깔았어. (내가 여기 오는 것을 극구 반대한 우스터의 가족들이 급행우편으로 보내 준 멋진 페르시아 산 융단이야.) 창문 세 곳에는 새로 창틀 덮개를 씌워서 지금까지는 노팅엄 레이스에 가려져 있던 아름다운 풍경이 훤히 내다보여. 그리고 큼직한 탁자로 새로 들였고, 램프도 몇 개 들였고 책 여러 권과 그림도 한 장 새로 마련했어. 벽난로도 다시 뚫었고, 리펫 부인이 바깥 공기가 들어온다는 이유로 벽난로를 막아 놓았거든.

지금까지는 미적인 환경이 영혼의 안식에 얼마나 도움이 되는지 전혀 몰랐어. 그런데 어젯밤 자리에 앉아 벽난로의 불빛이 새로 마련한 난로 울을 비추며 타오르는 모습을 보고 있자니, 내 입에서 절로 만족스러운 탄식이 흘러나오더구나. 이런 만족스러운 기분은 내가 존 그리어 고아원 대문을 들어온 이후로 처음이야.

그런데 원장 응접실 개조는 여기서 필요한 것 중에 가장 사소한 부분이야. 그보다 더 시급하게 손보아야 할 것이 아이들이 기거하는 공간인데 어디서부터 손을 대야 할지 도무지 모르겠어. 햇빛도 제대로 안 드는 북쪽 놀이방은 남에게 보여 주기가 수치스러울 정도인데, 소름 끼칠 정도로 형편없는 식당이나 환기조차 제대로 안 되는 침실들, 욕조 하나 없는 욕실은 그보다 더 끔찍해.

차라리 냄새나는 기존의 건물을 모두 불태워 없애고, 환기 잘 되고 깔끔한 현대적인 단층 건물을 여러 채 새로 짓는 게 더 나을 것 같은데 네 생각은 어때? 나는 헤이스팅스에서 본 아름다운 고아원을 생각만 해도 너무 부럽고 샘이 나. 그렇게 멋진 고아원에서 일하라면 저절로 흥이 날 거야. 어쨌든 이번에 네가 뉴욕으로 돌아와서 건축가와 이곳의 개조 작업에 대해 의논할 여유가 생기면 부디 내게도 의견을 제시할 기회를 주기 바란다. 다른 무엇보다도 나는 아이들 침실 바깥벽을 따라 60미터 정도 길이로 잠을 잘 수 있는 테라스를 만들고 싶어.

내가 왜 이런 생각을 하게 되었는지 알려줄게. 신체검사를 해보니 우리 아이들 중 절반 가까이가 빙혈, 아니 빔혈, 아니 빈혈(아이 참! 무슨 단어가 이렇게 어려워!)이라는 거야. 그리고 아이들 대부분이 부모가 결핵 환자였고 그보다 더 많은 아이들의 부모가 알코올 중독자였어. 우리 아이들한테 제일 시급하게 필요한 것은 교육이 아니라 신선한 공기야. 그리고 신선한 공기는 아픈 아이들뿐만 아니라 건강한 아이들한테도 필요한 거잖니? 나는 우리 아이들 모두 여름이건 겨울이건 개방된 공간에서 잠을 잘 수 있게 하고 싶어. 그런데 내가 이런 엄청난 것을 바란다고 발표하면 후원회는 폭탄이라도 맞은 듯 야단법석이 날 거야.

후원자들 말이 나왔으니 말인데, 사이러스 위코프 변호사를 만났거든. 그런데 이 사람은 로빈 맥래 선생, 유치부 스네이트 양, 그리고 우리 요리사보다 더 싫어질 것 같아. 아무래도 나는 적을 찾아내는 데 천재적인 능력을 타고났나 봐!

위코프 씨는 지난 수요일 새로 부임한 원장을 만나기 위해 찾아왔어. 내 응접실에서 가장 편안한 팔걸이의자에 앉으면서 위코프 씨는 여기 찾아온 목적을 드러내기 시작했어. 우선 우리 아버지가 어떤 사업을 하시는지 그리고 그 사업이 잘 되는지 묻더구나. 나는 아버지께서 오버올 작업복 제조 공장을 하시며 요즘 같은 불경기에도 작업복 수요는 꾸준하다고 대답했어.

내 말에 위코프 씨는 안심하는 눈치였어. 그리고 오버올이 실용적인 제품이라고 말했어. 이 사람은 내가 목사나 교수나 작가 집안 출신에 상식도 없이 이상만 높고 현실은 모르는 여자면 어쩌나 걱정했었대. 사이러스 변호사는 상식을 중요하게 생각하거든.

그리고 내가 이 자리를 위해 어떤 교육과 훈련을 받았는지도 묻더구나.

너도 알겠지만 그건 좀 당황스러운 질문이었어. 그래도 나는 대학 교육을 받았고 자선 사업에 대한 강의도 몇 번 들었으며, 잠시지만 대학 복지관에서 근무한 경험도 있다고 대답했어. (그 시절 내가 한 일이라고는 복도와 계단에 페인트칠한 게 전부라는 말은 안 했지만.) 그리고 아버지 공장의 직원들을 대상으로 사회사업도 했고, 여성 알코올 중독자 수용소에 위로 차 방문한 경험도 몇 번 있다고 덧붙였어.

이 모든 대답에 사이러스 변호사는 불평하듯 중얼거리기만 했어. 그래서 나는 다시 최근에 보호 대상 아동의 관리에 대해 연구했으며 17곳의 고아원을 견학했다고 이야기했어. 그러자 사이러스 변호사는 다시 툴툴거리더니 요즘 유행하는 과학적 자선에 대해서는 그다지 신뢰하지 않는다고 말했어.

바로 그때 제인이 화원에서 배달된 장미꽃 한 상자를 가지고 들어왔어. 고마운 고든 할록이 고아원 생활에 활기를 불어넣어 주기 위해 일주일에 두 번씩 내게 장미를 보내주고 있거든.

그 모습을 보자 우리 후원자님께서 성난 듯 질문을 퍼붓기 시작했어. 이 사람은 그 꽃이 어디서 난 건지 몹시 궁금해 했는데, 내가 고아원 돈을 써서 꽃을 산 것이 아니라는 사실을 알고는 눈에 확연히 보이게 안도하는 모습이더구나. 그러더니 이번에는 제인이 누구인지 알고 싶어 했어. 그 질문이 나올 줄 미리 알고 있었기 때문에 나는 망설임 없이 대답했어.

"제 하녀입니다."

"뭐라고요?"

사이러스 변호사는 얼굴이 시뻘겋게 달아오르면서 소리를 질렀어.

"제 하녀라고요."

"저 사람이 여기서 하는 일이 뭡니까?"

그래서 나는 상냥하게 대답했지.

"제 옷을 수선해 주고, 제 구두를 닦아 주고, 제 사무실 서랍들을 정리해 주고, 제 머리를 감겨 줍니다."

그대로 있으면 사이러스 변호사가 기가 막혀 죽을 것 같아 보여서 제인의 급여는 내 개인 수입에서 지불되며 제인의 숙박비로 일주일에 5달러 50센트를 이 시설에 지불한다는 설명도 했어. 제인이 몸집은 크지만 그리 많이 먹지 않는다는 말도 했고. 그랬더니 사이러스 변호사가 정당한 심부름은 고아원 아이들한테 시켜도 된다고 허락하듯 말하더구나.

나는 제인이 오랜 세월 나를 돌봐왔기 때문에 없으면 곤란하다고 말했어. 여전히 예의바르게 굴기는 했지만 대화가 점점 지루하게 느껴지더라고.

그러자 사이러스 변호사는 겨우 자리에서 일어나면서 리펫 부인한테 문제가 있다고는 한 번도 생각해 본 적 없다고 말했어. 상식이 있는 기독교인으로 허황한 생각도 하지 않았고 현실적으로 실속 있는 일을 많이 한 사람이니 나 역시 리펫 부인을 본보기로 삼아 지혜롭게 일을 처리하기 바란다는 말까지 하더구나!

주디, 넌 그 말에 대해 어떻게 생각하니?

사이러스 변호사가 떠나자마자 맥래 선생이 찾아왔기에 사이러스 씨와 나눈 대화를 들려주었어. 그리고 우리가 만난 이래 처음으로 맥래 선생과 나는 의견 일치를 보았어.

"리펫 부인이 상식이 있었다고요? 내 참! 헛소리밖에 할 줄 모르는 늙은 영감 같으니! 그 영감탱이가 정신이 나갔구먼!"

맥래 선생이 투덜대듯 말했어.

이 사람은 정말로 화가 나면 스코틀랜드 말과 함께 험한 말들을 쏟아낸단다. 그래서 내가 최근에 이 사람한테 새로 지어준 별명이 샌디야. (물론 이 사람이 안 듣는 데서만 부르는 별명이야.)

내가 편지를 쓰는 옆에서 새디 케이트가 바닥에 앉아 제인을 위해 바느질용 비단실을 풀어서 둥글게 감고 있어. 요즘 제인이 새디 케이트를 많이 귀여워하거든.

"나 지금 주디 이모한테 편지 쓰고 있어. 주디 이모한테 전하고 싶은 말 없니?"

내가 물었더니 새디 케이트가 이렇게 되묻더구나.

"주디 이모가 누군데요?"

"주디는 여기 있는 착한 여자아이들 모두의 이모란다."

"그러면 주디 이모한테 사탕 가지고 놀러오라고 해 주세요."

이건 새디 케이트의 말이고 나 역시 네가 그 말대로 해 주기를 바라고 있어.

후원회 회장님께 안부 전해 줘.

샐리.

⚬⟋

3월 13일
주디 애벗 펜들턴 부인
펜들턴 부인께

네가 보낸 편지 네 통, 전보 두 통 그리고 수표 세 장이 도착했고, 네 지시 사항은 과중한 업무에 시달리는 원장이 짬이 나는 대로 신속하게 실행에 옮길게.

식당 개조 작업은 벳시 킨드레드한테 일임했어. 흉측한 식당

재건에 100달러를 쓰라는 허락도 했어. 벳시 킨드레드는 나의 신뢰를 받아들여서 기술적인 작업을 도와줄 아이들 다섯 명을 뽑아 식당에 데리고 들어가서는 그대로 문을 닫았어.

그 뒤로 삼 일 간 아이들은 교실 책상에서 식사를 했어. 벳시가 뭘 하는지 도통 알 수가 없었지만 나보다 취향이 더 낫기 때문에 참견은 하지 않기로 했어.

제대로 해낼 수 있는 사람한테 일을 맡기고 나니 하늘로 날아갈 듯 마음이 가벼워지더구나! 원래 여기서 일하던 관리 직원들은 나이나 그동안의 경험 때문인지 새로운 생각에 쉽게 마음을 열지 않아. 존 그리어 고아원에서는 1875년 문을 연 이래 늘 같은 생각, 같은 일만 되풀이되어 왔거든.

그런데 주디야, 원장 전용 식당을 만들자는 네 생각 말이야, 사람들과 어울리기 좋아하는 나는 처음에는 그 생각에 반대였지만 지금은 그런 생각을 해 준 네가 그저 고맙기만 할 뿐이야. 쓰러질 정도로 피곤할 때는 혼자 식사를 하지만 기운이 있을 때는 관리 직원 한 사람을 초대해 함께 조촐한 만찬을 하는데, 친밀함을 쌓는 데는 이것만큼 좋은 방법이 없는 것 같아. 언젠가 스네이트 양의 영혼에 신선한 공기의 씨앗을 심고 싶어질 때가 오면 샌드위치 속의 눌린 쇠고기 사이사이에 조금씩 신선한 산소를 집어넣어서 원장 전용 식당으로 초대할 거야.

눌린 쇠고기는 우리 요리사가 원장과 관리 직원의 만찬 파티에 대한 반대 의사를 표시하기 위해 개발해낸 음식이야. 언젠가는 고아원 고위 직원들을 위한 적절한 식단에 대한 문제와 씨름해야 할 것 같아. 하지만 지금은 눌린 쇠고기를 포함해서 나와 이곳 직원들의 편의보다 먼저 신경 써야 할 중요한 일들이 한두 가지가 아니야.

지금 막 문 밖에서 쿵, 소리가 들렸어. 어떤 아이가 다른 아이를 계단 아래로 밀쳤나 봐. 그래도 나는 신경 쓰지 않고 편지를 계속 쓸 참이야. 하루 종일 아이들한테 신경 쓰기 위해서는 가끔은 아이들한테서 벗어나 나만의 시간을 갖는 것도 필요하거든.

레오노라 펜튼의 카드는 받았니? 세상에, 그 아이가 의료 선교사와 결혼해서 시암으로 간다지 뭐니. 그것도 아주 살려고 가는 거래! 레오노라가 선교사 부인으로 산다는 걸 상상이나 할 수 있겠니? 혹시 레오노라가 그곳에서도 치마를 펄럭이고 춤을 추면서 이방인들의 관심을 끌려고 하는 건 아닐까?

하지만 그보다 더 상상할 수 없는 일이 바로 내가 고아원 원장이 되고, 네가 보수적인 가정주부가 되고 마티 케니가 파리 사교계의 꽃이 된 일일 거야. 마티가 승마복을 입고 대사관 무도회에 가진 않을까? 그리고 그 머리는 도대체 어떻게 했을까? 아마 아직도 많이 자라지 않았을 거야, 그러니까 가발을 써야 할 걸. 우리 동기들 모두 너무 놀랍게 변하지 않았니?

우편물이 도착했어. 워싱턴에서 온 반가운 두툼한 편지 좀 읽고 다시 편지 쓸게.

별로 반가운 편지가 아니었어, 건방지고 뻔뻔하기 짝이 없는 편지였어. 고든은 샐리 맥브라이드가 113명의 고아들과 함께 생활하는 것을 아직도 장난으로밖에 생각할 수가 없다는구나. 하지만 그 사람도 이런 생활을 며칠만 경험해 보면 장난이라는 말은 더 이상 못 할 거야. 고든이 다음에 북쪽으로 여행할 때 이곳에 들러서 내가 어떻게 지내는지 직접 보겠다고 편지에 적어 보냈어. 그 사람이 여기 왔을 때 모든 일을 그이에게 맡겨 버리고 나는 뉴욕으로 쇼핑을 하러 도망쳐 버릴까? 여기 있는 침대 시트가 모두 낡았거든, 그리고 담요도 211장밖에 없어.

내 마음을 앗아간 단 한 마리의 강아지 싱가포르가 사랑한다고 전해달래.

나도 널 사랑해.
샐리 맥브라이드.

❧

존 그리어 고아원
금요일
세상에서 제일 사랑하는 친구 주디에게

네가 준 100달러와 벳시 킨드레드가 우리 식당을 어떻게 바꿔 놓았는지 상상도 못 할 거야!

노란색 페인트가 식당을 눈부실 정도로 예쁘게 만들어 놓았어. 벳시는 식당이 북향이라 밝은 색이 어울리겠다 싶어서 노란색을 택했대. 벽은 백색을 섞은 담황색을 칠하고 새끼 토끼가 그려진 장식 띠를 붙였어. 식탁, 긴 의자 등 목재 가구들도 환한 노란색으로 칠했어. 식탁에는 돈이 모자라 식탁보 대신 팔짝팔짝 뛰어다니는 토끼 무늬가 있는 린넨 러너를 깔았어. 그리고 지금은 노란색 사발에 갯버들을 담아 식탁에 올려놓았는데 나중에는 민들레, 서양깨풀, 미나리아재비를 담아둘 거야. 새 접시도 마련했는데, 하얀 바탕에 장미라고 그려놓은 것 같지만 우리 눈에는 노랑 수선화로 보이는(여기는 식물 전문가가 없단다.) 무늬가 있는 정말 예쁜 그릇이야. 하지만 무엇보다 제일 마음에 드는 것은 존 그리어 고아원이 생긴 이래 처음으로 냅킨을 마련했다는 사실이야! 아이들이 처음에는 그게 손수건인 줄 알고 다들 코를 닦았지 뭐니.

식당이 멋지게 새로 바뀐 것을 축하하기 위해 아이스크림과 케이크를 후식으로 먹었어. 나는 이 아이들이 겁먹은 듯 무표정하게 있는 게 제일 싫어. 그래서 시끄럽게 떠들고 장난칠 때는 상까지 준단다. 하지만 모든 아이들이 다 그런 건 아니야. 딱 한 사람 예외는 있지. 그건 바로 새디 케이트야. 이날도 새디는 나이프와 포크로 식탁을 두드리면서 이렇게 노래를 불렀어. "겁나게 노란 식당에 오신 걸 환영합니다."

식당 문에 쓰여 있던 문구 있잖니, "하느님께서 준비하신다."라고 쓴 것 말이야. 이번에 페인트로 그 문구를 지워 버리고 토끼 그림을 그려 넣었어. 제대로 된 집에서 제대로 된 가족과 함께 사는 정상적인 아이라면 그 교리에 대해 쉽게 믿음을 가질 수 있겠지만 쉴 곳이라고는 공원 벤치밖에 없는 아이들한테는 좀 더 투쟁적인 교리가 필요한 것 같아.

"하느님께서는 두 손과 머리 그리고 그것들을 사용할 넓은 세상을 주셨다. 두 손과 머리를 잘 사용하면 풍요로워질 것이다. 하지만 두 손과 머리를 그릇되게 사용하면 곤궁을 면치 못하리라."

이제는 이게 우리의 좌우명이야, 조건부이긴 하지만.

요즘 진행되는 선별 작업을 통해 11명의 아이를 떠나보냈어. 고마운 주립 자선 단체에서 어린 여자아이 세 명을 길러 줄 좋은 가정을 찾아 주었거든. 그 중 한 가정은 아이가 마음에 들면 정식으로 입양하겠다는 뜻을 전했는데, 그 가정은 분명히 아이를 마음에 들어 할 거야. 왜냐하면 그 아이는 이 고아원에서 보석 같은 존재거든. 말도 잘 듣고 예의바르고, 고수머리에 얼굴도 예뻐서 어느 집에서든 사랑 받을 아이야. 입양을 원하는 부부가 아이를 고르는 모습을 지켜보고 있자면 나는 아이의 운명을 결정짓는 일을 돕기라도 하는 듯 가슴이 쿵쿵 뛴단다. 모든 건 그 순간 아이의 행동에 달렸어. 아이가 예쁘게 미소를 지으면 아름다운 집이 아이의 것이 되지만 재채기라도 하면 아름다운 집은 남의 것이 되어버리지.

사내아이들 중 제일 나이 많은 아이 셋은 농장에서 일하게 되었는데 그 중 한 아이는 서부에 있는 목장으로 가게 되었어! 들리는 소문에 의하면 그 아이는 카우보이 일도 하면서 인디언과 전투를 벌이고 곰 사냥도 하게 될 거라는데, 아마 진짜로는 밀을 수확하는 농사 일을 하게 될 것 같아. 그래도 그 아이는 심심하기 짝이 없는 존 그리어 고아원에 남아 있어야 하는 25명의 모험심 왕성한 다른 사내아이들의 부러운 시선을 받으며 소설 속 영웅처럼 씩씩하게 떠났어.

나머지 다섯 아이는 각자에게 맞는 다른 시설로 갔어. 그 중 한 아이는 청각장애아이고, 한 아이는 간질환자, 그리고 나머지 세 아이는 정신지체아였어. 그 아이들 모두 여기로 와서는 안 되는 아이들이었어. 이곳은 교육 시설이기 때문에 이런 소중한 곳을 장애아들을 돌보는 데 이용할 수는 없잖니.

고아원은 이제 유행에 뒤떨어진 시설이야. 나는 이곳을 부모로부터 보호받을 수 없는 아이들의 신체적, 정신적, 도덕적 성장을 책임지는 기숙학교로 만들 생각이야.

내가 그저 부르기 편하게 우리 아이들을 '고아'라고 부르지만 여기 있는 아이들 중 많은 수가 실제로는 고아가 아니야. 문제 있고 게다가 고집까지 센 부친이나 모친이 있고 그들이 친권 포기 서류에 서명하기를 거부해서 그 아이들은 입양도 보낼 수가 없어. 내가 아무리 최고의 시설을 만들어서 보살핀다 해도 사랑이 넘치는 수양부모 밑에서 사는 게 아이들한테는 훨씬 더 좋은데 말이야. 그래서 나는 가능한 빨리 아이들이 입양 가능한 조건을 갖추도록 만들기 위해 애쓰고 있고 좋은 수양부모를 찾는 데도 최선을 다하고 있어.

너는 여행 중에 좋은 가정을 많이 만나게 될 텐데, 아이를 입양하도록 그 사람들을 설득해 줄 수 없겠니? 기왕이면 사내아이를 입양해 가면 더 바랄 게 없겠어. 여기는 사내아이들이 훨씬 더 많은데 사내아이를 입양하고 싶어 하는 가정은 별로 없어. 페미니즘에 반하는 이야기를 좀 해야겠어. 입양을 희망하는 가정들이 사내아이를 기피하는 현상이 보통 심각한 게 아니야. 금발에 보조개가 있는 여자아이는 천 명이라도 입양 보낼 가정을 찾아줄 자신이 있는데, 9살부터 13살까지 기운이 펄펄 넘치는 사내아이는 그 어디에도 원하는 가정이 없어. 그 나이의 사내아이는 늘 옷을 지저분하게 더럽히고 가구에 흠집을 낸다는 생각 때문에 그런가 봐.

그래서 말인데, 남성 클럽에서 마스코트 삼아 사내아이를 입양하는 건 어떻겠니? 믿을 수 있는 가정에서 아이의 숙식을 책임지고 매주 토요일 오후에 회원들이 돌아가면서 아이를 데리고 외출하는 거야. 그래서 경기장에도 데려가고, 서커스 구경도 시켜주면서 충분히 함께 시간을 보냈다 싶으면 책을 다 읽은 후에 도서관에 반납하는 것처럼 아이를 다시 클럽으로 돌려보내는 거지. 독신남에게는 상당히 귀중한 경험이 될 수도 있다고 생각해. 여자는 어려서부터 모성에 대한 교육을 받아야 한다고 다들 말하잖아. 그런데 남자에게 부성을 가르칠 기회는 좀처럼 볼 수 없잖니, 그러니까 훌륭한 남성 클럽에서 그런 기회를 마련하는 게 좋다고 생각하지 않니? 저비스 씨한테 그 분이 몸담고 있는 여러 클럽에서 이런 문제를 논의해 보라고 설득 좀 해 줘. 나도 고든한테 워싱턴에서 내 생각을 실천에 옮기도록 할 테니까. 두 사람 다 여러 클럽에 가입해 있으니까 최소한 사내아이 12명은 입양 보낼 수 있어.

113명 아이들 돌보느라 정신이 없는
엄마
샐리 맥브라이드.

꿇

존 그리어 고아원
3월 18일
주디에게

113명의 아이들을 돌보는 일에서 잠시 해방되는 즐거움을 맛보았단다.

어제 고든 할록 씨가 국가에 대한 봉사를 다시 수행하기 위해 워싱턴으로 돌아가는 길에 이 조용한 마을에 들렀지 뭐니. 고든의 말로는 돌아가는 길에 들른 것이라고 했지만 초등학급 교실에 있는 지도를 보니 원래 가야 하는 길이 여기서 16킬로미터나 떨어져 있었어.

　그래도 어쨌든 그 사람을 만나서 너무 기뻤어. 내가 이 고아원에 유폐된 이후로 외부인을 만난 건 이 사람이 처음이야. 그리고 어쩜 재미있는 이야기를 그렇게 많이 가져올 수가 있는지! 그이는 네가 신문에서나 읽을 수 있는 일들의 내부 사정을 속속들이 알고 있어. 지금까지 그이한테서 들은 바를 종합해 보면 고든은 워싱턴에서 일어나는 모든 일의 중심부에 있는 것 같아. 이 사람이 언젠가는 정계에 입문할 줄 알았어, 정치인의 기질을 타고났거든. 한동안 사교계에서 추방당했다가 되돌아온 것처럼 지금 내가 얼마나 들떠 있고 기운이 넘치는지 너는 아마 상상도 못할 거야. 고백하는데 나는 나처럼 무의미한 이야기를 함께 나눌 수 있는 사람이 정말 그리웠어. 벳시는 주말이면 집으로 돌아가고 맥래 박사는 대화는 가능하지만 무서울 정도로 논리적이고 이성적이야. 하지만 고든은 나와 같은 삶을 사는 사람이라는 생각이 들어. 컨트리클럽, 자동차, 춤, 운동 경기, 예의범절을 좋아하는 어리석고 경박한 삶 말이야. 난 그런 삶이 그리워. 지금처럼 사회에 봉사하는 삶이 이론적으로는 존경받아 마땅한 매력적인 삶이지만 그 실상을 자세히 들여다보면 지루하기 짝이 없어. 아무래도 나는 잘못된 것을 바로 잡는 일에는 전혀 소질이 없나 봐.

　나는 고든이 아기들한테 관심을 갖도록 만들려고 애썼는데 그 사람은 아기는 쳐다보려고도 안 했어. 그이는 내가 자신을 놀리기 위해 여기에 왔다고 생각하는데, 물론 틀린 생각은 아니야. 만약 고든이 내가 고아원을 운영할 수 있다는 말을 그처럼 불쾌할 정도로 비웃지만 않았으면 네가 그 어떤 말로 나를 유혹했어도 여기까지 오지는 않았을 거야. 내가 여기 온 것은 그 사람한테 내가 할 수 있다는 것을 보여 주기 위해서였어. 그런데 내가 할 수 있다는 것을 보여 줄 수 있는 지금, 못된 그이는 그런 나를 보기를 거부하는구나.

나는 저녁 식사에 그이를 초대하면서 눌린 쇠고기 요리가 나올 테니 미리 알아두라고 경고를 했어. 그랬더니 그 사람은 싫다고 거절하면서 내게 변화가 필요하다고 말했어. 그래서 우리는 함께 브랜트우드 호텔에 가서 구운 가재 요리를 먹었어. 그동안 나는 가재를 먹을 수 있다는 걸 잊고 살았지 뭐니.

오늘 아침에는 요란스레 울리는 전화벨 소리에 7시에 잠에서 깼어. 전화는 고든이 기차역에서 건 것이었는데, 워싱턴으로 돌아가는 길이라고 했어. 그이는 고아원에 대해 미안해하는 눈치였고 우리 아이들을 보지 않겠다고 한 것에 대해 사과했어. 그러면서 자신은 고아를 싫어하는 것이 아니라 다만 내가 고아들과 함께 있는 모습을 보는 것이 싫었을 뿐이라고 했어. 그리고 고아를 싫어하는 것이 아니라는 걸 증명하기 위해 아이들한테 땅콩을 선물하겠다고 약속했어.

잠깐이지만 고든이 다녀가고 나니 마치 휴가라도 다녀온 듯 기분이 새로워지면서 기운이 샘솟아. 역시 나에게는 철분약과 신경흥분제보다 한 두 시간의 수다가 기운을 북돋워 주는 데 훨씬 효과가 있는 것 같아.

펜들턴 부인, 저한테 해야 할 답장이 두 통이나 됩니다. 즉시 보내 주세요. 안 그러면 영원히 편지 안 쓸 겁니다.

너의 친구
샐리 맥브라이드.

ꜣ

화요일, 오후 5시
적에게

오늘 오후 제가 없는 사이에 여기 오셨다가 크게 화를 내셨다고 들었습니다. 스네이트 양이 돌보는 아이들이 선생께서 처방하신 대구간유를 먹지 않았다고 하셨다죠.

선생님의 처방이 제대로 이행되지 못한 것은 죄송하게 생각합니다만, 몸부림치며 우는 아기한테 냄새 고약한 약을 먹인다는 게 여간 힘든 일이 아니라는 것을 알아 주셨으면 합니다. 스네이트 양은 여느 독신 여성이라면 돌보지 않아도 될 아이를 10명도 넘게 돌보고 있으며, 우리가 조수를 구해 주기 전까지는 선생님께서 아이 하나하나에게 쏟아야 한다고 바라는 수준의 관심을 쏟을 여유가 없답니다.

뿐만 아니라 스네이트 양은 타인의 비난에 매우 민감한 사람입니다. 그러니 싸움이 하고 싶을 때는 부디 저에게 화를 내 주시기 바랍니다. 저는 스네이트 양과는 정반대이기 때문에 괜찮습니다. 그런데 스네이트 양은 9명의 아기를 제대로 침대에 누일 생각도 않고 히스테리를 일으키며 자기 방에 들어가더니 여태 나오지 않고 있습니다.

스네이트 양을 진정시킬 수 있는 약이 있다면 이 편지를 가져간 새디 케이트 편에 보내 주시기 바랍니다.

그럼 이만.

샐리 맥브라이드.

❦

수요일 아침

맥래 선생님께

저는 우둔한 짓을 할 생각이 전혀 없습니다. 다만 선생님께서 어제 하신 것처럼 불같이 화를 내면서 제 직원들을 당황하게 만드는 짓만은 하지 말아달라고, 불만이 있을 때는 저한테 와서 말씀하시라고 부탁드리는 것뿐입니다.

저는 선생님의 모든 지시(의학적인 지시를 말씀드리는 겁니다.)를 실행에 옮기기 위해 꼼꼼히 주의를 기울여 최선을 다하고 있습니다. 이번 사건은 사소한 부주의가 야기한 상황으로 보입니다. 아이들한테 먹이지 않았다고 선생님께서 소란을 피우셨던 그 대구간유 14병이 어디로 갔는지 저는 전혀 모르겠지만 조사는 해 보겠습니다.

그리고 여러 가지 이유로 인하여 저는 스네이트 양을 선생님께서 말씀하신 것처럼 쉽게 내쫓을 수가 없습니다. 스네이트 양이 어떤 면에서는 비능률적인 것이 사실이나 아이들한테는 친절하며 감독의 눈길만 있으면 잠시나마 기대에 부응할 수 있는 사람입니다.

그럼 이만.

샐리 맥브라이드.

❧

목요일

적에게

평온을 찾으시길. 제가 지시를 내렸으니 향후로는 이곳 아이들이 자신들의 몫으로 처방된 대구간유를 모두 복용하게 될 것입니다. 고집쟁이는 자기 뜻을 관철시키는 법이지요.

샐리 맥브라이드.

〜

3월 22일
주디에게

　지난 며칠 간 이 고아원은 대수롭지 않은 것을 찾느라 떠들썩했어. 바로 대구간유 전쟁이 발발한 이후부터야. 전쟁의 시작은 화요일이었는데 안타깝게도 나는 마침 우리 아이들 네 명을 데리고 마을로 쇼핑을 나가는 바람에 그 광경을 보지 못했어. 나중에 고아원으로 돌아와 보니 분위기가 심상치 않았어. 알고 보니 화잘 내는 우리 선생님께서 다녀가셨더구나.

　샌디가 열정적으로 정성을 쏟는 게 두 가지 있으니, 하나는 대구간유이고 다른 하나는 시금치인데, 이 둘 다 유아실 아이들이 싫어하는 거야. 얼마 전, 정확히는 내가 여기 오기 전에 샌디가 빈혈 환자 모두에게, - 이런 빈혈이라는 단어가 또 나왔네! - 대구간유를 처방하고는 스네이트 양에게 복용법에 대한 지시를 내렸어. 그리고 어제, 남 의심 잘 하는 스코틀랜드인답게 샌디는 어째서 아이들이 자기가 생각하는 것만큼 빨리 빈혈에서 회복하지 못하는지 알아보기 위해 몰래 돌아다니며 조사를 하다가 충격적인 사실을 발견했어. 아이들이 3주 내내 대구간유를 한 방울도 먹지 않았다는 거야! 그 사실을 알게 된 순간 샌디는 폭발했고 여기 서는 아주 난리가 났어.

벳시는 샌디가 쏟아내는 말들이 아이들 귀에 들어가서는 안 되는 말 같아서 없던 심부름거리를 만들어내서 새디 케이트를 세탁소로 심부름 보냈다고 말했어. 내가 도착했을 때는 맥래 선생은 돌아갔고 스네이트 양은 자기 방에 틀어박혀 울기만 했고, 대구간유 14병의 행방은 여전히 아무도 모르는 상태였어. 맥래 선생은 스네이트 양이 대구간유를 훔쳤다고 고래고래 소리를 지르며 욕했대. 무턱에 남한테 대들 줄 모르는 순진하게 생긴 스네이트 양이 힘없는 어린 고아들이 먹을 대구간유를 훔쳐 혼자 꿀꺽꿀꺽 마시는 모습을 상상해 봐!

스네이트 양은 흥분해서 이성을 잃은 채 자신은 아이들을 말할 수 없을 정도로 사랑하며 자신이 해야 할 일이라고 생각되는 일을 한 것뿐이라고 변명을 했대. 자기는 아기들한테 약을 주는 것이 옳지 않다고 믿는다, 약을 먹기에는 아기들의 위장이 너무 어리다고 생각한다고 말했다는 거야. 그 말을 들은 샌디의 모습을 상상해 봐! 어쩜, 이런, 나는 하필 그런 광경을 놓칠 게 뭐니!

야단법석은 삼 일 간 계속되었고 그 사이 새디 케이트는 우리와 맥래 선생 사이에 신랄한 서신을 전달하느라 쉴 새 없이 달렸어. 전화로 연락을 하면 아래층 계단 전화기로 '몰래 엿듣는' 늙은 잔소리꾼 가정부 때문에 마음 편히 이야기를 할 수가 없거든. 나는 존 그리어 고아원의 추악한 비밀이 널리 퍼지는 걸 원치 않아.

맥래 선생은 스네이트 양을 즉시 해고하라고 요구했지만 나는 거절했어. 물론 스네이트 양이 멍하고, 굼뜨고, 비능률적인 사람이긴 하지만 아이들을 사랑하는 것은 분명하고, 감독만 잘하면 꽤 쓸모 있는 사람이거든.

최소한 그 사람이 고위층 가족이라는 이유 때문에라도 술주정뱅이 요리사 내쫓듯 함부로 내쫓을 수가 없어. 대신 나는 천천히 시간을 들여서 그 사람을 여기서 내보낼 계획을 세우고 있어. 건강을 위해 따뜻한 캘리포니아에서 겨울을 나는 게 좋다고 설득할까 싶어. 그리고 맥래 선생의 뜻이 어떻든 간에, 스네이트 양은 너무도 독선적이고 고집이 세서 상대로 하여금 반감을 일으키게 만들어. 그 정도가 얼마나 심한가 하면 그 사람이 지구가 둥글다고 하면 내 입에서는 저절로 지구는 삼각형이라는 말이 튀어나올 정도야.

끝으로, 떠들썩했던 삼 일이 지나면서 문제는 모두 해결되었어. 맥래 선생으로부터는 가엾은 숙녀에게 너무 가혹하게 굴었다는 사과를 받아냈고(내키지 않아 억지로 한 사과였지만), 스네이트 양으로부터는 사건의 전말에 대한 완전한 고백과 더불어 앞으로는 이런 일이 없을 것이라는 약속을 받아냈어. 스네이트 양은 어린 아기들한테 그런 약을 먹이는 짓을 도저히 할 수 없었대. 그러면서도 맥래 선생의 처방에 정면으로 반대할 수 없어서 14병의 대구간유를 지하 창고 한 구석에 감췄다고 했어. 나중에 그 병들을 어떻게 처리하려고 그랬는지 몰라. 너라면 대구간유를 담보물로 받을 수 있겠니?

한참 후.

오늘 오후에 평화 협정이 막 체결되어 샌디가 위엄 있게 떠나자마자 사이러스 위코프 변호사가 찾아왔어. 한 시간 사이에 적을 두 사람이나 상대해야 한다는 건 너무 벅찬 일이야!

사이러스 변호사는 새로 개조한 식당을 보고 말도 못할 정도로 감동했어. 특히 벳시가 백합처럼 희고 고운 손으로 직접 토끼 그림을 그렸다는 말을 듣고는 감탄을 금치 못하더구나. 벽에 토끼 무늬를 스텐실 인쇄로 그려 넣는 것이 여자들에게 어울리는 작업이기는 하지만 나 같은 간부급 위치에 있는 사람이 하기에는 너무 하찮은 일이라면서 펜들턴 씨가 나한테 돈을 마음대로 쓸 수 있도록 허락하지 않는 것이 훨씬 현명한 처사일 것 같다고 했어.

사이러스 변호사와 함께 벳시의 솜씨를 구경하고 있는데 식료품 저장실에서 와장창 하는 요란한 소리가 들려서 가 보니 글래디올라 머피가 깨진 접시 조각들 틈에서 울고 있었어. 만약에 나 혼자 있을 때 접시 깨지는 소리를 들었다면 기절할 만큼 놀랐겠지만 무정한 후원자가 방문해서인지 그리 놀랍지는 않았어.

남은 접시 세트는 할 수 있는 한 최선을 다해서 소중하게 보관할 생각이지만, 네가 선물한 접시들이 흠 없이 완전한 상태인 모습을 구경하고 싶다면 빨리 북쪽으로 돌아와서 지체 없이 존 그리어 고아원을 방문할 것을 적극 권하는 바야.

늘 한결 같은 친구

샐리.

༄

3월 26일

주디에게

집으로 아기를 데려가 남편을 깜짝 놀라게 하고 싶다는 여성과 막 면담을 마쳤어. 아기를 부양할 사람이 남편이기 때문에 입양을 할 때는 남편과 신중하게 의논해야 한다고 이 여성을 설득하느라 얼마나 애를 먹었는지 몰라. 이 사람은 아기를 씻기고, 입히고, 가르치는 성가신 일은 전부 자신이 맡아 하게 될 테니 아기는 남편과 아무 상관도 없다고 막무가내로 고집을 부렸어. 그 말을 들으니 진심으로 남자들이 불쌍하게 느껴지기 시작했어. 세상에는 아무 권리도 누리지 못하는 남자들도 있는 것 같아.

심지어 싸움 좋아하는 우리 의사 선생님도 가정 내 폭군의 희생양이라는 생각이 들어. 그 폭군은 바로 그 집 가정부야. 매기 맥거크는 그 가엾은 남자를 정말이지 안타까울 정도로 함부로 대해. 그래서 우리 아이한테 그 사람을 보살피게 해야 할 정도야.

지금 내 곁에서는 새디 케이트가 난로 앞 양탄자에 책상다리를 하고 앉아 마치 가정주부처럼 맥래 선생의 코트 단추를 달고 있고, 선생은 위층에서 아기들을 돌보고 있어.

안 믿어지겠지만 샌디와 나는 무뚝뚝한 스코틀랜드 방식으로 서로 친밀한 사이가 되고 있어. 왕진 업무가 끝나 집으로 돌아갈 때면 오후 4시쯤 기운차게 고아원으로 와서 우리가 콜레라를 퍼뜨리지는 않는지 아이들을 죽이지는 않는지 살핀 다음 4시 30분에 내 서재로 와서 서로의 문제에 대해 이야기해.

그 사람이 나를 보러 온다고? 저런, 그건 절대 아니야. 그 사람은 단지 차와 토스트와 마멀레이드 때문에 오는 거야. 맥래 선생은 늘 굶주린 얼굴을 하고 있어. 그 사람 집 가정부가 밥도 제대로 안 먹이나 봐. 나는 그 사람에게 영향력을 행사할 수 있게 되는 즉시 가정부를 쫓아내라고 적극 권할 거야.

어쨌든 그 사람은 먹을 것을 주면 굉장히 고마워하는데, 나름대로 예의를 차리려고 애쓰는 모습을 보면 얼마나 우스운지 몰라! 처음에는 한 손으로 찻잔을 쥐고 다른 한 손으로 머핀 접시를 쥐더니 마치 제3의 손으로 음식을 먹겠다는 듯 두리번거렸어. 하지만 이제는 그 문제를 해결했어. 양 무릎을 가지런히 모으고 그 위에 냅킨을 깔아 제법 그럴싸한 임시 탁자를 만들어. 그리고 차를 다 마실 때까지 다리에 힘을 주고 버티면서 꼼짝도 안 해. 서재에 탁자를 하나 마련해야겠다는 생각이 들긴 하지만 샌디가 다리를 모아 앉아 있는 모습을 보는 것은 하루 중에 얼마 안 되는 즐거움이란다.

방금 우편배달부의 차가 도착했는데, 네 편지를 가져왔을 거라고 믿어. 편지는 단조로운 고아원 생활에 말할 수 없이 즐거운 휴식이 되어 준단다. 이 원장이 고아원 생활에 만족하게 만들고 싶다면 편지를 자주 보내는 게 좋을 거야.

......

편지 받았고 내용도 확인했어.

저비스 씨한테 습지에 있는 악어 세 마리 보여줘서 고맙다고 전해 줘. 저비스 씨는 그림엽서 고르는 취향이 아주 독특하시구나. 마이애미에서 보낸 너의 7장짜리 편지도 동시에 도착했어. 네가 이름을 써 놓지 않아도 저비스 씨와 야자수는 구분했어야 하는 건데, 그 둘 중에 야자수가 훨씬 더 털이 많으니까 말이야. 그리고 워싱턴의 멋진 청년한테서도 예의바른 답례 편지와 함께 책한 권과 사탕 한 상자가 왔어. 아이들한테 줄 땅콩은 지금 우편으로 보냈다더구나. 정말 사려 깊은 사람 아니니?

지미 오빠도 아버지가 공장 일을 쉬도록 허락해 주는 즉시 나를 만나러 오겠다는 소식을 보냈어. 가엾은 우리 오빠는 공장 일이 너무 싫대! 그렇다고 해서 오빠가 게으른 사람이라는 건 아니야. 오빠는 단지 오버올 생산에 관심이 없는 것뿐이야. 그런데 아버지는 오빠가 오버올에 관심이 없는 것을 이해 못해서. 공장을 세운 아버지한테는 오버올에 대한 열정이 있을 수밖에 없고 장남이 당연히 그 열정을 물려받았을 것이라고 믿고 계시거든. 나는 딸로 태어난 것을 정말 다행이라고 생각해. 그 덕분에 오버올 공장에서 일할 걱정 없이 예를 들어 고아원 원장 같이 내가 하고 싶은 일을 마음대로 선택할 수 있으니까 말이야.

다시 우편물로 돌아가서: 어느 식품 도매상에서 광고 편지가 왔는데, 오트밀, 쌀, 밀가루, 마른 자두, 마른 사과를 대단히 싼 가격에 교도소와 자선 단체에 판매하고 있대. 다들 영양이 풍부한 음식들이지?

그리고 농부 두 사람한테서 온 편지가 있는데, 두 사람 다 힘세고 덩치 크고 일하기를 두려워하지 않는 14살 정도의 사내아이를 원한다는 내용이야. 아이에게 좋은 가정을 주겠다는 약속도 함께 있어. 이런 좋은 가정은 봄에 새싹이 돋듯 자주 나타나. 하지만 지난 주에 이런 좋은 가정 하나를 조사하기 위해 그 가정이 있는 마을 목사에게 "그 사람한테 개인 재산이 있습니까?"라는 일상적인 질문을 했더니 매우 조심스럽게 "코르크 마개뽑이는 있는 걸로 압니다."라고 대답하더구나.

우리가 조사한 가정들 중에는 정말 그런 가정이 있을까 싶을 정도로 이상한 곳도 있어. 한 번은 시골에서 꽤 잘 사는 가정을 알게 되었는데 그 가정에서는 아름다운 집을 깨끗하게 유지하기 위해 온 가족이 방 세 개에 옹기종기 모여 산다더구나. 그 집에서는 값싼 하녀로 부릴 목적으로 14살 정도 된 여자아이를 입양하기를 원했는데, 아이를 입양하면 그 집 아이들 세 명과 함께 작은 방에서 같이 재울 예정이라고 했어. 그 집의 주방 겸 식당은 내가 본 도시의 그 어떤 주택보다도 복잡하고 환기가 되지 않았고, 온도계를 보니 무려 섭씨 28도였어. 그 사람들은 그 집에 사는 것이 아니라 그 집에서 푹푹 삶겨지고 있는 셈이었어. 그 집에서 우리 아이를 데려갈 일은 절대 없을 거야!

나는 절대 변치 않을 규칙을 하나 만들었어. 이것 이외의 다른 규칙들은 다 융통성이 있어. 무슨 규칙인가 하면, 입양을 희망하는 가정이 여기서 우리가 줄 수 있는 것보다 더 나은 혜택을 줄 경우에만 아이를 입양 보낸다는 규칙이야. 내 말은, 앞으로 두세 달 후 우리가 모범적인 고아원으로 변하고 나서 아이들한테 해줄 수 있는 것보다 더 훌륭하게 보살필 수 있는 가정에만 아이를 입양 보내겠다는 뜻이야.

솔직히 고백하자면 현재는 우리도 아이들한테 그다지 좋은 환경을 제공하지는 못하는 형편이야. 그래도 어쨌든 나는 입양 보낼 가정을 매우, 아주, 대단히 까다롭게 선택하고 있고 입양 희망 가정 중에 3/4는 퇴짜를 놓고 있어.

한참 후.

고든이 우리 아이들한테 훌륭한 선물을 했어. 그 사람이 보낸 땅콩이 도착했는데 높이가 90센티미터나 되는 삼베 부대에 한 가득이나 되는 양이야.

대학 때 자주 나오던 땅콩과 단풍나무 설탕 후식 생각나니? 그 후식이 나올 때마다 싫다고 투덜거리면서도 다 먹었잖아. 여기서도 똑같은 후식을 주는데 투덜거리는 사람이 아무도 없어. 리펫 부인 밑에 있던 아이들한테 음식을 먹이는 일은 참 재미있어. 다들 가엾을 정도로 별것 아닌 것도 감사히 여기면서 먹거든.

이 편지 보고 절대 짧다고 불평 못할 거야.

편지를 너무 많이 써서 손가락에 경련이 날 것 같은

너의 친구,

샐리 맥브라이드.

◈

존 그리어 고아원

금요일, 하루 종일 쓰다말다

주디에게

재미있는 소식 전해줄게. 내가 또 다른 적, 그러니까 맥래 선생의 가정부를 만났어. 그 사람과 전화상으로는 여러 번 이야기를 나누어서 귀족처럼 저음의 부드러운 목소리가 아니라는 것은 익히 알고 있었어. 하지만 얼굴은 본 것은 처음이야. 오늘 아침, 마을에서 돌아오다 조금 돌아서 맥래 선생 집 앞을 지나가기로 했어. 2단 경사 지붕에 커튼은 모두 꼭꼭 내려 닫고 온통 황록색인 그 집을 보니 샌디는 환경 때문에 그런 성격을 갖게 되었으리라는 생각이 들더구나. 그 집은 방금 장례식을 치른 집처럼 보였어.

그 가엾은 남자가 왜 그렇게 항상 생기라고는 찾아볼 수 없는지 이제야 알 것 같아. 그의 집 외관을 살펴보고 나니 집 안은 어떻게 생겼는지도 너무너무 궁금해졌어.

그러다 오늘 아침 식사 전에 재채기를 다섯 번이나 한 것이 생각나서 안으로 들어가 선생과 전문적인 상담을 하기로 마음먹었어. 맥래 선생이 소아과 전문이기는 하지만 재채기는 나이에 상관없이 누구나 하는 거잖아. 그래서 나는 용감하게 계단을 올라가 초인종을 눌렀어.

잠깐만, 어머나! 뭐니, 우리의 즐거움을 깨는 저 소리는? 사이러스 변호사 목소리가 계단을 따라 올라오고 있어. 써야 할 편지도 있고, 사이러스 변호사의 허튼 소리에 고문당하기도 싫어서 얼른 제인을 현관문으로 보내 그 사람 눈을 똑바로 쳐다보고 내가 외출하고 없다고 말하라고 일렀어.

......

춤이라도 출까 봐! 기쁨을 마음껏 즐기자! 사이러스 변호사가 갔어.

하지만 사이러스 변호사가 여덟 개의 계단을 올라왔듯이 나는 무려 8분 동안이나 캄캄한 서재 벽장 속에 숨어 있어야 했어. 사이러스 변호사가 제인의 말을 듣고도 점잖은 척 하며 내가 올 때까지 기다리겠다고 한 거야. 그러더니 서재에 들어와서 앉았어. 그러면 제인이 내가 벽장 안에서 지쳐 쓰러질 때까지 그대로 두었을까? 아니지. 제인은 새디 케이트가 저지른 '끔찍한 짓'을 봐야 한다면서 사이러스 변호사를 유아실로 안내했어. 사이러스 변호사는 끔찍한 짓을 구경하기를 좋아하거든. 특히 새디 케이트가 저지른 짓은 더 좋아해. 제인이 어떤 끔찍한 짓을 발견했는지는 모르겠지만 사이러스 변호사가 가 버렸으니 상관없어.

내가 어디까지 썼더라? 그래, 선생 집 초인종을 눌렀다는 것까지 썼구나.

그랬더니 현관문이 열리면서 덩치 크고 억세 보이는 여자가 소매를 둘둘 걷어 올린 채로 나왔어. 매부리코에 싸늘한 잿빛 눈을 한 여자는 무척이나 무뚝뚝해 보였어.

"무슨 일이에요?"

여자는 마치 청소부를 대하듯 물었어.

"안녕하세요."

나는 상냥하게 미소 지으면서 안으로 들어갔어.

"맥거크 부인 되십니까?"

"그래요. 그럼 당신이 고아원에 새로 왔다는 젊은 처자요?"

"네, 그래요. 선생님은 댁에 계십니까?"

"안 계세요."

맥거크 부인이 말했어.

"지금은 진료 시간이잖아요."

"시간을 늘 지키시는 건 아니에요."

"그런 건 꼭 지키셔야죠."

나는 단호하게 말하고 다시 이렇게 덧붙였어.

"선생님께 맥브라이드 양이 진찰 받기 위해 찾아왔었다고 전해 주세요. 그리고 오늘 오후에 존 그리어 고아원에 들러주시기 바란다는 말도 전해 주시고요."

"그럽죠!"

맥거크 부인은 투덜대듯 대답하고는 문을 쾅 닫았는데, 어찌나 문을 빨리 닫았는지 내 치맛단이 문에 끼었지 뭐니.

오늘 오후에 맥래 선생한테 그 이야기를 했더니 선생은 어깨를 으쓱하고는 그 정도면 매기가 정중하게 대한 거라고 했어.

"선생님은 매기가 그렇게 행동하는 것을 왜 참고 견디세요?"

내가 물었지. 그랬더니 선생은 이렇게 대답했어.

"하지만 그보다 더 나은 사람을 어디서 구하겠습니까? 하루 24시간 중 아무 때나 시간이 허락할 때 와서 밥을 먹는 독신 남성의 살림을 해 주는 게 쉬운 일은 아니죠. 매기가 집안 분위기를 밝게 해 주지는 못하지만 저녁 9시에도 따뜻한 식사는 준비해 줍니다."

하지만 그 식사가 맛있지도 않고 제대로 차려져 있는 것도 아니라는 데 돈이라도 걸라면 걸 수 있어. 매기는 무능하고, 게으르고 잔소리 심한 여자야. 그리고 그 여자가 왜 나를 싫어하는지 알아. 그 여자는 내가 선생을 빼앗아가고 자신을 지금의 안락한 일

자리에서 쫓아낼 거라고 생각하는 거야. 하지만 나는 그 생각이 틀렸다는 것을 굳이 알려주고 싶지 않아. 그 여자한테는 그런 걱정을 하는 게 도움이 될 거야. 그래야 선생한테 조금이라도 더 좋은 음식을 해 먹여서 살찌게 만들지. 살찐 남자가 성격이 좋잖니.

10시.

이런저런 방해를 받으며 하루 종일 편지를 썼는데 쓸데없는 소리만 잔뜩 쓴 것 같구나. 이제 자야 해, 너무 피곤해서 고개도 못 들 정도야. 노랫말에도 있듯이 "세상 유일한 즐거움은 잠이라네."

잘 자길 바란다.
샐리 맥브라이드.

∽

4월 1일
주디에게

이사도르 구트슈나이더를 입양 보냈어. 아이의 새 어머니는 뚱뚱한 몸에 항상 생글생글 미소 짓고 금발에 푸른 눈을 한 스웨덴 여자야. 이 사람은 유아실에서 머리색이 제일 짙은 갈색이라는 이유로 이 아이를 선택했어. 갈색 머리를 좋아하는데 자신에게서는 갈색 머리 아이가 태어날 가능성이 없다는 게 이유였어. 이제 아이는 새로 생긴 죽은 외삼촌의 이름을 따서 오스카 칼슨으로 개명하게 될 거야.

부임 후 첫 번째 후원자의 날이 돌아오는 수요일에 열릴 예정이야. 고백하건대 나는 그날이 손꼽아 기다려지지는 않아. 취임 연설이 그날 행사의 가장 중요한 순서라는 점은 더더구나 마음에 안 들어. 후원회 회장님께서 그 자리에 참석하셔서 나를 응원해 주시면 얼마나 좋을까! 그래도 최소한 한 가지 자신 있는 건 있어. 나는 리펫 부인이 그랬던 것처럼 자기 자랑을 일삼지는 않을 거야. 그리고 매달 첫 번째 수요일에 열리는 후원자의 날 행사를 즐거운 사교 모임으로 만들 거야. 존 그리어 고아원의 지인들이 모여 느긋하게 이야기를 나누는 그런 자리 말이야. 그리고 우리의 즐거움을 위해 고아들한테 폐를 끼치는 일도 절대 하지 않을 거야. 이 정도면 어린 제루샤의 불행했던 경험을 내가 가슴 깊이 새겨 두고 있다는 것을 너도 알 거야.

네가 마지막으로 내게 보낸 편지가 도착했는데, 북쪽 지방으로 여행 온다는 이야기는 전혀 없구나. 이제 5번 가를 돌아볼 때도 되지 않았니? "암만 후져도 집은 집이여." 내 손에서 스코틀랜드 말이 줄줄 흘러나오는 게 신기하지 않니? "샌디허고 알고 지내다 보니 새로운 단어를 무지무지 많이 알게 되었어."

저녁 식사 종이다! 이만 가봐야겠어, 앞으로 30분은 다진 양고기 요리에 바쳐야 해. 존 그리어 고아원에서 살아남으려면 먹어야만 한단다.

6시.

사이러스 변호사가 또 찾아왔어. 내가 범죄를 저지르는 현장을 덮칠 생각인지 얼마나 자주 찾아오는지 몰라. 이런 사람을 내가 어떻게 좋아할 수 있겠니! 시뻘건 얼굴에 뚱뚱한 이 영감은 영혼도 시뻘겋고 뚱뚱할 거야. 이 사람이 오기 전까지만 해도 기분 좋고 긍정적인 마음 상태였는데, 지금은 오늘 남은 시간 내내 투덜거릴 것 같은 기분이야.

사이러스 변호사는 밝은 분위기의 놀이방, 더 예쁜 제복, 목욕 횟수 증가, 더 나은 음식과 신선한 공기 제공, 재미있는 놀이, 즐거움, 아이스크림, 뽀뽀 등 내가 추진하는 변화들을 하나같이 쓸모없는 짓이라고 일축했어. 그러더니 나 때문에 여기 아이들이 하느님께서 정해 주신 신분에 맞지 않는 사람이 될 거라고 했어.

그 말을 듣는 순간, 내 안의 아일랜드 피가 끓어올라서 사이러스 씨한테 말했어. "만약 하느님께서 여기 있는 113명의 아이들한테 정해 주신 신분이 쓸모없고, 게으르고, 불행한 시민의 신분이라면 나는 하느님의 계획을 망쳐 놓겠어요! 우리는 아이들을 자신의 신분에서 벗어나도록 교육하는 것이 아닙니다. 우리는 여느 가정에서 하는 것보다 훨씬 효과적으로 아이들이 각자의 타고

난 적성을 찾아갈 수 있도록 교육하는 것입니다. 우리는 부잣집에서 아들에게 하듯 머리 나쁜 아이한테 억지로 대학교에 가라고 강요하지 않습니다. 그리고 가난한 집에서 아들에게 하듯 아이가 공부를 하고 싶어 하는데도 14살부터 무조건 일하고 돈을 벌라고 강요하지도 않습니다. 우리는 아이 하나하나를 면밀히 관찰해서 저마다의 수준을 파악할 겁니다. 그래서 만약 아이가 농부나 하녀가 될 자질을 가지고 있다면 할 수 있는 한 최고의 농부나 최고의 하녀가 될 수 있도록 가르칠 겁니다. 그리고 만약 아이가 변호사가 될 자질을 가지고 있다면 정직하고 똑똑하고 열린 마음을 가진 변호사로 만들 겁니다." (사이러스 위코프 자신이 변호사이긴 하지만 절대 열린 마음을 가진 변호사는 아니야.)

내가 말을 마치자 사이러스 변호사는 툴툴거리며 힘껏 찻잔을 저었어. 그 사람한테 설탕이 더 필요한 것 같아서 그의 찻잔에 설탕 한 덩어리를 더 넣어주고는 마시게 했지.

후원자들을 대할 때는 흔들리지 않고 단호한 모습을 보이는 것이 제일 좋아. 그래야 그들이 원장의 권한을 넘보지 못하게 만들 수 있어.

이런, 편지지 구석에 묻은 얼룩은 싱가포르의 혓바닥 자국이야. 싱가포르가 너한테 뽀뽀 인사를 보내고 싶은가 봐. 가엾은 싱가포르는 자기가 무릎에 얹어 기르는 강아지인 줄 알아. 사람도 자신의 소명을 제대로 모르는 것은 비극이야, 그치? 역시 나는 고아원 원장이 될 운명을 타고 나지 않은 게 확실해.

죽을 때까지 너의 친구인

샐리 맥브라이드.

～

존 그리어 고아원 원장실

4월 4일

플로리다 주 팜비치

펜들턴 가

펜들턴 씨 그리고 펜들턴 부인께

제 부임 후 처음으로 열린 후원자의 날 행사는 무사히 치렀습니다, 그리고 후원자들을 상대로 아름다운 연설도 했습니다. 모두들 아름다운 연설이었다고 말했습니다. 심지어는 제 적들까지도요.

고든 할록 씨의 최근 방문이 특히 시의적절했습니다. 저는 그분한테서 청중을 사로잡는 방법을 여러 가지 배웠습니다.

"재미있어야 한다." - 그래서 저는 새디 케이트와 두 분이 모르는 여러 아이들에 대한 이야기를 했습니다.

"구체적이어야 하고 청중의 지적 수준에 맞아야 한다." - 그래서 사이러스 변호사를 살펴보면서 그 사람이 이해하지 못할 것 같은 말은 하지 않았습니다.

"청중을 칭찬하라." - 그래서 고아원에서 이루어진 모든 변화는 너무도 훌륭하신 후원자들의 지혜와 독창성의 산물이라는 뜻을 조심스럽게 넌지시 알렸습니다.

"애절함을 곁들여서 도덕심을 고취하라." - 그래서 고아원에서 부모 없이 사는 아이들의 처지에 대해 이야기했습니다. 그 이야기가 얼마나 감동적이었는지 제 적까지 눈물을 훔쳤답니다!

연설을 마치고는 후원자들에게 초콜릿과 휘핑크림, 레모네이드, 타르타르 샌드위치를 대접해서 저녁 식사를 못 할 정도는 아닐 만큼 배부르고 즐거운 상태로 만들어 집으로 돌려보냈습니다.

그리고 저의 승리를 되새기며 즐겁게 떠들어대려는데 무시무시한 불행이 터지는 바람에 하마터면 오늘의 기쁨을 완전히 잊어버릴 뻔했습니다.

"나의 무서운 이야기를 들어라,

나는 점점 더 기력을 잃어가고 있으니,

지금 이날까지도

비록 그 냄새는 사라졌어도

그 일을 떠올릴 때마다 너무도 두렵도다!"

어린 타마스 케호에 대해서는 한 번도 못 들어보셨으리라 생각됩니다. 그렇지요? 이 아이 이야기를 하려면 잉크와 시간과 단어가 너무 많이 필요하기 때문에 지금껏 한 번도 편지에 쓰지 않

있습니다. 이 아이는 정말 기운이 넘치는 아이입니다. 그리고 자기 부친을 쏙 빼닮았습니다. 아이 아버지는 힘센 사냥꾼이었는데…… 이렇게 쓰고 보니 민요의 한 구절 같은데, 그런 것은 아닙니다.

저희가 애를 쓰는데도 타마스가 타고난 약탈자 기질을 없애기가 쉽지 않습니다. 이 아이는 활과 화살로 닭을 쏘질 않나, 돼지를 올가미로 옭아매질 않나, 소와 투우를 하질 않나…… 정말 얼마나 거친지 모릅니다! 그런데 후원자의 날 행사가 있기 한 시간 전, 특별히 더 깨끗하고, 향긋하고, 아름다워 보여야 할 그때, 이아이가 지금껏 한 짓 중에 가장 엄청나게 끔찍한 짓을 저지르고말았습니다.

아마 타마스는 창고에서 쥐덫을 훔쳤나 봅니다. 그래서 훔친쥐덫을 조림지에 설치했고, 어제 아침에 운이 좋았던지 큼직한스컹크가 덫에 걸렸습니다.

그걸 제일 먼저 발견한 건 싱가포르였습니다. 싱가포르는 집으로 돌아와서 미친 듯 양탄자 위에서 몸을 굴렸습니다. 우리가 싱가포르한테 정신이 팔려 있는 사이 타마스는 장작을 쌓아 두는곳에 숨어서 포획물의 가죽을 벗겼습니다. 그리고 벗겨낸 가죽을재킷 속에 숨겨 고아원 건물 안으로 들어와서는 아무도 발견하지못하겠다 싶은 자기 침대 밑에 숨겼습니다.

그러고는 일정에 따라 지하실로 가서 손님들한테 대접할 아이스크림 얼리는 일을 도왔습니다. 두 분도 저희가 메뉴에서 아이스크림을 제외한 것을 눈치채셨을 줄 압니다.

남은 짧은 시간 동안 우리는 악취를 제거할 수 있는 모든 방법을 다 동원했습니다. 흑인 난방 관리인 노아는 일정한 시간 간격으로 땅바닥에 모깃불을 피웠습니다. 요리사는 건물 안 여기저기에 탄 커피를 뿌렸습니다. 벳시는 복도에 암모니아를 뿌렸고, 스네이트 양은 우아하게 양탄자마다 제비꽃 향수를 뿌렸습니다. 저는 서둘러 맥래 선생한테 와 달라는 연락을 보냈고, 선생은 오자마자 염화석회 용액을 잔뜩 만들었습니다. 그렇게 애를 썼건만 수많은 다른 냄새들 사이로 타마스의 희생물이 복수하듯 내뿜는 고약한 악취가 풍겼습니다.

그래서 후원자 회의에서 제일 먼저 나온 안건이 커다란 구멍을 파서 타미뿐만 아니라 고아원 본관 건물을 몽땅 파묻자는 것이었습니다. 제가 충격적인 사건을 얼마나 솜씨 좋게 해결했는지는 사이러스 변호사가 새 원장이 사내아이들을 제대로 다스리지 못한다고 투덜대는 대신 재미있는 일이라고 싱글싱글 웃으며 집으로 돌아갔다는 말을 들으면 짐작이 가실 줄 믿습니다.

우리는 참아내야만 혀유!
늘 여전한
샐리 맥브라이드.

존 그리어 고아원
토요일 같은 금요일
주디에게

싱가포르는 여전히 휴대용 우리에서 살고 있고 타마스 케호가 매일 석탄산 향 비누로 목욕을 시키고 있어. 언젠가 먼 훗날 사랑하는 싱가포르가 내 곁으로 돌아올 정도로 깨끗해지는 날이 오길 빌어.

기쁜 소식을 전할게, 네 돈을 쓸 새로운 방법을 생각해냈어. 이제부터 구두, 옷감, 간단한 식료품은 근처 상점에서 사기로 했어. 도매상만큼 저렴하지는 않지만 그래도 할인을 받을 수 있고, 교육적인 효과가 그만큼의 값어치를 해. 이렇게 결정한 이유를 알려줄게. 우리 아이들 중 절반이 돈이 무엇인지도 모르고 돈으로 물건을 살 수 있다는 것도 모른다는 걸 알게 되었어. 아이들은 구두와 옥수수 죽과 빨간 플란넬 패티코트, 그리고 양고기 스튜와 깅엄 셔츠가 하늘에서 뚝 떨어지는 줄 알아.

지난주에 초록색의 1달러짜리 새 지폐가 내 지갑에서 떨어졌는데 8살 먹은 아이가 그걸 주워서는 내게 새 그림을 가져도 되냐고 물었어. (지폐 한 가운데 독수리 그림이 있잖니.) 그 아이는 여태 돈을 한 번도 본 적이 없었던 거야! 그 일이 있고 나서 나는 조사를 시작했고 이 고아원 아이들 중 수십 명이 직접 물건을 사 본 적도 없고 남이 물건을 사는 것을 본 적도 없다는 것을 알게 되었어. 그런데 그런 아이들을 16살이 되면 돈이 지배하는 세상으로 내보내야 하다니! 세상에, 생각 좀 해 봐! 그런 상태로는 평생 돌봐줄 사람이 곁에 없으면 제대로 살아갈 수가 없어. 우리 아이들도 자신이 버는 돈으로 무엇을 할 수 있는지 제대로 배워야만 해.

밤새 그 문제에 대해 생각하다 다음날 아침 9시에 마을로 나갔어. 그리고 상점 일곱 곳의 주인들을 만나 면담을 했는데, 그 중 네 명은 열린 마음으로 도와주겠다고 했고, 둘은 회의적이었고, 한 명은 전혀 이해를 못했어. 그래서 우선 포목점, 식료품점, 구두 상점, 문구점, 이 네 곳의 상점과 일을 해 보기로 했어. 우리가 대량으로 물건을 주문하는 대신, 상점 주인과 점원들이 교사가 되어서 우리 아이들이 상점으로 가서 물건을 살피고, 진짜 돈으로 물건을 살 때 도움을 주기로 한 거야.

예를 들어, 제인이 바느질용 파란 비단실 한 타래와 고무줄 1미터가 필요하다면 여자아이 둘에게 25센트 은화 한 닢을 주고 미커 씨 상점으로 보내는 거야. 그러면 아이들은 조심스럽게 비단실을 고르고 점원이 고무줄을 잡아당겨 늘여서 길이를 재지는 않는지 잘 살피는 거야. 그런 다음 6센트의 잔돈을 받아 물건을 가지고 돌아오고 그러면 나는 아이들한테 고맙다는 인사와 칭찬을 해 주면 되고, 아이들은 해냈다는 성취감을 얻게 되는 거지.

정말 가엾지 않니? 10살에서 12살의 여느 아이들이 당연히 아는 많은 것을 우리 아이들은 상상도 못한다는 게 말이야. 그래서 나는 많은 것을 계획하고 있어. 내게 조금만 시간을 줘. 그러면 언젠가는 우리 아이들을 보통 아이들과 비슷하게 만들어 놓을 테니까.

한참 후.

남은 저녁 시간은 다른 할 일이 없어. 그래서 차분히 앉아 편지를 좀 더 쓸까 해.

고든 할록이 땅콩 선물을 보낸 것, 기억하니? 내가 한 감사의 인사가 너무 극진했던지 그는 또 선물하고 싶은 마음이 들었나 봐. 아무래도 고든은 직접 장난감 상점에 갔다가 점원의 상술에 휘말린 것 같아. 어제 덩치 큰 지급 운송 배달부 두 사람이 우리 현관 앞에 부잣집 아이들이나 가지고 놀 만한 값비싼 동물 인형 한 상자를 놓고 갔어. 만약에 내가 고든이었다면 그런 식으로 돈을 쓰지는 않았겠지만 우리 아이들은 인형을 껴안고 무척 좋아했어. 그래서 요즘 우리 아이들은 잠잘 때 사자, 코끼리, 곰, 기린 인형을 안고 잔단다. 그게 심리학적으로 어떤 영향을 미칠지 모르겠어. 이러다 아이들이 자라서 서커스 단원이 되는 건 아닐까?

이런, 스네이트 양이 친목 도모를 위해 찾아왔네.

안녕.

샐리.

추신. 날 버리고 신나게 놀러나갔던 탕아 싱가포르가 돌아왔어.
너에게 안부를 전한다며 꼬리를 세 번 흔들었어.

∿

존 그리어 고아원
4월 7일
내 친구 주디에게

여자아이들을 위한 손재주 훈련 안내책자를 읽었어. 수용 시설
의 올바른 식단에 대한 책자도 읽었고. 이 책자에는 단백질, 지방,
탄수화물 등의 적절한 비율에 대한 내용이 있었어. 과학적 자선
이 유행인 요즘은 모든 문제를 표로 정리하기 때문에 도표만 있
으면 고아원을 운영할 수 있어. 이런 환경에서 글을 읽을 줄 아는
리펫 부인이 그 많은 실수를 저질렀다는 것을 이해할 수가 없어.
그런데 고아원 업무에 대해 아직 연구되지 않은 아주 중요한 부
분이 있어서 내가 요즘 자료를 수집하는 중이야. 그래서 언젠가
는 '후원자 관리와 통제'라는 주제로 책을 쓸 거야.
　내 적에 대한 우스운 이야기를 하나 할게. 사이러스 변호사 말
고, 내 최초의 적 말이야. 이 사람한테 새로운 관심거리가 생겼어.

꽤나 진지하게 말하기를 (이 사람은 무엇을 하든 늘 심각하고 진지해, 여태 웃는 얼굴 한 번 본 적 없어.) 내가 여기 온 후로 나를 세밀히 관찰해 왔는데, 내가 교육도 제대로 안 받고 어리석고, 경박한 것은 사실이지만 첫인상만큼 천박한 사람은 아니라나. 그리고 남자만큼 문제를 이해하고 요점을 정확히 파악하는 능력이 있다는 거야.

남자들은 정말 우습지 않니? 능력을 칭찬할 때 항상 남자답다거나, 남자만큼, 이라는 말을 쓰잖니. 그런데 나는 그 사람한테 절대 해 주고 싶지 않은 칭찬이 있어. 그 사람은 절대 여자만큼 직관력이 빠르지 않아.

어쨌든, 샌디는 내 문제점들을 정확히 파악했으며 그 중에 몇 가지는 바로잡을 수 있다고 생각한대. 그래서 대학에서 가르치지 않은 부분에 대해 자신이 나를 교육하기로 결심했다는구나. 나 같은 위치에 있으려면 생리학, 생물학, 심리학, 사회학, 그리고 우생학 서적을 많이 읽어야 하고, 비네 테스트를 실시할 줄 알아야 하고, 개구리의 신경 구조도 알아야 한대. 그런 실력을 갖추도록 만들기 위해 4천 권의 책이 있는 자신의 서재를 내게 이용할 수 있도록 하겠대. 그리고 내가 읽어야 할 책을 이곳으로 가져다줄 뿐만 아니라 내가 책을 제대로 읽었는지 확인하기 위해 책에 대해 질문도 하겠다더구나.

그래서 지난주는 주크 가의 삶과 서신에 몰두해 지냈어. 이 집 안의 6대조 조상인 마가렛 주크는 범죄자들의 어머니라고 할 수 있는 여성으로, 아이를 많이 낳았는데 대부분 감옥에서 출산을 했고, 현재 그 자손이 2백 명 가까이 돼. 여기서 배울 점 : 나쁜 유전자를 타고난 아이는 주크 가 사람들처럼 성장하지 않도록 주의 깊게 관찰해야 한다.

지금은 차를 다 마시자마자 샌디와 함께 고아원 기록부를 꺼내 알코올 중독자 부모들에 대한 기록을 샅샅이 조사하고 있어. 하루 일과를 끝마치고 석양이 질 즈음 즐기기에 딱 맞는 흥미로운 오락거리인 것 같구나.

아름다운 인생이여! 제발 얼른 집으로 돌아와서 나를 여기서 구해 줘. 나는 네가 보고 싶어 시들시들 말라가고 있어.

샐리.

∽

존 그리어 고아원
목요일 오전
펜들턴 부부 귀하

보내주신 편지는 잘 받았습니다, 그리고 저는 두 분을 막기 위해 펜을 들었습니다. 저는 구제 받기를 원치 않습니다. 제가 다시 하겠습니다. 저는 마음을 바꿨습니다. 두 분께서 이곳으로 보내기로 한 사람은 스네이트 양과 쌍둥이처럼 똑같은 사람이더군요.

그렇게 무능력한 무턱의 중년 여성한테 어떻게 제 사랑하는 아이들을 맡길 수 있겠어요? 생각만 해도 엄마의 심장이 쪼그라들 것만 같습니다.

그런 여성이 이런 일을 잠시라도 할 수 있다고 생각하세요? 어림도 없어요! 이런 시설의 운영자는 젊고 덩치도 크고 힘이 넘치고 추진력 있고 능력 있는 빨간 머리에 마음씨가 상냥한, 그러니까 저 같은 사람이어야만 합니다. 물론 제가 그동안 불만을 표시했던 건 사실이에요. 이런 혼란 속에 있다 보면 누구든 마찬가지일 거예요. 하지만 그것은 두 분 같은 사회사업가들이 흔히 성스러운 불만이라 부르는 현상일 뿐이었어요. 그리고 제가 그동안 뼈를 깎는 고통을 참으며 시작한 아름다운 개조 작업들을 이대로 내버릴 것이라고 생각하세요? 어림도 없어요! 저는 두 분께서 샐리 맥브라이드를 능가하는 원장을 찾아내기 전까지는 여기서 한 발자국도 움직이지 않을 겁니다.

그렇다고 해서 제가 평생을 여기 몸 바치겠다는 뜻은 절대 아닙니다. 단지 모든 일들이 제자리를 찾을 때까지만 있겠다는 거예요. 아이들을 깨끗이 씻기고, 깨끗한 공기를 숨 쉴 수 있게 하고, 건물을 새로 꾸미는 동안 두 분께서 이 자리에 딱 맞는 사람을 찾아내시리라 믿습니다. 저는 뭔가를 발전시키고 사람들한테 지시하는 것이 참 즐겁습니다.

형편없을 정도로 두서없는 편지이긴 하지만 두 분께서 그 무능력한 무턱의 중년 여성을 이곳으로 보내지 못하게 막기 위해서 어쩔 수 없이 3분 내로 편지를 부칠 생각입니다.

친절하신 두 분께 부탁드리니, 제발 저를 이 자리에서 내쫓지 말아 주세요! 부디 한 두 달만 더 여기 있게 해 주세요. 제가 잘하는 것을 보여 드릴 기회를 주세요. 그러면 절대 후회하지 않으실 거라고 약속드립니다.

샐리 맥브라이드.

⟊

존 그리어 고아원
목요일 오후,
주디에게

시를 한 수 지었어. 승리의 노래야.

로빈 맥래가
드디어 웃었네.
사실이라네!

샐리 맥브라이드.

존 그리어 고아원
4월 13일
주디에게

내가 여기 계속 머물 것이라는 사실을 듣고 네가 기뻐했다는 사실을 듣고 기뻤어. 나도 모르는 사이에 고아들한테 정이 들기 시작했나 봐.

저비스 씨가 일 때문에 계획보다 더 오래 너를 남부 지방에 붙잡아 두어야 한다니 너무 속상해. 너한테 할 이야기가 얼마나 많은데, 그리고 하고 싶은 이야기를 일일이 편지로 쓰는 게 얼마나 힘들고 성가신지 몰라.

물론 고아원 건물을 개조하게 된 것은 기뻐. 그리고 네 의견도 모두 훌륭하다고 생각해. 그런데 나한테도 몇 가지 괜찮은 의견이 있어. 체육관과 잠을 잘 수 있는 테라스를 만드는 것도 좋은데, 내 영혼은 작은 단층집 여러 채를 열망하고 있어. 고아원의 내부 사정을 자세히 알면 알수록 고아원이 여느 가정에 버금가는 조건을 갖추기 위해서는 작은 단층집 구조를 취하는 것이 최선이라는 생각이 절실해. 가족이 사회를 이루는 소단위인 만큼 우리 아이들에겐 어려서부터 가족 생활을 익히는 것이 필요해.

요즘 나를 잠 못 들게 하는 문제는 '건물 개조 작업을 하는 동안 아이들을 어디서 재울 것인가'라는 거야. 개조 작업을 하는 건물에서 아이들을 생활하게 하는 것은 힘들어. 서커스 천막을 빌려서 잔디밭에 세우고 거기서 아이들을 살게 하는 건 어떨까?

그리고 건물을 개조할 때 고아원을 떠난 아이들이 몸이 아프거나 일을 그만 두게 되어 돌아왔을 때 머물 수 있는 손님용 침실을 몇 개 만들었으면 좋겠어. 우리는 아이들이 이곳을 떠난 후에도 지속적으로 관심을 가지고 지켜보아야 해. 뒤에서 지켜봐 주는 가족이 없다고 생각하면 얼마나 쓸쓸하고 허전하겠니. 이모, 고모, 삼촌, 숙모, 숙부에 사촌, 오빠, 언니까지 모두 합쳐 수십 명도 더 되는 나 같은 사람은 그런 처지를 상상도 못 하겠어. 만약 내가 어디에도 의지할 곳 없는 처지라면 아마 너무 무서워서 숨도 못 쉴 거야. 여기 있는 버림받은 아이들을 위해 존 그리어 고아원은 그들이 필요로 하는 것을 제공해 주어야 해. 그러니까 부디 손님용 침실을 6개만 만들어 줘, 부탁이야.

잘 지내. 그리고 그 여자를 이곳으로 보내지 않아 줘서 고마워. 내가 계획한 아름다운 개조 작업들이 채 시작되기도 전에 다른 사람한테 이 자리를 내줘야 한다는 생각만 해도 적대감이 용솟음쳤었거든. 이런 말 하긴 싫지만 내가 샌디를 닮았나 봐. 나 아니면 아무 일도 안 된다고 생각하는 걸 보니까 말이야.

현재는 네 친구인
샐리 맥브라이드.

존 그리어 고아원
일요일
고든에게

요즘 당신한테 편지 못 쓴 거 알아요. 당신이 불평을 할 만도
해요, 그렇지만 당신은 고아원 원장이 얼마나 바쁜 자리인지 상
상도 못 할 거예요. 그리고 나한테 있는 편지를 쓸 수 있는 기운
은 욕심 많은 주디 애벗 펜들턴한테 모두 허비되고 있어요. 만약
내가 삼 일만 편지를 쓰지 않아도 주디는 고아원에 불이 나지는
않았는지 확인하려고 전보를 부칠 거예요. 하지만 마음씨 좋은
당신은 내가 편지를 하지 않아도 그저 당신의 존재를 기억할 수
있게 우리한테 선물만 보내고 말죠. 그러니 당신한테 편지를 자
주 보내지 않는 편이 우리로서는 이득인 셈이에요.

내가 여기 계속 머물기로 약속했다는 말 들으면 당신은 아마
화를 내겠죠. 펜들턴 부부가 드디어 내 자리를 대신할 사람을 찾
아내긴 했는데 그 여자는 이 자리에 어울리는 사람도 아니고 그
나마도 겨우 임시로 이 자리를 맡겠다고 했대요. 그리고, 내가 이
런 말을 하게 될 줄은 정말 몰랐는데, 막상 이 혼란스럽고 힘든
일에 작별을 고한다고 생각하니 우스터가 어딘지 모르게 심심하
고 재미없다는 생각이 들었어요. 지금처럼 모험과 놀랄 일이 가

득한 생활을 할 수 있으리라는 확신 없이는 이 고아원을 떠나지 못하겠더라고요.

당신이 어떤 대안을 제시할지는 짐작이 가지만 제발 부탁이니 지금은 말하지 말아 줘요. 예전에 내 마음을 정할 때까지 한 두 달만 시간을 달라고 말했을 거예요. 그 사이 내가 이 세상에 필요한 존재가 된다는 것이 얼마나 기분 좋은 일인가를 알게 되었어요. 아이들을 돌보는 것은 건설적이고 희망적인 과업이에요. 여기 있는 스코틀랜드 의사의 시각이 아닌 낙천적인 내 시각에서 본다면 말이에요. 정말이지 그런 사람은 처음 봐요. 항상 비관적이고 병적이다 싶을 정도로 우울해요. 아무래도 정신병과 알코올 중독, 유전적 문제에 대해서는 너무 많이 아는 것이 좋은 게 아닌 것 같아요. 나는 적당히 무식해서 이런 곳에서도 얼마든지 명랑하고 유능하게 일할 수 있답니다.

이곳 아이들이 앞으로 어떻게 성장할지 생각만 해도 가슴이 두근거려요. 우리 아이들은 세상 모든 꽃이 다 피어날 수 있는 꽃밭처럼 가능성이 무궁무진해요. 아무렇게나 마구 심어져서 그 중에는 잡초도 있겠지만, 그 어떤 꽃보다도 아름답게 피어날 꽃도 많이 있어요. 내가 지나치게 감상적인가요? 아마 배가 고파서일 거예요……. 그리고 저녁 식사 종이 울렸어요! 맛있는 식사가 기다리고 있어요. 주식은 로스트비프와 크림에 졸인 당근과 사탕무이고 후식은 대황 파이예요. 우리 저녁 같이 하지 않을래요? 당신이 여기 있으면 좋을 텐데.

당신의
샐리 맥브라이드.

추신. 여기 아이들이 기르고 싶어 하는 가엾은 도둑고양이가
얼마나 많은지 몰라요. 내가 여기 왔을 때는 네 마리였는데 그 고
양이들이 전부 새끼를 낳았어요. 정확히 세어 보지는 않았지만
현재 이 고아원에는 고양이가 19마리 정도 있어요.

∽

4월 15일
주디에게

지난 달 용돈을 너무 많이 받아서 존 그리어 고아원에 또다시
조금 기부해야겠다는 생각이 들었다고? 정말 고마워! 그럼 하층
민들을 위한 모든 일간지에 다음과 같은 광고문을 실어 주기 바
란다.

알림!
자녀를 버릴 예정인 부모들 보시오.
부디 자녀가 3살이 되기 전에 버려 주십시오.

아이를 버리는 부모들한테 더 이상은 바랄 게 없어. 선을 가르치기 전에 악의 뿌리를 뽑는 일은 너무도 더디고 힘든 작업이야.

한 아이 때문에 완전히 궁지에 몰릴 뻔했어. 하지만 겨우 다섯 살짜리 아이한테 당했다는 사실은 결코 인정하고 싶지 않구나. 이 아이는 말 한 마디 안 할 때는 한없이 우울하다가 한 번 화가 나면 손발에 닿는 것은 무엇이든 때리고 걷어차. 여기 온 지 이제 겨우 석 달밖에 안 되었는데, 그 사이에 고아원에 있는 낡은 골동품들을 거의 다 부숴 놓았어. 다행히 대단한 예술품들은 아니었지만.

내가 여기 오기 한 달 쯤 전에는 책임을 맡은 여자아이가 식사 종을 울리기 위해 복도로 나간 사이에 관리 직원들 식탁의 식탁보를 잡아당겼어. 식탁에는 벌써 수프가 차려져 있었는데 말이야. 그러니 어떤 일이 벌어졌을지 상상해 보렴! 그 일로 리펫 부인은 아이를 반쯤 죽여 놓았지만 아이의 고약한 성질은 바로잡지 못했고 그런 채로 그 아이가 내 손에 맡겨졌어.

아이의 아버지는 이탈리아인이고 어머니는 아일랜드인이야. 그래서 아이는 아일랜드인의 빨간 머리에 주근깨투성이 얼굴 그리고 이탈리아인의 아름다운 갈색 눈을 타고났어. 아버지가 싸움 중에 칼에 찔려 죽고 어머니는 알코올 중독으로 죽은 후에 아이는 이런저런 과정을 거쳐 우리한테 오게 되었어. 내 생각에 이 아이는 천주교 보호원이 어울릴 것 같아. 아이의 행동을 보면…….
정말 어떻게 하면 좋으니! 네가 상상하는 그대로야. 아이는 종일 발로 차고 물어뜯고 욕을 해. 그래서 나는 이 아이한테 '펀치'라는 별명을 붙여 주었어.

어제는 이 아이가 어린 여자아이를 넘어뜨리고 인형을 빼앗은 죄로 소리소리 지르면서 내 사무실로 끌려왔어. 스네이트 양은 아이를 내 뒤에 있는 의자에 앉히고는 아이가 조용해질 때까지 내버려두었고 그 사이 나는 편지를 썼어. 그러다 갑자기 와장창 하는 소리가 났어. 아이가 창틀에 있던 커다란 초록색 화분을 밀어서 산산조각을 내 놓은 거야. 나는 너무 놀라 벌떡 일어나다 잉크병을 바닥으로 떨어뜨렸고, 펀치는 자신이 저지른 일로 인해 발생한 두 번째 사건을 보더니 소란을 멈추고 고개를 젖히며 큰 소리로 웃어대기 시작했어. 이 아이, 정말 악마야.

그 전부터 나는 버림받은 이 아이가 지금껏 한 번도 경험하지 못했으리라고 생각되는 새로운 훈련 방법을 시도해 보려던 참이었어. 칭찬과 격려와 사랑이 어떤 힘을 발휘하는지 보기로 했지. 그래서 화분을 깨뜨렸다고 야단치는 대신 그것은 단지 사고일 뿐이었다고 말해줬어. 그리고 아이한테 입을 맞추고서 미안해 할 것 없다고, 나는 괜찮다고 말해 줬어. 그런 내 반응에 놀랐는지 아이는 조용해졌어. 조용히 숨만 내쉬면서 자신의 눈물을 닦아주고 쏟아진 잉크를 닦는 나를 빤히 보기만 했어.

현재로서는 이 아이가 존 그리어 고아원의 가장 큰 골칫거리야. 이 아이한테는 엄청난 인내심과 사랑을 가지고 이 아이 하나만 보살펴 줄 가정이 필요해. 제대로 된 아버지와 어머니가 있고 형제자매 할머니도 있는 가정. 하지만 이 아이의 언어습관과 무엇이든 부수는 행동을 바로잡기 전에는 좋은 가정으로 입양 보낼 수가 없어. 그래서 이 아이를 다른 아이들과 분리해서 오전 내내 내 사무실에 두기로 했어. 미리 제인을 시켜 사무실에 있는 깨질 수 있는 물건들은 전부 아이 손이 닿지 않는 높은 곳에 올려놓았어. 다행히 아이가 그림 그리는 것을 좋아해서 두 시간 내내 양탄자에 앉아 색연필로 그림을 그렸어. 아이는 노란색 돛이 펄럭이는 빨간색과 초록색의 배를 그렸는데 내가 칭찬을 해 주었더니 무척 놀라면서 비록 상스러운 말이었지만 붙임성 있게 굴더구나. 그전까지는 한 마디도 안 하던 아이였는데 말이야.

오후에는 맥래 선생이 들러서 아이가 그린 배를 칭찬해 주었고 그 때문에 펀치는 창작에 대한 자신감으로 한껏 부풀어 올랐어. 선생은 착하게 군 상이라면서 아이를 차에 태워서 환자 왕진에 데려갔어.

그런데 5시가 되자 맥래 선생은 평소보다 더 우울하지만 더 현명해진 상태로 펀치를 데리고 돌아왔어. 조용한 시골 저택에서 펀치가 병아리들한테 돌을 던지고, 정원의 물건을 박살내고, 고양이 꼬리를 잡고 빙빙 돌렸다는 거야. 그래서 나이 많은 할머니가 불쌍한 고양이를 괴롭히지 말라고 했더니 아이가 할머니한테 지옥에나 가라고 욕을 했대.

이 아이가 도대체 무엇을 보고 어떤 일을 겪었는지 도무지 상상이 가지 않아. 이 아이의 작은 머릿속 깊숙이 새겨진 어두운 기억들을 말끔히 지워내기 위해서는 오랫동안 사랑과 행복과 따스함을 베풀어 주어야 할 거야. 그런데 그런 보살핌을 받아야 할 아이들은 많은데 그 아이들을 안아주고 보살펴 줄 사람이 턱없이 부족해. 지금 여기 있는 우리만으로는 아이들을 모두 안아줄 수가 없어.

하지만 이제는 다른 이야기를 할게! 맥래 선생은 걸핏하면 유전과 환경에 관한 무시무시한 문제들에 대해 이야기하는 바람에 이제는 나까지 그 문제에 대해 관심을 갖게 되었는데 머리에서 떨쳐버리려고 해도 뜻대로 되지 않아. 이런 곳에서 쓸모 있는 사람이 되려면 세상의 좋은 면만 볼 줄 알아야 되는데 말이야. 사회사업가한테는 무엇보다도 낙천적인 성격이 필요해.

"성의 시계가 자정을 울릴 때까지." 이 아름다운 문장이 어떤 시에 있는 문장인지 아니? 바로 잉글리시 K의 '크리스타벨'이라는 시야. 세상에, 내가 그 수업을 얼마나 싫어했는데! 영문학 귀신인 너는 그 수업을 좋아했지만 나는 수업이 시작되어 끝날 때까지 한 마디도 못 알아들었어. 그렇지만 이 문단을 시작하면서 적은 문장은 사실이야. 벽난로 위의 시계가 자정을 가리키고 있어, 그러니 잘 자길 빌게. 안녕히!

샐리.

화요일

적에게

선생님께서 아이들 건강을 살피고 다니면서 고개를 빳빳이 쳐들고 제 서재 옆을 지나가시더군요. 그때 저는 평화를 위한 선물로 스코틀랜드 스콘 한 접시와 홍차를 차려놓고 선생님을 기다리고 있었습니다.

선생님께서 정말 간절히 원하신다면 캘리캑 집안에 대한 책을 읽겠어요. 하지만 이것 하나만은 말씀드려야겠어요, 선생님 때문에 너무 힘들어요. 능력 있는 원장 노릇을 하기도 힘에 부치는데 선생님께서 제게 하는 교육은 사람을 보통 지치게 만드는 게 아니랍니다. 지난 주 제가 전날 밤 새벽 1시까지 잠을 자지 않았다는 말에 선생님께서 불같이 화를 내셨던 것 기억하시죠? 맥래 선생님, 선생님께서 요구하는 엄청난 양의 독서를 해내려면 저는 매일 새벽까지 깨어 있어야 한답니다.

그렇지만 포기하지는 마세요. 대부분의 경우 저녁 식사 후에 30분 정도 쉴 수 있는 여유가 있고, 그럴 때 제가 정말 읽고 싶은 것은 웰스의 최신 소설이지만 그 대신 선생님께서 권하신 사악한 가족에 대한 책을 읽겠습니다.

요즘 제 삶은 가파른 계단과 같답니다.

선생님의 말을 충실히 따르는

샐리 맥브라이드.

∽

존 그리어 고아원

4월 17일

고든에게

튤립 보내줘서 고마워요, 은방울꽃도 잘 받았어요. 모두 다 내
파란색 페르시아 산 꽃병과 잘 어울려요.

캘리캑 가문에 대해 들어본 적 있어요? 없다면 당장 책을 읽어
보세요. 실제 이름과 고향이 밝혀지지 않아 정확히는 모르겠지만
뉴저지에 있는 집안인 것 같아요. 어쨌든, 6대조 전, 편의상 마틴
캘리캑이라고 이름 붙인 젊은 신사가 어느 날 밤 술에 취해 정신
이 온전치 않은 하녀와 눈이 맞아 달아났고, 그로 인해 정신이 온
전치 않은 캘리캑 자손들이 태어나 술주정꾼, 도박꾼, 매춘부, 말
도둑이 되어 뉴저지와 그 인근 주에 퍼져나갔어요.

마틴 캘리캑은 나중에 마음을 고쳐먹고 정상적인 여성과 결혼
해서 새로운 캘리캑 후손을 낳았는데, 이들은 판사, 의사, 농부,
교수, 정치인이 되어 고향의 자랑거리가 되었죠. 이렇게 두 줄기
로 나뉜 이 집안은 지금도 각자 이어지고 있어요. 정신이 온전치

않은 하녀가 임신을 했을 때 과감한 조치를 취했다면 뉴저지는 지금보다 축복을 받았을 텐데 참 안타까워요.

온전치 못한 정신은 반드시 후손에게 전해지는 유전 형질이고 과학도 이를 막을 수가 없어요. 수술로도 정상적인 뇌를 갖고 태어나지 못한 아이 머리에 정상적인 뇌를 심어줄 수는 없어요. 그리고 그런 아이가 자라, 예를 들어 30살의 몸에 9살의 뇌를 가진 상태의 어른이 되면 손쉽게 범죄자의 도구로 전락하게 되죠. 이 나라의 감옥은 1/3이 온전치 못한 정신을 가진 범죄자들로 채워져 있어요. 사회는 그런 정신을 가진 사람들을 일반인과 분리해 수용해서 단순 노동으로 생계를 유지하게 하고 아이는 낳지 못하도록 해야 해요. 그러면 한 두 세대만 지나도 그런 사람들을 사회에서 완전히 사라지게 할 수 있어요.

당신도 이런 걸 다 알고 있어요? 정치인이라면 반드시 알아야 할 정보예요. 그러니 당장 책을 구해서 읽어봐요. 내가 읽고 있는 책을 보내 주고 싶지만 빌린 것이라 그럴 수가 없네요.

그리고 이건 나에게도 꼭 필요한 정보예요. 여기 있는 아이들 중 11명이 온전치 못한 정신을 가진 것으로 의심되는데, 그 중에 로레타 히긴스는 확실해요. 한 달 동안 이 아이한테 기본적인 것을 한두 가지 가르치려고 애썼는데, 이제야 무엇이 문제인지 알 것 같아요. 이 아이의 머릿속에는 뇌가 아니라 물렁물렁한 다른 무언가가 가득 들어 있을 거예요.

처음 이 고아원에 왔을 때는 깨끗하게 환기를 시키고 아이들한테 좋은 음식과 좋은 옷을 주고 햇볕을 많이 쬐게 해 주는 정도의 사소한 문제들만 해결해 주면 되는 줄 알았는데, 세상에나! 여기서 해결해야 할 커다란 문제들이 얼마나 많은지 몰라요. 우선은 고아원보다 우리 사회를 먼저 바로잡아야 해요. 우리한테 정상 이하의 아이들을 보내지 않도록 말이에요. 나 혼자 흥분해서 떠든 것 같아 미안해요. 하지만 이런 문제가 너무 중요하고 또 흥미롭기까지 해서 어쩔 수가 없었어요. 이런 사람들을 사회에서 제거하는 법을 만드는 것은 입법가인 당신이 할 일이에요. 그러니 부디 당장 관심을 가져줘요. 그리고 내 말대로 해 줘요.

존 그리어 고아원 원장
샐리 맥브라이드.

〰

금요일
과학자님께

오늘은 오지 않으셨더군요. 내일은 절대 그러시면 안 돼요. 캘리잭 집안에 대한 책을 다 읽었는데 할 이야기가 산더미 같아요. 우리 아이들한테 심리 테스트를 해야 한다는 생각 안 하세요? 입양을 희망하는 부모들한테 온전치 못한 정신을 지닌 아이들을 보낼 수는 없잖아요.

로레타의 감기에 비소를 처방해 달라고 부탁드리고 싶은 마음을 간신히 참고 있어요. 제가 내린 결론에 의하면 로레타는 캘리캑 집안 후손이에요. 그 아이가 자라서 정신이 온전치 못한 후손 378명이 태어나고 사회가 그 후손들을 돌보도록 내버려두는 것이 과연 옳은 일일까요? 어쩜 좋아! 아이한테 독약을 먹이기는 싫지만 달리 방법이 없잖아요?

샐리 맥브라이드.

෴

고든에게

당신은 온전치 못한 정신을 가진 사람들에게 관심도 없고 내가 그런 사람들한테 관심이 있다는 사실에 놀랐죠? 하지만 나는 당신이 그런 사람들한테 관심이 없다는 사실에 놀랐어요. 이 세상에 존재하지 말았어야 할 모든 것에 관심이 없다면 어떻게 현명한 법률을 만들 수 있겠어요? 절대 만들 수 없어요.

그렇지만 당신의 부탁을 받아들여서 앞으로는 조금 덜 끔찍한 주제에 대해 이야기할게요. 얼마 전 50명의 어린 딸들한테 부활절 선물을 주기 위해 파란색과 장미색, 초록색 그리고 옥수수색의 머리 리본 50미터를 샀어요. 당신한테도 부활절 선물을 보내려고 생각 중이에요. 털이 복슬복슬한 새끼 고양이는 어때요? 다음과 같은 고양이라면 보내줄 수 있어요.

3대째에는 어떤 색이든 나오나 봐요, 그래서 회색, 검정색, 노란색 모두 다 있어요. 어떤 색 고양이를 원하는지 가르쳐 주면 즉시 우편으로 보내줄게요.

제대로 된 편지를 쓰고 싶었는데 차 마실 시간이고 손님이 오네요.

안녕히!

샐리.

추신. 당신 주위에 이가 17개 난 귀여운 사내아기를 입양하고 싶어 할 만한 사람 없을까요?

4월 20일
주디에게

한 개에 1페니, 두 개도 1페니, 따끈한 십자 무늬 빵이 왔어요!

며칠 전 차 모임에서 만난 고상한 드 페이스터 램버트 부인이 수난일 선물로 12개들이 빵 10상자를 보내왔어. (이러니 누가 감히 차 모임을 어리석은 시간 낭비라고 할 수 있겠니?) 램버트 부인은 나의 '소중한 어린 방랑자들'에 대해 묻더니 내가 고귀한 일을 한다면서 언젠가 그 보답을 받을 것이라고 했어. 부인의 눈을 보니 아이들한테 선물을 보내 줄 것 같아서 나는 얼른 자리에 앉아 30분 정도 함께 이야기를 나눴지.

나는 그 분을 찾아가 직접 감사 인사를 전하고 보내 주신 빵을 내 소중한 어린 방랑자들이 얼마나 고맙게 잘 먹었는지에 대해 자세히 이야기할 거야. 어린 펀치가 스네이트 양한테 빵을 집어 던져 하마터면 눈을 맞힐 뻔했다는 이야기는 뺄 생각이지만. 내 생각인데, 드 페이스터 램버트 부인은 앞으로 좋은 후원자가 될 수 있을 것 같아.

어쩜 좋으니, 나 점점 욕심 많은 거지로 변하는 것 같아! 우리 가족은 나를 찾아올 엄두도 못 내. 내가 하도 뻔뻔하게 이것저것 요구해서 말이야. 아버지한테는 앞으로 농부가 될 우리 아이들을 위해 당장 오버올 작업복 65벌을 보내 주지 않으면 앞으로 찾아뵙지 않겠다고 협박했어. 그랬더니 오늘 아침에 화물 회사에서 우스터 J. L. 맥브라이드 사에서 보낸 박스 두 개를 찾아가라는 연락이 왔더구나. 이것으로 나는 아버지가 나와의 혈연관계를 끊고 싶지 하지 않는다는 것을 확인할 수 있었어. 지미 오빠는 아직 우리한테 아무것도 보내 주지 않았어. 엄청난 급여를 받는데도 말이야. 그래서 오빠한테는 필요한 것을 달라고 조르는 처량한 편지를 좀더 자주 쓸 참이야.

그런데 고든 할록은 어떻게 하면 아이 있는 여자의 마음을 사로잡을 수 있는지 알게 되었나봐. 땅콩과 동물 인형 선물에 내가 감격했더니 요즘은 며칠에 한 번씩 선물을 보내고 있어. 그 바람에 나는 예전에 보낸 것과 똑같은 감사 편지를 보내지 않으려고 시간이 날 때마다 끙끙대며 감사 편지를 쓰고 있단다. 지난주에는 커다란 진홍색 공을 12개 보내왔어. 그래서 현재 유아실이 공으로 가득 차 있어서 걸을 때마다 공이 발에 와 부딪힌단다. 그리고 어제는 욕조에 띄워서 가지고 노는 개구리, 오리, 물고기 인형이 잔뜩 도착했어.

그러니 부디 후원자님들이여, 이 장난감들을 띄울 수 있는 욕조를 저희에게 보내 주소서!

여느 때와 다름없는
샐리 맥브라이드.

화요일
주디에게

봄이 머지 않았나 봐. 남쪽에서는 새들이 돌아오고 있고. 너도 새들을 따라 돌아와야 할 때가 된 것 같지 않니?

여행 중인 새들이 전하는 소식입니다.

"개똥지빠귀 부부가 플로리다 여행을 마치고 돌아왔습니다. 따라서 저비스 펜들턴 부부도 머지않아 돌아올 것으로 보입니다."

모든 게 더딘 여기 더치스 카운티에도 산들바람에 봄 냄새가 실려 오고 있어. 봄 냄새를 맡으면 당장이라도 밖으로 뛰쳐나가 언덕 위를 달리고 싶어진단다. 나처럼 도시에서만 살아온 영혼 속에도 자연을 그리는 농부의 본능이 숨어 있었다니, 정말 신기하지 않니?

오늘 오전은 9살 이상 아이들을 위한 텃밭을 만들 계획을 세우면서 보냈어. 거대한 감자밭은 이제 사라질 거야. 그 자리 말고는 텃밭 62개를 만들기에 적합한 땅이 없어. 고아원 북쪽 창에서도 잘 보일 정도로 가까우면서도 심혈을 기울여 가꾼 잔디밭에 피해가 올 것을 걱정하지 않아도 될 만큼 멀어. 거기다 흙도 기름져서 농작물이 잘 자랄 거야. 가엾은 우리 병아리들이 여름 내내 고생만 하고 제대로 보답을 못 받으면 안 되잖니. 아이들에게 동기를 부여하기 위해서 수확한 농작물은 고아원에서 진짜 돈을 주고 살 예정이라고 발표할 거야. 산더미 같은 무에 깔리게 될지도 모르지만.

나는 진심으로 여기 아이들한테 자립심과 솔선수범의 정신을 심어 주고 싶어. 여기 아이들한테 가장 부족한 자질이 바로 그 두 가지야. (새디 케이트와 한 두 명의 못된 아이들은 예외지만.) 못된 장난을 할 만큼 용기 있는 아이들은 상당히 희망적이라고 나는 생각해. 문제는 무기력증에 빠져 말썽조차 안 피우고 가만히 있는 아이들이야.

지난 며칠은 펀치의 못된 성질을 고치는 일에 매달리다시피 하면서 보냈는데, 그 일은 내 시간을 모두 투자해도 될 만큼 흥미로운 일이야. 하지만 107명의 나머지 꼬마 악마들의 못된 버릇까지 모두 고치려면 나 혼자 힘으로는 역부족이야.

이곳 생활의 나쁜 점은 무슨 일을 하든 그 순간에 하지 않는 또다른 할 일에 계속 신경이 쓰인다는 점이야. 펀치의 못된 성질은 한 사람이 (기왕이면 두 사람이면 더 좋고) 관심을 모두 쏟으면서 보살펴야 바로 잡을 수 있다고 나는 생각해.

방금 새디 케이트가 유아실에서 달려와서는 아기가 진홍색 금붕어(고든이 보낸 선물이야.) 한 마리를 삼켰다는 소식을 전했어. 세상에! 고아원에서는 사고가 끊이질 않는구나!

저녁 9시.

아이들이 모두 잠자리에 들었는데 한 가지 생각이 떠올랐어. 사람의 아이들도 겨울잠을 잔다면 정말 근사할 것 같지 않니? 10월 첫날 사랑스러운 아이들을 침대에 누이고 다음 해 4월 22일까지 그대로 내버려두어도 된다면 고아원 운영도 꽤 즐거울 거야.

늘 너의 친구인

샐리.

∽

4월 24일

친애하는 저비스 펜들턴 씨께

10분 전 저비스 씨께 보낸 야간 전보에 대한 추가 서신입니다. 50단어로는 제 마음을 전하기에 충분치 않아서 여기 1천 단어를 더 덧붙입니다.

이 편지를 받으면 아시겠지만, 저는 이곳에서 일하던 농부를 해고했고 그 사람은 해고 지시를 거부하였습니다. 저보다 덩치가 두 배나 되는 사람이기에 제 마음대로 끌어내어 문 밖으로 내던 질 수도 없었습니다. 그 사람은 강력한 어조를 동원해 타이프라이터로 작성한 후원회 회장님의 공식적인 해고 통지서를 받아야 겠다고 고집을 부리고 있습니다. 그러니 후원회 회장님, 부디 시간이 허락하는 대로 최대한 신속히 이 문제를 해결해 주시기 바랍니다.

이번 사건의 전말은 다음과 같습니다.

제가 여기 부임했을 때는 아직 겨울이라 농한기였기 때문에 돼지우리를 청소해야겠다고 두 번 지시한 것 외에는 농부인 로버트 스테리 씨한테 거의 신경을 쓰지 않았습니다. 그러다 오늘 봄철 농사 계획에 대해 상의하기 위해 스테리 씨를 불렀습니다.

제 요청에 따라 제 사무실로 온 스테리 씨는 모자도 벗지 않고 털썩 의자에 앉더군요. 저는 상대가 무안하지 않도록 조심스럽게 실내에서는 모자를 벗어야 한다는 뜻을 전했습니다. 왜냐하면 제 사무실에는 사내아이들이 심부름 때문에 자주 드나드는데, 이곳에서는 '실내에서는 모자를 벗는다'는 것을 남성이 지켜야 할 첫 번째 예절로 삼고 있기 때문입니다.

스테리 씨는 제 요청을 순순히 따랐습니다, 하지만 제가 요구하는 것은 무엇이든 거역하겠다는 듯 몸에 잔뜩 힘을 주어 앉더군요.

저는 스테리 씨를 부른 이유를 처리하기 위해 올해는 존 그리어 고아원이 감자만 먹는 식단에서 벗어나기로 했다는 계획을 말했습니다. 그러자 스테리 씨는 마치 사이러스 위코프 변호사처럼 투덜댔습니다, 그나마 사이러스 변호사보다는 점잖게, 들릴 듯 말 듯 투덜거리긴 했지만요. 그래도 저는 굴하지 않고 강낭콩, 양파, 완두콩, 토마토, 근대, 홍당무, 순무 등 새롭게 추가하고 싶은 농작물을 열거했습니다.

그러자 스테리 씨가 갑자기 자기도 감자와 양배추만 먹고 사니까 고아원 아이들도 감자와 양배추만 먹고 살아도 충분하다고 하더군요.

저는 그 말에 동요하지 않고 이번에는 8천 제곱미터의 감자밭을 갈고 비료를 주어서 60개의 작은 텃밭으로 만들어 사내아이들한테 맡길 계획이라고 말했습니다.

그 말에 스테리 씨는 결국 폭발하고 말았습니다. 제가 말한 감자밭은 이 고아원에 있는 밭 중에서 제일 기름지고 작황이 좋은 자리였습니다. 스테리 씨는 그런 땅을 조각조각 내서 아이들 놀이터로 만들면 후원회에서 가만 두지 않을 것이라고 했습니다. 그 밭은 감자 심기에 딱 맞는 땅으로 지금껏 늘 감자를 심어왔고 앞으로도 자기가 그 땅을 관리하는 한은 감자만 심을 것이라고 했습니다.

"스테리 씨 생각이 중요한 게 아닙니다."

저는 예의를 차리려고 애쓰면서 말했습니다.

"저는 이미 그 땅이 아이들의 텃밭으로 쓰기에 가장 좋은 자리라는 결론을 내렸습니다. 그러니 감자는 다른 곳에 심도록 하세요."

그 말을 듣자마자 스테리 씨가 불같이 화를 내면서 돼질 놈의 도시 젊은 것들 때문에 자기만 돼지게 생겼다고 하더군요.

그래도 저는 침착하게(아일랜드인의 피를 이어받은 빨강머리 치고는 침착하게 말입니다.) 여기 땅은 고아원 아이들의 복지를 목적으로 사용되는 땅이며, 제가 아이들의 노동력을 착취할 생각을 가지고 있는 것도 아니라고 설명했지만 스테리 씨는 제 생각을 이해하지 못하는 것 같았습니다. 도시 출신의 제 말투 때문에 그런 것인지는 모르겠지만요. 아무튼 저는 여기서 필요로 하는 농부는 여기 사내아이들한테 농사일과 남자들이 할 쉬운 일을 가르쳐 줄 능력과 인내심이 있고, 또 도시의 길거리에서 자라는 여기 아이들한테 좋은 모범이 될 수 있는 아량이 넓은 사람이라고 말했습니다.

그랬더니 스테리 씨는 우리에 갇힌 마멋처럼 이리저리 왔다갔다 하면서 주일 학교에서나 나올 법한 고리타분한 이야기를 늘어놓다가 은근슬쩍 여성 참정권에 대한 이야기로 넘어갔습니다. 들어보니 스테리 씨는 여성 참정권 운동에 찬성하는 것 같지는 않더군요. 저는 그 사람이 조용해지기를 기다렸다가 봉급 수표를 건네주고는 오는 수요일 정오까지 소작인 주택을 비워달라고 말했습니다.

스테리 씨는 그랬다가는 자기가 뒈질 것이라고 했습니다. (뒈진다는 말을 계속 써서 죄송합니다. 하지만 스테리 씨가 할 줄 아는 말이 이 말밖에 없더군요.) 그러면서 자기가 고아원의 소작인이 된 것은 후원회 회장님의 결정에 의한 것이니 후원회 회장님이 나가라고 할 때까지는 절대 나가지 않을 것이라고 했습니다. 가엾은 스테리 씨는 자신이 여기 온 후로 후원회 회장님이 바뀌었다는 사실을 모르는 것 같았습니다.

그리하여 나머지는 아시는 대로입니다. 협박 같은 것은 할 생각 없습니다. 스테리냐, 맥브라이드냐, 선택은 저비스 씨께 맡기겠습니다.

어쨌든 저는 애머스트에 있는 매사추세츠 농업 대학 학과장님께도 편지해서 상냥하고, 일 잘하고, 명랑한 아내가 있는 경험이 풍부하고, 성격 좋은 남성을 추천해 달라고 부탁했습니다. 17에 이커의 우리 고아원 농지 전체를 관리하고 이곳 사내아이들한테 모범이 될 만한 사람이 필요하다는 설명도 곁들였고요.

고아원 농지를 쓸모 있게 활용하려면 식탁에 놓일 콩과 양파만 기를 것이 아니라 아이들의 손과 머리를 쓰는 교육의 장으로도 사용해야 한다고 봅니다.

이만 마치겠습니다.
샐리 맥브라이드,
존 그리어 고아원 원장.

추신. 스테리 씨가 밤중에 고아원 창문에 돌을 던질지도 모르는데 제가 미리 창문에 보험을 들어놓을까요?

～

적에게

오늘 오후에 너무 급히 가 버리셔서 고맙다는 인사도 제대로 못 했어요. 제 서재까지 선생님이 떠나시는 소리가 들리더군요. 그리고 선생님이 저지른 짓의 결과도 보았습니다. 도대체 가엾은 스테리 씨한테 무슨 짓을 하신 거예요? 어깨에 힘을 잔뜩 주고 마차 차고로 걸어가는 스테리 씨 모습을 보니 갑자기 양심의 가책이 느껴지더군요. 저는 그 사람을 죽이고 싶도록 미워한 것은 아니었어요. 그저 설득해서 달래고 싶었던 것뿐인데. 선생님께서 그 사람을 너무 가혹하게 다룬 것은 아닌지 걱정입니다.

그래도 어쨌든 선생님의 방법이 효과를 본 것 같습니다. 들리는 바에 의하면 스테리 씨는 전화로 이사 마차를 불렀고 스테리 부인은 지금 거실 카펫을 뜯어내고 있다네요.

문제를 해결해 주셔서 정말 고맙습니다.

샐리 맥브라이드.

∽

4월 26일
저비스 씨께

강경한 전보를 보내 주셨는데 필요 없게 되었습니다. 알고 보니 로빈 맥래 선생이 싸울 때는 교활하기 짝이 없는 괴물로 변하더군요. 그 분이 이번 일을 깔끔하게 처리해 주셨습니다. 저비스 씨께 편지를 보낸 후에 끓어오르는 화를 참지 못해 맥래 선생한테 전화해서 편지 내용을 그대로 다시 이야기했습니다. 그랬더니 지금까지 수많은 문제점을 보여 준 우리의 샌디가(물론 그 문제점들은 지금도 여전합니다만) 뜻밖에도 지극히 상식적인 면모도 가지고 있음을 보여 주었습니다. 맥래 선생은 작은 텃밭이 아이들한테 얼마나 쓸모가 있을지, 그리고 스테리 씨가 얼마나 쓸모없는지를 잘 알고 있더군요. 그 분은 이런 말도 했습니다. "원장의 권위는 반드시 지켜져야 합니다." (그 분 입에서 이런 멋진 말이 나오다니 믿을 수가 없었습니다.) 어쨌든 이것은 분명 맥래 선생이 한 말입니다. 그러더니 그 분은 전화를 끊고 자신의 차를 몰아 제한 속도도 무시한 채 이곳으로 달려왔습니다. 그리고 곧장 스테리 씨한테 가서 마차 차고 유리창이 산산조각 날 정도로 스코틀랜드인답게 불같이 화를 냈습니다.

오늘 오전 11시 스테리 씨의 이삿짐 마차가 덜그럭거리며 고아원 정문을 빠져나간 후로 존 그리어 고아원은 조용한 평화를 되찾았습니다. 우리가 바라는 이상적인 소작인이 오기 전까지 마을에서 온 일꾼이 농사일을 봐주기로 했습니다. 저희 문제 때문에 심려 끼쳐드려 죄송합니다. 주디한테는 지난 번 제 편지에 대한 답장을 아직 못 받았으니 답장 해 줄 때까지는 제가 절대 편지 안 쓸 거라고 전해 주세요.

충실한 심복
샐리 맥브라이드.

주디에게

어제 저비스 씨한테 보낸 편지에 양철 욕조 세 개 보내 줘서 고맙다고 너한테 전해 달라고 부탁하는 걸 이저버려써. (이건 펀치가 쓰는 표현이야.) 강아지 그림이 있는 파란 하늘색 욕조 덕분에 유아실이 훨씬 더 밝아졌어. 아기들한테는 입에 넣고 삼킬 수 없을 정도로 큰 선물이 좋아.

반가운 소식 하나 전할게. 수공예 훈련이 훌륭하게 진행되고 있단다. 목수용 작업 의자 여러 개를 예전 놀이방에 들여놓았고 학습관 증축 공사가 끝날 때까지는 초급반 아이들을 건물 앞쪽 베란다에서 공부시키기로 했어. 이건 매튜 양이 제안한 아주 쓸모 있는 의견을 따른 거야.

여자아이들의 바느질 수업도 잘 진행되고 있어. 너도밤나무 아래에 긴 의자들을 둥글게 놓아서 바느질하는 아이들의 수업이 거기서 열리고, 큰 여자아이들은 순번을 정해서 재봉틀 세 개를 번갈아 사용하고 있어. 아이들 솜씨가 좋아지면 여기 아이들 제복을 새로 만드는 대규모 작업을 시작할 참이야. 내가 일처리가 늦다고 생각하겠지만 180명한테 입힐 제복을 새로 만드는 게 얼마나 큰일인지 몰라. 그리고 아이들도 자기가 직접 만들어 입는 옷은 훨씬 더 소중하게 여길 거야.

더불어서 이곳의 건강 상태가 한 단계 더 향상되었다는 것도 보고할게. 맥래 선생이 아침과 저녁 운동을 가르쳐 주었고, 공부 시간 중간에 우유 한 잔을 마시고 술래잡기 놀이도 하기로 했단다. 맥래 선생은 생리학 수업도 만들었어. 그래서 아이들을 작은 그룹으로 나눠서 우리 몸속의 복잡한 장기를 볼 수 있는 인체 해부 모형이 있는 자기 집으로 부른단다. 그 덕분에 이제 여기 아이들은 음식이 소화되는 과정과 관련된 과학 지식을 동요 부르듯 유창하게 읊을 수 있게 되었어. 여기 아이들 갈수록 너무 똑똑해지는 것 같아. 말하는 것을 들어보면 보스턴 아이들 같다니까.

오후 2시

오, 주디, 엄청난 불행이 벌어졌어! 몇 주 전에 어린 여자아이 하나를 입양을 희망하는 가정에 보냈다는 말 했던 것 기억나니? 그 가정은 깨끗한 시골 마을에 있는 친절한 기독교 가정으로, 양아버지 될 분은 교회 집사야. 해티는 착하고, 말 잘 듣고, 가정주부처럼 부지런한 아이여서 우린 그 집에 딱 맞는 아이라고 생각했어. 그런데, 세상에, 도둑질을 했다는 이유로 오늘 아침에 아이를 돌려보냈지 뭐니! 그것도 아이가 교회에서 공동으로 사용하는 컵을 훔쳤다는 거야!

흐느껴 우는 아이와 그 아이를 욕하는 어른들 이야기를 30분 정도 듣고서야 겨우 사실을 알게 되었어. 들어보니 그 사람들이

다니는 교회는 대단히 현대적이고 깨끗한 곳인 것 같아. 맥래 선생처럼 말이야. 그래서 개인별로 지정 공용 컵을 사용하기로 했대. 그런데 불쌍한 우리 해티는 지금껏 공용이라는 개념을 한 번도 접해 본 적이 없어. 사실 교회도 별로 가 본 적 없고, 아이가 경험한 종교 생활은 주일 성경 학교가 전부였어. 그런데 새로 입양간 집에서는 두 곳을 다 다녀야 했는데, 어느 날 교회에서 다과를 나눠주었대. 그런데 해티를 빼먹은 거야. 그런데도 아이는 아무 말도 안 했대. 그런 일을 당하는 데 워낙 익숙해 있어서 말이야.

그날 집으로 돌아올 때 자리에 은 컵 하나가 그냥 놓여 있는 걸 아이가 봤어. 아이는 그게 아무나 가져가도 되는 기념품 정도로 생각하고 그냥 자기 주머니에 넣었대.

그리고 이틀이 지나서야 아이의 인형 집에 소중하게 장식된 은 컵이 발견되었어. 해티는 오래 전 장난감 가게에서 인형의 접시 세트를 구경하고는 그것과 똑같은 걸 갖는 게 소원이었던 것 같아. 교회의 공용 컵이 장난감 가게에서 본 것과 같은 것은 아니지만 그래도 그 정도면 아이 눈에는 충분하다고 보였던 것 같아.

만약에 이 사람들이 그렇게 독실한 신자가 아니고 또 조금만 더 상식적인 사람들이었다면 원래 상태 그대로 잘 보존된 그 컵을 교회에 돌려주고 해티를 근처 장난감 가게로 데려가 인형 접시 세트를 사 줬을 거야. 하지만 이 사람들은 그러지 않고 아이 짐을 싸서는 도둑이라고 큰 소리로 야단치면서 이곳으로 오는 첫 기차에 태워 보낸 거야.

나는 아이를 데려갔던 집사와 그의 아내한테 교회 목사한테서도 들어보지 못했을 무서운 비난을 퍼부었어. 샌디의 입에서 나온 신랄한 표현도 좀 빌어서 썼지. 그래서 이들 부부가 잘못을 느끼게 만들어서 돌려보냈어.

불쌍한 해티는 큰 희망을 품고 떠났다가 결국 다시 여기로 돌아오게 되었어. 잘못을 저질러서 고아원으로 다시 돌려보내지는 게 아이한테 얼마나 끔찍한 정신적 충격이 되는지 몰라. 특히 아이가 자신이 무슨 잘못을 저질렀는지도 모르는 경우에는 더 혼란스러워하게 된단다. 그런 일을 겪고 나면 아이는 바깥세상이 알수 없는 함정으로 가득 차 있다고 생각하게 되어서 바깥세상으로 나갈 용기를 잃어버리게 돼. 난 지금부터 해티한테 새 양부모를 찾아주는 일에 온힘을 다 기울일 생각이야, 자신이 어린 시절에 어떤 장난을 치고 어떻게 살았는지 똑똑히 기억할 정도로 나이가 많지 않은 사람들로 말이야.

일요일

새 소작농이 왔다는 말을 너한테 아직 못했어. 이름은 턴펠트야. 이 사람 부인도 사랑스러운 사람이야, 금발에 보조개도 있어. 만약에 턴펠트 부인이 고아였다면 데려가겠다는 양부모가 금방 나타났을 거야. 정말이지 그대로 묵혀 두기에는 너무 아까운 사람이야. 그래서 턴펠트 부부가 살 오두막 옆에 부속 건물을 새로

123

지어서 턴펠트 부인한테 여기 새로 오는 아이들을 잠시 보살펴서 몸도 마음도 건강한지 확인한 다음 다른 아이들과 함께 지내게 하는 방법을 계획 중이야, 이를 테면 옮겨심기 전까지 어린 나무를 기르는 묘목장 같은 거지.

내 계획이 어떤 것 같아? 여기처럼 말썽도 많고 소란스러운 시설에서는 한 사람 한 사람 따로 관심을 쏟아 주어야 할 아이들을 돌볼 독립된 공간이 절실히 필요해. 우리 아이들 중에는 선천적으로 정신이나 신경이 약한 아이들이 있는데, 그런 아이들한테는 일정 기간 조용히 묵상하는 처방이 필요해. 내가 쓰는 표현들이 전문적이고 의학적인 것 같지 않니? 매일 로빈 맥래 선생과 교류하다 보니 배우는 게 얼마나 많은지 몰라.

턴펠트 씨가 온 후로 우리 돼지들이 얼마나 건강해졌는지 몰라. 살색도 선명한 분홍빛으로 보일 정도로 깨끗해져서 돼지들이 서로를 못 알아볼 정도라니까.

감자밭도 몰라볼 정도로 깔끔하게 다듬어졌어. 밧줄과 쐐기못으로 체스판처럼 촘촘하게 구획을 나눠서 아이들 모두 자기 몫의 텃밭을 갖게 되었단다. 그 바람에 뭘 심었는지 적어 놓은 푯말을 읽느라 얼마나 시간이 걸리는지 몰라.

쉬는 시간에 읽을 일요일 신문을 사러 시내에 나갔던 노아가 막 돌아왔어. 이 사람, 참 교양 있는 사람이야. 완벽하게 글을 읽을 줄 알 뿐만 아니라, 글을 읽을 때는 뿔테 안경까지 쓴단다. 노아가 오는 길에 우체국에 들러 네 편지도 가져다주었어. 금요일

밤에 쓴 것 말이야. 그 편지에서 네가 '예스타 베를링 이야기'(스웨덴 베름란드 지방의 배교자 예스타 베를링을 주인공으로, 부유한 제철소 주인과 소지주들의 생활상을 연대기적으로 다룬 장편 소설 - 옮긴이)에 대해 아무 관심도 보여 주지 않았다는 점, 그리고 저비스 씨도 마찬가지였다는 점에 내가 얼마나 마음이 아팠는지 몰라. 펜들턴 부부가 이렇게 문학에 대해 관심이 부족하다니, 너무도 놀랍구나!

맥래 선생이 사설 정신병원 원장으로 있는 의사를 만났다는데, 그 사람 대단히 침울한 사람인가 봐. 인생에 좋은 점이 하나도 없다고 생각한대. 하긴 하루 세 번 밥 먹듯 꼬박꼬박 우울한 환자들을 보다 보면 그런 생각을 하게 되는 게 당연한 것 같아. 그 의사는 세상 모든 곳에서 타락을 발견한다는구나. 만약에 내가 그 의사를 만난다면 30분만 대화해도 그 사람은 내가 언청이가 아닌지 확인하려고 내 목구멍을 들여다볼 거야. 샌디가 친구를 고르는 안목은 책을 고르는 안목하고 어쩜 그리 똑같은지 몰라. 정말 대단도 하시지! 편지 다 썼다.

안녕.
샐리.

5월 2일

주디에게

너무 일이 많아서 정신이 하나도 없어! 지금 존 그리어 고아원은 숨 돌릴 틈도 없어. 덧붙여 말하자면, 현재 나는 목수와 배관공과 석수장이가 여기 있는 동안 아이들과 관련된 문제를 해결하려고 계획 중이야. 그런데 고마운 우리 오빠가 내 대신 문제를 해결해 주기로 했단다.

오늘 오후에 침대시트가 필요해서 가지러 갔다가 우리 아이들 침대시트를 겨우 2주에 한 번 갈 수 있을 정도의 여유분밖에 없다는 걸 알고는 정말 깜짝 놀랐어. 그래, 여긴 그렇게 게으르게 살고 있어. 그런데 중세시대 대저택의 여자 성주처럼 허리띠에 열쇠를 잔뜩 달고 한창 바쁘게 일하고 있는 바로 그때 누가 찾아온 줄 아니? 바로 지미 오빠였어.

나는 일에 정신이 팔려서 인사를 하는 둥 마는 둥 오빠 코에 입만 살짝 맞추고는 제일 나이 많은 아이 둘이 책임을 맡고 있는 곳을 구경하라고 쫓아 보내다시피 했어. 거기서 오빠는 아이들을 모아서 야구를 했대. 한참 후에 오빠가 숨을 헐떡이면서 돌아와서는 무척 재미있었다면서 주말까지 여기 계속 있겠다고 했어.

하지만 그날 저녁 식사 때 나는 오빠한테 여기 있는 동안 식사

만큼은 호텔에서 해결해 달라고 했어. 그리고 식사가 끝나고 벽난로 앞에서 커피를 마시다가 지미 오빠한테 새 건물을 짓는 동안 아이들을 어떻게 해야 할지 모르겠다고 고민을 털어놓았어. 그랬더니 어떻게 됐는지 아니? 지미 오빠가 어떤 사람인지 너도 잘 알 거야. 바로 1분도 안 되어서 멋진 계획을 짜낸 거야.

"저기 식림지 옆 언덕 위 평지에 인디언 캠프를 만드는 거야. 아이들을 8명 재울 수 있는 오두막을 세 채 지어서 여름 동안 제일 나이 많은 순으로 사내아이들 24명을 거기서 살게 하는 거지. 그래봤자 2센트도 안 들 걸."

"그렇지 않아."

나는 오빠의 말에 토를 달았어.

"아이들을 돌볼 사람한테 들 비용만으로도 2센트는 넘게 들 걸."

"그건 간단해."

오빠는 호기 있게 해결책을 제시했어.

"여름 방학 동안 숙식을 제공하고 약간의 푼돈만 준다면 기꺼이 와서 일해 줄 대학 동창을 내가 한 번 찾아볼게. 너는 오늘 저녁에 나한테 준 거보다 좀 더 든든한 식사만 제공해 주면 돼."

저녁 9시 쯤 병원에 갔던 맥래 선생이 잠시 들렀어. 여기 아이들 셋이 백일해를 앓고 있었는데, 모두 격리시켜 놓아서 다행히 더 이상 전염되지는 않았어. 그런데 그 아이들이 어쩌다 백일해에 걸렸는지는 알다가도 모르겠어. 어쩌면 작은 새가 백일해를 물고 와서 고아원에 떨어뜨리고 간 건지도 몰라.

그건 그렇고, 지미 오빠는 맥래 선생한테 자기 계획을 이야기했고, 맥래 선생은 그 계획에 열렬한 찬사를 보냈어. 두 사람은 연필과 종이를 가지고 와서는 설계도까지 그리기 시작하더니 밤이 되기 전에 마지막으로 못을 박을 자리까지 다 정했어. 그러고도 성이 차지 않는지 이 두 남자, 밤 10시가 다 된 시각에 전화를 걸어 자고 있던 가엾은 목수를 깨웠어. 그러더니 다음날 아침 8시까지 목재를 가져다 달라고 주문했어.

10시 30분이 되어서야 직립재부터 들보, 하수시설, 지붕 경사면에 대해 떠들어대는 두 사람을 간신히 쫓아냈어.

그러고는 지미 오빠가 찾아온 것도 신나고, 아이들을 위한 오두막을 세운다는 계획도 신나고 또 커피를 마셔서 잠도 안 오기에 너한테 편지를 쓰기로 했어. 그런데 다시 생각해 보니, 네가 떠날 때가 되었으니 지금 당장 편지를 보내는 것보다 좀 더 자세하게 적어서 나중에 보내는 게 나을 것 같아.

늘 한결같은
샐리.

◠

토요일

128

적에게

저녁 7시 만찬에 함께 하실래요? 이번에는 정말 제대로 된 만찬 파티예요. 아이스크림도 나올 예정이랍니다.

제 오빠가 캠프에서 아이들을 맡아 줄 전도유망한 젊은이를 한 사람 찾아냈어요. 어쩌면 선생님도 아는 사람일지 모르겠네요. 위더스푼 씨라는 분이랍니다. 저는 이 사람을 보다 쉽게 고아원에 적응시키고 싶으니까 제발 부탁이니 정신병이나 간질, 알코올 중독 같이 선생님이 좋아하는 주제에 대해서는 부디 말을 삼가 주세요.

이 사람은 명랑하고 젊은 사회 지도자로 맛있는 음식 먹기를 좋아한다는군요. 그런 사람이 존 그리어 고아원에서 만족하며 지낼 수 있을까요?

너무 바빠 눈 코 뜰 새 없는
샐리 맥브라이드.

ᨆ

일요일
주디에게

지미 오빠는 금요일 아침 8시에, 그리고 맥래 선생은 그로부터 15분 뒤에 다시 왔어. 그러더니 목수와 새로운 소작농 그리고 노아를 데리고 말 두 마리와 이곳에서 제일 큰 사내아이 8명까지 끌고 공사 현장으로 가서는 여태 안 돌아오고 있어. 그렇게 빨리 시작하는 공사 현장은 아마 아무데도 없을 거야. 지미 오빠 같은 사람이 한 열 명만 더 있었으면 좋겠어, 우리 오빠가 처음 끓어오른 열정이 식기 전까지만 열심히 매달리는 사람이긴 하지만 말이야. 그러니까 중세시대 대성당처럼 수많은 세월이 걸리는 일에는 절대 안 어울리는 사람이지.

토요일인 어제는 오빠가 새로운 아이디어가 있다면서 신이 나서 찾아왔어. 전날 밤 호텔에서 퍼스트 내셔널 은행 지점장으로 일하는 캐나다의 사냥 클럽 친구를 만났다는 거야.

"그 친구 진짜 좋은 녀석이야. 캠프에서 아이들을 제대로 된 사내자식으로 만들어내는 일에 딱 적격인 친구지. 숙식과 한 달 40달러 월급만 보장된다면 당장 오겠대. 디트로이트에 있는 여자와 약혼을 했는데 요즘 사이가 안 좋대. 그래서 약혼녀와 좀 더 가까이 있을 수 있는 방법을 찾고 있었다는 거야. 내가 여기 음식이 형편없다고는 미리 말해뒀는데, 그 친구가 얼마나 괜찮은 녀석인지 보면 너 아마 요리사를 새로 바꿔서라고 그 친구 붙잡아 두고 싶을 거다."

"그 사람 이름이 뭔데?"

오빠가 하도 떠들어대기에 나는 조심스럽게 물었지.

"이름이 아주 거창해. 퍼시 드 포레스트 위더스푼이야."

하마터면 난 기절할 뻔했어. 그런 거창한 이름을 가진 사람이 24명의 꼬마 야만인을 돌본다는 걸 상상이나 할 수 있어야 말이지!

하지만 지미 오빠는 좋은 생각이 떠올랐다 싶으면 가만히 못 있는 사람이잖니. 그날 저녁에 당장 위더스푼 씨를 저녁 식사에 초대했다면서 우리 고아원의 송아지 고기 요리만으로는 안 되겠다 싶어 시내에서 굴과 비둘기 요리 그리고 아이스크림까지 주문했다는 거야. 그 바람에 나는 매튜 양과 벳시 그리고 맥래 선생까지 초대해서 제대로 된 만찬 파티를 열게 되었단다.

초대할 사람을 찾다 못해 심지어는 사이러스 변호사와 스네이트 양까지 초대할 뻔했어. 두 사람을 잘 아는 내가 보기에 이들 사이에 로맨스가 싹틀 법도 할 것 같아서 말이야. 이 두 사람처럼 완벽하게 어울리는 사람들도 없어. 사이러스 변호사는 아이가 다섯 있는 홀아비야. 이런 사람이라면 당연히 짝을 찾아줘야 하는 것 아니니? 사이러스 변호사도 신경 써야 할 아내가 있으면 우리한테 관심을 덜 가지게 될 거야. 이거야말로 두 사람 모두를 우리한테서 한꺼번에 떼어놓을 수 있는 최고의 방법이야. 우리 고아원의 향후 발전을 위해 한 번 진지하게 생각해봐야겠어.

어쨌든, 만찬 파티는 무사히 끝냈어. 그런데 식사하는 내내 내가 뭘 걱정했는지 넌 모를 거야. 내가 걱정한 것은 '퍼시가 우리를 위해 뭘 해 줄 수 있느냐'가 아니라 '우리가 퍼시를 위해 뭘 해

줄 수 있을까'였어. 이 세상을 모두 뒤져봐도 우리 아이들의 마음을 사로잡기에 퍼시처럼 적합한 사람은 못 찾을 것 같아. 그 사람은 보기만 해도 뭐든 다 잘할 것 같이 생겼어, 적어도 무슨 일이든 열정을 가지고 최선을 다할 사람인 것만은 확실해 보여. 문학과 예술적 소양은 조금 의심스럽지만 승마에 사격, 골프, 축구를 할 줄 알고 보트도 탈 줄 알아. 그리고 캠프를 하면서 집 밖에서 자는 걸 좋아하고 아이들도 좋아해. 지금껏 늘 고아들에게 관심이 있고 고아들에 대해 알고 싶었대. 그래서 고아들에 관한 책도 읽었다는데 아직 한 번도 직접 만난 적은 없다는 거야. 정말이지 퍼시는 믿을 수 없을 만큼 괜찮은 남자인 것 같아.

파티가 끝나고 돌아가기 전에 지미 오빠와 맥래 선생은 제등을 찾아내서는 잘 차려입은 옷차림 그대로 위더스푼 씨를 데리고 밭을 지나 미래의 잠자리를 구경하러 가기도 했어.

일요일은 그렇게 지나갔단다! 이 남자들이 목수 일까지 하겠다고 나섰지만 그건 내가 악착같이 막아냈어. 그냥 내버려뒀다면 104명의 도덕적인 우리 아이들한테 일요일에 일을 하는 나쁜 모습을 보여 주는 것은 말할 것도 없고 하루 종일 오두막 만드는 일에 매달려 있었을 거야. 대신 이 남자들은 그냥 서서 오두막집들을 구경만 하고, 망치를 들었다놨다 하면서 내일 아침 첫 번째 못을 어디에 박으면 좋을지 머릿속으로 상상만 했어. 정말이지, 남자들이란 보면 볼수록 몸만 어른이지 머릿속은 철부지 어린아이들 같다니까.

그건 그렇고 위더스푼 씨의 식사가 정말 걱정이야. 보기에는 식성도 전혀 까다로울 것 같지 않고 이날 저녁도 파티라는 명목 때문에 정장만 갖춰 입지 않았어도 더 잘 먹었을 것 같지만 그래도 걱정을 안 할 수가 없어. 나는 사회적 체면을 지키기 위해 벳시를 집에 보내서 만찬 파티용 옷을 잔뜩 가져오라고 했어. 그래도 한 가지 다행인 것은 위더스푼 씨가 점심은 호텔에서 먹기로 했다는 점이야. 그 호텔 점심이 꽤 푸짐하다고 들었거든.

저비스 씨한테 오두막 캠프 공사할 때 함께 못질을 할 수 없어서 섭섭하다고 전해줘. 아, 저기 사이러스 변호사가 납시는구나. 오늘도 제발 무사히 넘어갈 수 있기를!

늘 운이 없는 친구
샐리 맥브라이드.

존 그리어 고아원
5월 8일
주디에게

인디언 캠프가 완성되었어. 힘이 넘쳐서 주체를 못 하는 오빠도 돌아갔고, 24명의 우리 사내아이들이 야외 캠프촌에서 잠을 자기 시작한 지도 벌써 이틀이나 지났어. 아이들은 삼 면이 막히고 한 면은 뚫린 아디론댁 식 오두막에 익숙한 사람처럼 쉽게 적응했고, 오두막들 중에 제일 큰 곳은 퍼시 위더스푼 씨의 전용 오두막으로 정했어. 캠프촌 가까이 있는 통나무집은 다른 오두막들보다 바깥으로 노출된 곳이 적고 벽에 수도꼭지가 있고 물뿌리개도 세 개나 있어서 욕실로 사용하기에 그만이야. 각 오두막마다 목욕 책임자가 있어서 샤워를 할 사람이 있으면 의자 위에 올라가 물을 뿌려준단다. 후원자님들께서 욕조를 충분히 마련해 주시지 않으시니 우리는 이렇게라도 머리를 짜내야지 어쩌겠니.

각 오두막마다 하나의 인디언 부족이 되어서 행동에 책임을 지는 추장이 있고, 위더스푼 씨는 그들 모두를 책임지는 최고 추장이고, 맥래 선생은 병을 고치는 주술사 역할을 맡았어. 그리고 화요일에는 캠프에서 부족 축제도 열었어. 나도 정중하게 초대를 받긴 했지만 남자들만의 자리인 것 같아서 사양했어. 그래도 먹을 것은 좀 보냈는데, 아주 인기가 좋았단다. 그날 저녁 벳시와 나는 아이들이 만든 야구장까지 산책을 갔다가 인디언 축제에서 피어오르는 불꽃을 봤어. 우리 인디언 전사들은 침대에서 덮는 담요와 깃털을 단 머리띠(우리 닭들이 갑자기 꼬리털이 몽땅 없어졌는데 누가 그런 짓을 했는지는 물어보지 않았어)로 치장을 하고 활활 타오르는 모닥불 가에 둥글게 모여 앉아 있었어. 그리고 나바호 인디언처럼 어깨에 담요를 걸친 맥래 선생이 전투를 위한 춤을 추고 지미 오빠와 위더스푼 씨는 북을 두드리고 있었어. 그 바람에 구리 주전자 두 개가 완전히 못 쓰게 되어 버렸어. 샌디한테 그런 모습이 있을 줄은 정말 몰랐어! 그 사람이 아직 젊다는 걸 느낀 건 그때가 처음이야.

밤 10시가 넘어 인디언 전사들이 잠자리에 들자 세 남자는 나를 찾아와 푹신한 의자에 털썩 주저앉더구나. 다들 위대한 자선 활동으로 지칠 대로 지쳐 보였어. 하지만 내 생각은 빗나가지 않았어. 그 우스꽝스러운 짓들은 모두 이 남자들이 스스로 흥에 겨워 생각해낸 것이었어.

지금까지 본 바로는 퍼시 위더스푼 씨는 이곳 생활에 꽤 만족하는 것 같아. 위더스푼 씨가 고아원 직원들과 함께 식사를 할 때는 벳시의 특별 보호 아래 상석에 앉는데, 들은 바에 의하면 그 사람이 온 후로 조용하기만 하던 식사 시간에 활기가 넘친대. 내가 애써서 직원들 식사 메뉴에 몇 가지를 더 보탰더니 위더스푼 씨는 처음 여기 왔을 때 먹었던 굴과 메추라기 요리, 껍질 채 먹는 게 요리가 없어도 왕성한 식욕을 과시하면서 맛있게 잘 먹어.

위더스푼 씨한테 개인 서재를 만들어줄 공간이 없어서 마음이 쓰였는데, 그 사람이 우리의 새 진료실을 사용하겠다고 먼저 제안해서 내 고민을 해결해 주었단다. 그래서 위더스푼 씨는 저녁이면 책 한 권과 파이프 담배를 가지고 치과 진료 의자에 편하게 앉아 지내고 있어. 이 사람처럼 저녁 시간을 조용히 보내는 신사는 그리 많지 않아. 디트로이트에 있다는 이 사람 약혼녀는 복 받은 사람이야.

나 좀 살려줘! 시설을 둘러보겠다고 사람들을 가득 태운 자동차가 한 대 도착했어. 게다가 보통 이럴 때 안내를 하는 벳시가 지금 없어. 나 이만 갈게.

안녕히!
샐리.

~

고든에게

이건 편지가 아니에요. 당신이 편지를 하지 않았으니 나도 답장 쓸 이유가 없죠. 이건 롤러스케이트 65켤레를 잘 받았다는 영수증입니다.

정말 고마워요.
샐리 맥브라이드.

~

금요일
적에게

오늘 방문하셨다는데 제가 자리에 없었네요. 대신 제인을 통해서 전갈은 받았습니다.《교육의 유전학》이라는 책과 함께요. 제인 말로는 며칠 후에 이 책에 대한 제 의견을 물으러 다시 방문한다고 하셨다더군요. 이번에는 구술시험을 보실 건가요, 아니면 필기시험을 보실 건가요?

그리고 선생님께서 저를 상대로 하는 교육이 일방적이라는 생각은 안 하시는지요? 저는 로빈 맥래 선생님의 정신도 조금은 개선이 필요하다는 생각이 종종 든답니다. 그러니 앞으로는 선생님께서 보내신 책을 잘 읽을 테니 선생님께서도 제가 추천하는 책을 읽도록 하세요. 이번에는《돌리 이야기》를 보낼 테니 하루나 이틀 후에 책을 읽은 소감을 듣도록 하겠습니다.

스코틀랜드 장로교파를 경박한 사람으로 만들기가 결코 쉽지는 않겠지만 끈기를 가지고 도전하면 성과가 있겠지요.

샐리 맥브라이드.

෴

5월 12일

사랑해 마지않는 친구 주디에게

오하이오에 홍수가 났대! 여기 더치스 카운티도 물에 젖은 스

편지 꼴이야. 벌써 닷새째 비가 쏟아져서 지금 여기는 모든 게 엉망이야.

아기들은 후두염에 걸려서 밤새 한숨도 안 자. 요리사는 벽에 죽은 쥐가 있다고 알려 왔고. 게다가 오두막 세 채까지 비가 새서 이른 새벽, 폭우가 퍼붓기 시작하자마자 꼬마 인디언 24명이 흠뻑 젖은 채로 젖은 담요를 몸에 두르고 부들부들 떨면서 찾아와 안으로 들여보내달라고 애원했어. 그때부터 빨랫줄이며 계단 난간마다 젖어서 냄새나는 담요를 널어 말리는데 도무지 마를 생각을 안 하는구나. 퍼시 드 포레스트 위더스푼 씨는 비가 그칠 때까지 호텔로 돌아가 있기로 했어.

나흘 동안 밖에 나가지도 못하고 꼼짝없이 갇혀 있다 보니 좀이 쑤시는지 아이들도 말썽이 이만저만이 아니야. 그래서 벳시와 나는 이런 좁은 공간에서 아이들이 할 수 있는 활동적이고 건전한 놀이를 생각해 내느라 애를 먹었단다. 그래서 생각해 낸 것이 식당에서는 눈 가리고 찾기, 베개 싸움, 숨바꼭질, 체조 그리고 학습실에서는 콩 주머니 던지기야. (그 바람에 유리창이 두 장이나 깨졌어.) 사내아이들은 복도를 펄쩍펄쩍 뛰어다니고, 건물 안에 회반죽을 바른 곳은 전부 흔들거려. 우린 정말 열심히 맹렬히 쓸고 닦고 청소를 하고 있어. 나무 가구들도 깨끗하게 씻었고 마룻바닥도 반짝반짝 윤이 날 정도로 닦았어. 그런데 이렇게 열심히 몸을 움직이는데도 우리는 남아도는 힘을 주체할 수 없어서 서로에게 주먹질이라도 해야 할 지경이야.

새디 케이트는 악마가 다 되었어. 이런 어린 꼬마 악마도 있나? 없다면 새디 케이트가 최초가 되겠네. 오늘 오후에는 로레타 히긴스가 꼬마 악마가 되었고. 사실 아직은 로레타가 완전히 꼬마 악마가 되었는지 아니면 잠시 심술을 부린 건지 확실히 모르겠지만. 로레타는 바닥에 드러누워서 한 시간 내내 소리를 지르고 떼를 쓰면서 누가 가까이 다가가기만 해도 마구 몸부림을 치면서 발로 차고 깨물었어.

그러다 맥래 선생이 올 때쯤 되니 제풀에 지쳐버렸어. 맥래 선생은 축 늘어진 로레타를 앉아서 진료실 요람에 데려다 눕혔어. 그리고 아이가 잠든 후에야 내 서재로 오더니 아이들 기록을 보여 달라고 하는 거야.

로레타는 13살인데 여기 온 지는 3년 됐어. 그리고 그 사이에 다섯 번이나 발작을 일으켰고 그럴 때마다 심하게 벌을 받았대. 아이의 부모에 대한 기록은 간단했어.

'모친 알코올 중독으로 인한 치매로 블루밍데일 수용소에서 사망, 부친 미상.'

맥래 선생은 로레타의 기록을 한참 들여다보더니 얼굴을 찡그리며 고개를 내저었어.

"이런 혈통을 타고난 아이를 신경계에 이상이 있다고 벌하는 것이 옳은 일입니까?"

"절대 옳지 않죠. 우리가 저 가엾은 아이의 신경계 이상을 고쳐줘야 해요."

내가 말했어.

"할 수 있다면 그렇게 해야죠."

"대구간유도 열심히 먹이고 햇볕도 많이 쬐게 할게요. 그리고
저 불쌍한 어린 것을 돌봐 줄 친절하고 마음씨 좋은 수양어머니
를 찾아 줘서……."

그런데 로레타의 푹 꺼진 눈과 주먹만한 코, 헤벌린 입 그리고
무턱의 얼굴에 지푸라기 같이 거친 머릿결, 거기다 뾰족하게 솟
은 귀가 떠오르자 더 이상 말을 이을 수가 없었어. 그렇게 생긴
아이를 사랑하고 아껴줄 사람이 세상에 있을까 싶었거든.

"왜, 대체 왜."

나는 울음이 터져 나왔어.

"하느님께서는 고아들한테 파란 눈과 예쁜 곱슬머리 그리고 귀
여운 몸을 주지 않으시는 거죠? 그렇게 생긴 아이라면 얼마든지
좋은 수양부모를 찾아줄 수 있는데, 로레타 같은 아이를 데려가
겠다는 사람은 어디에도 없을 거예요."

"아마도 로레타가 이 세상에 태어나는 데에 하느님께서 관여하
지 않으셨던가 봅니다. 고아들을 이 세상에 태어나게 한 것은 악
마가 분명합니다."

불쌍한 샌디! 이 사람은 미래에 대해 심하다 싶을 정도로 비관
적이야. 하긴 그렇게 재미없이 사는 사람이니 그럴 만도 하지. 이
사람, 오늘은 아예 자기 머리가 이상해진 것처럼 보였어. 아기가
아프다고 연락을 했더니 새벽 5시에 빗속을 뚫고 달려왔어. 그래

서 내가 자리에 앉히고 차를 권했고 그 뒤로 알코올 중독과 백치, 간질, 정신병이라는 유쾌한 주제로 대화를 나눴단다. 맥래 선생은 알코올 중독에 빠진 부모도 싫어하지만 정신병에 걸린 부모는 그보다 훨씬 더 싫어하더구나.

그런데 난 유전학에서 한 가지 주장은 받아들일 수 없어. 아직 눈도 못 뜬 갓난아기를 부모한테서 떼어놓는다고 가정할 경우에 한해서지만 말이야. 세상에서 제일 밝고 명랑한 아기가 우리 고아원에 왔는데, 이 아기의 생모와 루스 이모, 실라스 삼촌은 모두 정신병으로 죽었어. 그런데도 이 아기는 소처럼 순하고 얌전해.

친구야, 이만 인사를 고해야겠구나. 즐거운 내용을 쓰지 못해서 미안해. 그래도 지금부터는 더 이상 나쁜 일은 일어나지 않을 것 같아. 지금은 밤 11시야. 덜컹거리는 문짝과 처마에서 물 떨어지는 소리 말고는 아주 조용해. 제인한테 10시까지는 잠자리에 들겠다고 약속했는데. 잘 자, 가족 모두 행복하시오!

샐리.

추신. 걱정거리 속에 파묻혀 살지만 그래도 한 가지 기쁜 소식이 있어. 사이러스 변호사가 독감에 걸렸다는 거야. 하도 반가운 소식이라 제비꽃을 한 다발이나 보냈단다.

추신 2. 요즘 고아원에 유행성 결막염이 퍼졌어.

～

5월 16일.

안녕, 사랑하는 친구 주디야!

3일 내내 햇빛이 반짝이고 존 그리어 고아원은 환하게 웃고 있단다.

시급한 문제들이 말끔하게 해결되었어. 냄새를 풍기던 담요들이 드디어 다 말랐고, 인디언 캠프도 예전 모습을 되찾았어. 오두막 바닥에는 나무 널빤지를 댔고 지붕에는 타르 종이를 깔았어. (그래서 위더스푼 씨는 캠프의 오두막을 닭장이라고 불러.) 그리고 옥수수밭 밑으로 캠프가 있는 평지부터 또 홍수가 날 경우를 대비해서 물이 빠질 수 있도록 돌을 댄 도랑도 파고 있어. 이제 우리 꼬마 인디언들은 다시 야생의 생활로 돌아갔고 인디언 추장도 돌아왔어.

요즘 맥래 선생과 나는 로레타 히긴스의 정신 상태를 돌보는 일에 가장 신경을 많이 쓰고 있어. 우리 둘 다 소란과 말썽이 끊이지 않고 항상 시끄러운 이곳 생활이 아이한테는 너무 자극적이라는 데 의견을 같이 했어. 그래서 제일 좋은 방법은 아이를 독립된 가정에서 살게 하면서 충분한 관심과 보호를 받게 하는 것이라는 결론을 내렸어.

늘 수완이 비상한 맥래 선생은 이번에도 적당한 가정을 금방

142

찾아냈어. 바로 선생의 옆집에 사는 사람들인데 아주 좋은 사람들이야. 나도 이제 막 그 집에 다녀오는 길이야. 남편은 철공소 주물반 십장이고 아내는 온몸을 흔들며 요란하게 웃어대지만 남을 편하게 해 주는 사람이야. 이들 부부는 응접실을 깨끗하게 관리하려고 하루 종일 부엌에서 살다시피 한다는데, 부엌이 얼마나 예쁜지 나도 거기서 종일 살고 싶을 정도였어. 부엌 창문에는 그 집 부인이 베고니아 화분을 올려놓았고, 화로 앞의 꼬아 만든 양탄자에서는 예쁜 얼룩 고양이가 자고 있었어. 그 집 부인은 일요일마다 쿠키며 생강빵, 도넛도 만든대. 나는 매주 토요일 오전 11시에 로레타를 만나러 그 집에 갈 생각이야. 그런데 내가 윌슨 부인에게 좋은 인상을 남긴 게 확실한 것 같아. 그 사람이 나에게 좋은 인상을 남긴 것처럼 말이야. 내가 떠난 다음에 윌슨 부인이 맥래 선생한테 내가 자신만큼 평범한 사람이라서 마음에 든다고 했대.

거기서 로레타는 집안일을 배우고 자신이 가꿀 텃밭도 얻게 될 거야. 그리고 햇볕을 쬐면서 밖에서 노는 데 주력하게 될 거야. 그리고 일찍 잠자리에 들게 될 거고, 영양가 있는 좋은 음식을 먹고, 사랑도 듬뿍 받으면서 행복하게 살게 될 거야. 이 모든 게 일주일에 단 돈 3달러면 된다니 정말 대단하지 않니!

이런 가정을 100곳만 찾아서 우리 아이들 전부를 맡겨 버릴까? 그런 다음 이 고아원 건물은 정신병원으로 만드는 거야. 그렇게 되면 나는 정신병자들에 대해 아무것도 모르니까 양심에 거리낄 것 없이 원장 자리에서 물러나 집으로 돌아가서 행복하게 오래오래 잘 사는 거지.

주디, 나 점점 더 무서워져. 여기 더 오래 머물렀다가는 영원히 발목을 붙잡힐 것 같아. 여기 일에 점점 더 재미가 생기고 관심이 생겨서 다른 일은 생각도 안 나고 이야기를 해도 늘 고아원 이야기뿐이야. 너하고 저비스 씨 때문에 나의 다른 꿈들이 모두 다 날아가 버렸어.

내가 원장 자리에서 물러나 결혼해서 가정을 꾸린다고 생각해 봐. 요즘 여느 가정들의 추세를 볼 때 난 기껏해야 5명 내지는 6명의 아이밖에 못 가질 거야. 그것도 똑같은 유전 형질을 물려받은 아이들로 말이야. 그런데 그렇게 서로 닮은 아이들하고만 살면 너무 심심하고 재미가 없을 것 같아. 너 때문에 내가 고아원에 완전히 적응해 버렸잖아.

너를 미워하는

샐리 맥브라이드.

추신. 아버지가 린치로 죽은 아이가 하나 있어. 이런 사연이 개인 기록에 있으면 단번에 눈에 띌 거야, 그치?

화요일.

사랑하는 친구 주디에게

어떡하면 좋으니? 메이미 프라우트가 자두를 싫어한대. 자두처럼 값싸면서도 몸에 좋은 음식을 싫어한다는 건 상상도 할 수 없는 일이고, 잘 관리되는 시설의 아이들은 절대 해서는 안 되는 짓이야. "메이미는 자두를 좋아해야만 합니다." 이건 고아원의 문법 교사 켈러 양이 정오의 한 시간을 우리와 함께 보내면서 우리가 어떤 일을 하는지 지켜본 후에 한 소리야. 그러더니 오후 1시쯤 켈러 양은 입을 벌려서 자두를 먹기를 거절했다는, 아주 완강히 거절했다는 이유로 메이미를 앞세워서 원장실로 왔어. 메이미는 등받이 없는 의자에 털썩 주저앉아서 내가 벌을 주기를 기다렸어.

그런데 너도 알다시피 나는 바나나를 싫어하잖니. 만약에 억지로 바나나를 먹어야 한다면 정말 괴로울 거야. 그런 내가 어떻게 메이미 프라우트한테 억지로 자두를 입에 넣고 삼키라고 시킬 수가 있겠니?

켈러 양의 권위를 지켜 주면서 동시에 메이미를 곤경에서 벗어나게 해 줄 방법을 궁리하고 있는데 나한테 전화가 왔다는 연락을 받았어.

"내가 돌아올 때까지 거기 가만히 앉아 있어."

나는 그렇게 말하고서 원장실을 나와 문을 닫았어.

전화는 어느 친절한 부인이 위원회 모임이 있는 곳까지 차로 데려다주겠다는 내용이었어. 너한테 아직 말 못 했는데 내가 우리를 위해 지역 모임을 조직했어. 그래서 이 근처에 땅을 소유한 한가한 부자들이 도시에서 이곳으로 오면 가든파티며 테니스 시합으로 진을 다 빼기 전에 그 사람들을 만날 계획이야. 그 사람들은 지금껏 우리 고아원에 한 번도 도움을 주지 않았으니 이제는 우리의 존재를 알려야 할 때가 되었다고 생각해.

위원회 모임에서 돌아오니 맥래 선생이 복도에서 나를 불러 세워서는 원장실에 있는 통계를 보여 달라는 거야. 그래서 원장실로 갔더니 메이미 프라우트가 4시간 전 내가 원장실을 떠날 때 그대로 의자에 앉아 있지 뭐니.

"세상에, 메이미!"

나는 너무 놀라서 소리를 질렀어.

"여태 여기 있었던 거야?"

"그랬어요. 원장 선생님이 돌아오실 때까지 여기 가만히 앉아 있으라고 하셨잖아요."

이 불쌍한 어린 것은 지쳐서 몸까지 비틀거렸지만 울음소리 한 번 내지 않았어.

그날 샌디가 얼마나 친절했는지 몰라. 아이를 안아 올려서는 내 서재로 데려가 토닥여 주고 등을 쓰다듬으면서 아이가 다시 미소 짓게 했어. 제인이 재봉 탁자를 가져와 벽난로 앞에 펴 줘서 맥래 선생과 나는 차를 마시고 메이미한테는 저녁을 먹였어. 몇몇 교육학자들의 이론에 따르면 그 순간 메이미는 배도 고프고 기진맥진한 상태니까 심리학적으로 봐서 자두를 먹도록 회유하기에 딱 좋은 상태였을 거라고 봐. 하지만 나는 그런 짓은 하고 싶지 않았어. 그리고 맥래 선생도 그때만큼은 나의 비과학적인 원칙을 편들어 주었단다. 메이미는 내가 먹는 딸기잼에 맥래 선생의 호주머니에서 나온 박하사탕까지 더해서 태어나서 제일 훌륭한 저녁 식사를 했어. 식사를 마친 후 메이미는 자두는 여전히 싫어하지만 행복하고 만족스러운 상태로 친구들에게 돌아갔어.

리펫 부인은 이처럼 터무니없을 정도로 가혹하고 영혼을 파괴할 정도로 무시무시한 복종을 아이들한테 강요했어. 이렇게 가혹한 짓은 세상 어디에도 없을 거야, 안 그러니? 여기 고아원 아이들한테는 복종이 세상을 살아가는 유일한 방식이야, 그리고 나는 아이들을 그런 삶의 방식에서 벗어나게 만들고 말 거야. 독창성, 책임감, 호기심, 창의력, 투지…… 아, 정말 쉬운 일이 아니야. 맥래 선생한테 이런 모든 덕목을 아이들한테 심어 줄 주사약이 있으면 얼마나 좋을까!

한참 후.

네가 뉴욕으로 얼른 돌아왔으면 좋겠어. 내가 너를 이 고아원의 홍보대행으로 임명했거든, 그리고 지금 우리는 너의 유려한 글 솜씨가 몹시 필요해. 입양을 보내야 하는 아기가 7명이나 울고 있고 너는 그 아이들을 광고하는 일을 해 줘야 해.

꼬마 거트루드는 눈이 내사시이긴 착하고, 얌전하고, 귀여워. 이런 아이를 기꺼이 입양하겠다는 가족이 나서도록 설득력 있는 광고문을 써 줄 수 있겠니? 아이의 눈은 나이가 좀 더 들면 수술을 할 수 있어. 하지만 그 정도가 너무 심하면 어떤 의사도 고칠 수가 없대. 거트루드는 부모 밑에서 자란 적이 한 번도 없지만 자신에게 뭔가 없다는 건 알고 있어. 그 때문인지 사람만 지나가면 안아 달라고 필사적으로 손을 내민단다. 그러니 부디 최선을 다해서 이 아이의 어머니, 아버지가 될 수 있는 사람을 찾아주기 바라.

뉴욕에 있는 신문사들 중 하나를 골라서 일요일 판에 우리 아이들에 대한 기사를 싣도록 하는 방법도 고려해 봐. 내가 사진을 몇 장 보내줄게. '미소 짓는 조' 사진에 엄청난 반응이 몰려들었던 것 기억나니? 웃는 루와 깔깔대는 거트루드, 발길질 하는 칼 사진도 보낼 테니까 네 글 솜씨로 멋지게 소개 글을 써 줘.

그리고 문제 있는 유전형질을 두려워하지 않는 용감한 사람들을 좀 찾아줘. 버지니아의 좋은 가정 출신 아이만 찾는 사람들 상대하기가 점점 진저리가 나.

늘 한결 같은
샐리.

금요일.

사랑하고 사랑하는 주디에게

큰일이 있었단다. 요리사와 가정부를 해고했어. 그리고 아주 조심스러운 말로 문법 교사한테 내년에는 오지 않아도 된다는 뜻을 전했어. 하지만 내가 정말로 쫓아버리고 싶은 사람은 사이러스 변호사야!

오늘 아침에 무슨 일이 있었는지 꼭 말해야겠어. 위험한 병에 걸렸던 우리의 후원자께서 불행히도 병이 다 나아서 근처에 왔다가 고아원을 찾아왔어. 하필 그때 펀치가 내 서재 양탄자를 차지하고 앉아서 블록을 가지고 요란하게 놀고 있었어. 나는 그 아이를 다른 유치부 아이들과 분리시켜서 혼자 양탄자를 차지할 수 있고 신경을 분산시킬 일이 없는 환경에서 보살피는 '몬테소리 기법'을 시험 중이거든. 나는 이 방법이 꽤 효과가 있다고 나름대로 자부하고 있었어. 요즘 들어 아이가 쓰는 어휘가 상당히 얌전해졌거든.

사이러스 변호사는 30분 정도 쓸데없는 이야기를 떠들다 자리에서 일어났어. 그리고 문을 닫고 나가자마자 (그때까지 펀치가 얌전히 있어줘서 얼마나 고마웠는지 몰라.) 펀치가 예쁜 갈색 눈을 들어 나를 쳐다보더니 비밀스러운 미소를 지으면서 이렇게 말하지 뭐니.

"아이구야! 저 영감탱이 왜 그렇게 입이 싸나?"

이 사랑스러운 다섯 살짜리 사내아이를 받아줄 친절한 기독교인 가족을 알고 있다면 당장 연락 좀 부탁할게.

존 그리어 고아원 원장

샐리 맥브라이드.

✧

펜들턴 부부께

당신들 부부 같은 느림보는 처음이에요. 제가 즐거운 주말 여행에 대한 기대에 부풀어 짐을 싸고 기다린 지 벌써 며칠이 지났는데 당신들은 이제 겨우 워싱턴에 도착했다니, 정말 너무하네요. 제발 부탁이니까 좀 빨리빨리 서둘러 주세요! 자비심이 허락하는 동안 이 고아원에 머물다 보니 저는 시들시들 말라가고 있답니다. 당장 이곳을 벗어나지 못하면 전 숨이 막혀 죽어버릴 거예요.

숨이 막히기 직전인

샐리 맥브라이드.

추신. 고든 할록에게 엽서를 보내서 당신들이 여기 와 있다고 알려 주세요. 그러면 그 사람이 기꺼이 당신들을 도와주고, 국회 의사당도 마음껏 구경하게 해 줄 거예요. 저비스 씨는 그 사람을 마음에 들어 하지 않는다는 거 잘 알아요. 하지만 저비스 씨도 정치인에 대한 이유 없는 편견을 버려야 해요. 누가 알아요? 제가 언젠가 정계에 입문하게 될지.

∽

사랑하는 주디에게

친구들과 후원자들한테서 말할 수 없을 정도로 멋진 선물을 받았어. 그게 뭔지 지금부터 이야기해 줄게. 지난주에 월튼 J. 레버레트 씨(명함에 써 있는 그대로 옮긴 이름이야.)가 우리 대문 밖에 있던 깨진 병을 차로 치는 바람에 운전기사가 타이어를 수리하는 동안 잠시 우리 고아원을 구경하게 되었어. 레버레트 씨는 이곳의 모든 시설을 관심 있게 살펴보았는데, 특히 인디언 캠프에 많은 관심을 보였어. 하긴 남자들이라면 누구나 관심을 가질 만한 곳이지. 결국 레버레트 씨는 코트를 벗어던지고는 인디언 캠프의 두 부족과 함께 야구를 했어. 그러다 한 시간 반 정도 지났을 즈음 갑자기 시계를 보더니 물을 한 잔 달라고 하고는 꾸벅 인사를 하고 떠났어.

그 뒤로 우린 그 일을 까맣게 잊고 있었는데 오늘 오후에 지급편 화물 집배원 차가 오더니 월튼 J. 레버레트 화학 공장에서 존 그리어 고아원에 보낸 선물이라면서 소포를 내려놓는 거야. 그 선물은 40리터가 족히 될 듯한 나무통에 가득 든 초록색 물비누였어!

참, 우리 마당에 뿌린 씨가 워싱턴에서 온 거라는 이야기는 했니? 그 씨는 바로 고든 할록과 미국 정부의 선물이야. 과거 이곳을 지배했던 자가 얼마나 일을 못했는지 보여주는 사례를 하나 알려줄게. 지난 3년 간 이 텃밭을 돌본 마틴 슐라더위츠는 할 줄 아는 게 무덤이라도 파듯 땅을 60센티미터나 파서 자기가 가지고 있는 양상추 씨를 심는 게 고작이었어.

우리가 텃밭을 몇 개나 새로 갈아야 하는지 상상도 못 할 거야. 아니, 물론 다른 사람은 몰라도 너는 상상할 수 있을 거야. 이곳 생활에 익숙해지고 내 시야가 점점 넓어지면서 처음에는 재미있게 보이던 것들이 이제는…… 그 참모습을 드러내고 있어. 재미있게 보이던 것들이 실은 그 속에 비극을 감추고 있었다는 걸 깨닫게 된 거지.

현재는 아이들의 예절을 바로잡는 일에 최선의 노력을 기울이고 있어. 생활 예절 말고 학교에서 배우는 무용 예절 말이야. 우리 아이들도 세상에 대해 알 건 다 알아야 하잖니. 그래서 이제는 어린 여자아이들도 손을 흔들 때 우아하게 흔들 줄 알고, 사내아이들도 여자가 자리에서 일어나면 모자를 벗고 따라서 일어설 줄 알아, 테이블에서 의자를 안으로 밀어 넣을 줄도 알고. (하지만 어제는 토미 울시가 새디 케이트를 수프 접시에 처박았어. 그 때문에 아이들이 모두 깔깔 웃었지. 물론 새디 케이트는 제외하고. 새디는 독립적인 아이라 이런 유치한 사내아이들의 장난에 조금도 신경을 안 쓴단다.) 처음에는 예절 교육을 귀찮아하고 장난만 치려고 하던 사내아이들이 자신들의 영웅인 퍼시 드 포레스트 위더스푼이 예의범절에 관한 시범을 보인 후로는 꼬마 신사로 변했어.

오늘 오전에는 펀치가 찾아왔어. 그래서 내가 너한테 편지를 쓰는 30분 동안 창가에 앉아서 아무 말썽도 부리지 않고 색연필로 그림만 그렸어. 그런데 벳시가 지나가다가 아이 코에 살짝 입을 맞췄어.

그랬더니 펀치가 얼굴이 빨갛게 달아오르면서 "으웩, 젠장!"이라고 투덜대고는 벳시가 입맞춤한 자리를 남자답게 쓱 닦아냈어. 하지만 그러고는 한결 신이 나서 휘파람까지 불면서 그리던 그림을 다시 그리는 걸 나는 봤어. 그러니까 이 꼬마 녀석의 성격을 바로잡는 데 우리가 조금씩 성공을 하고 있다고 나는 확신해.

화요일

맥래 선생이 오늘은 하루 종일 기분이 아주 안 좋아. 아이들이 저녁 식사를 하려고 줄을 지어 움직일 때를 맞춰서 오더니 함께 저녁을 먹으러 와서는 아이들 음식을 맛보았는데, 이런! 하필 감자가 탄 거야. 그것 때문에 이 사람이 화를 얼마나 냈는지 몰라. 솔직히 감자가 탄 건 이번이 처음이야. 그리고 음식이 타는 건 사랑이 넘치는 행복한 가정에서도 얼마든지 일어날 수 있는 일이잖니. 그런데 샌디는 마치 내가 내린 지시에 따라 요리사가 일부러 감자를 태웠다는 식으로 따지면서 화를 냈어.

전에도 말했다시피, 정말이지 샌디를 안 보고 살았으면 좋겠어.

수요일

어제는 햇빛이 너무 좋아서 벳시와 함께 잠시 할 일을 접어두고 벳시의 친구들이 사는 예쁜 집으로 차를 타고 가서 이탈리아풍 정원에서 차를 마셨어. 펀치와 새디 케이트도 하루 종일 착하게 굴어서 출발하기 직전에 전화로 데려가도 괜찮은지 물었어.

그랬더니 "물론이죠, 그 어린아이들도 꼭 데려오세요."라는 기대에 찬 대답이 돌아왔어.

그런데 펀치와 새디 케이트를 데려간 건 실수였어. 그 애들 대신 얌전히 앉아 있을 줄 아는 메이미 프라우트를 데려갔어야 했어. 어제 있었던 일을 자세히 말해줄게. 제일 큰 사건은 펀치가 금붕어 낚시를 하겠다면서 수영장으로 들어간 거야. 우리를 초대한 집주인은 버둥대는 펀치의 다리를 붙잡아 밖으로 끌어냈고 아이는 그 분의 장밋빛 목욕 가운을 걸친 채로 고아원으로 돌아갔단다.

넌 어떻게 생각하니? 어제 지나치다 싶을 정도로 고약하고 까다롭게 군 것을 뉘우치는지 로빈 맥래 선생이 벳시와 나를 다음 주 일요일 저녁 7시에 자기 집으로 오라며 저녁 식사 초대를 했어. 초대 이유는 현미경 슬라이드를 보자는 거야. 그 사람이 보여주겠다는 건 보나마나 성홍열 균, 알코올 중독자의 신체 조직, 아니면 결핵 환자의 내부기관일 거야. 맥래 선생으로서는 이런 저녁 초대가 전혀 내키지 않았겠지만 자신의 이론을 우리 고아원에서 적용하려면 고아원 원장인 나한테 조금은 예의를 차려야 한다는 걸 깨닫게 된 거지.

  이 편지를 한 번 훑어봤는데 한 가지 이야기에서 다른 이야기로 너무 대충대충 넘어갔다는 거 인정할게. 그렇지만 자세하게 충분히 쓰지는 못했어도 지난 3일 간 내가 숨을 돌릴 수 있는 시간은 모두 이 편지를 쓰는 데 바쳤다는 것만은 알아주기 바라.

지금 너무너무 바쁜
샐리 맥브라이드.

  추신. 오늘 오전에 한 여성이 찾아와서 여름 동안 아이 하나를 맡아 키워보고 싶다고 했어. 그것도 여기 있는 아이들 중에 제일 몸이 약하고, 병들고, 도움이 필요한 아이로 말이야. 정말 축복 받을 사람이야. 남편과 사별한 지 얼마 되지 않아서 마음을 쏟을 일이 필요하대. 정말 감동적이지 않니?

토요일 오후.

주디와 저비스 씨에게

지미 오빠가 잡다한 것을 부탁하고 조르는 내 편지를 견디다 못해 드디어 선물을 보내줬어요. 그런데 선물은 오빠 마음에 드는 걸로 선택했답니다.

그래서 우리한테 원숭이가 생겼어요! 수놈이고 이름은 자바랍니다. 이제 우리 아이들은 종소리에 귀를 기울이지 않아요. 원숭이가 온 그날부터 아이들은 종소리 없이도 줄을 서서 원숭이 앞을 지나면서 앞발을 흔들어 본답니다. 가엾은 싱가포르의 코는 아무도 관심을 안 가져요. 그래서 이제는 싱가포르를 목욕시키라고 부탁할 때는 대가를 지불해야 된답니다.

새디 케이트는 제 비서로 점점 자리를 잡아가고 있습니다. 고아원을 대표해 보내는 감사 편지 작성을 새디 케이트한테 맡겼는데, 아이의 글 솜씨가 후원자들한테 좋은 반응을 얻고 있답니다. 새디의 숨겨진 두 번째 재능이 진가를 발휘하기 시작한 것 같아요. 지금까지는 새디 케이트의 집안인 킬코인 가가 아일랜드의 무지한 서부 지역 출신이라고 생각했는데, 아이의 글 솜씨를 보니 킬코인 가의 시조는 입을 맞추면 언변이 좋아진다는 블라니스

156

톤이 있는 블라니 성 부근에 살았을지 모른다는 생각이 들기 시작했답니다. 새디 케이트가 지미 오빠한테 보낸 감사 편지를 그대로 옮겨 적었으니 읽어보세요. 어린아이의 글 솜씨가 얼마나 설득력 있는지 몰라요. 하지만 적어도 이번 편지로는 아이가 바라는 바가 이루어지지 않을 것 같습니다.

지미 아저씨께

귀여운 원숭이를 보내주셔서 감사합니다. 우리는 원숭이한테 자바라고 이름을 지어 주었습니다. 왜냐하면 우리 의사 선생님이 자바가 온 섬 이름이 자바라고 우리한테 이야기해 주셨기 때문입니다. 그 섬은 바바 건너 있는 따뜻한 서미고, 그 서메서 자바는 새처럼 나무 위에 있는 둥지에서 태어났다고 해요.

자바가 온 첫날 모든 아이들이 자바의 손을 잡아 흔들고 자바 잘 잤니라고 인사를 했는데 자바가 손을 꼭 부짜바서 느낌이 이상했어요. 저는 처음에는 자바를 만지기가 무서웠는데 지금은 자바가 원하면 제 어깨에 앉히고 팔을 제 모게 두르게도 합니다. 자바는 자기 꼬리를 자바당기면 요카는 것처럼 소리를 지르면서 화를 내요.

우리 모두 자바를 사랑하고 아저씨두 사랑합니다.

다음에 선물을 보내주실 때는 코기리를 보내주세요. 이제 고만 써야겠습니다.

157

퍼시 드 포레스트 위더스푼 씨는 여전히 어린 숭배자들한테 정성을 다하고 있습니다만, 저는 이분이 지금 하는 일에 싫증을 느끼게 될까 걱정이 되어 휴가를 자주 가라고 적극 권한답니다. 위더스푼 씨는 자신만 우리에게 충실한 것이 아니라 자신을 대신해 줄 사람들도 아주 충실한 사람들로 소개해 주었답니다. 이 근처에도 아는 사람이 많아서 지난 토요일 저녁에는 친구 두 명을 데려왔는데 그들 모두 좋은 사람들로, 모닥불 가에 둘러앉아 사냥 이야기를 들려주었습니다.

그 중 한 사람은 막 세계 여행에서 돌아왔는데, 보르네오 꼭대기에 있는 좁고 피부색이 붉은 사람들이 사는 사라와크의 머리 사냥꾼들이 적의 머리를 잘라 걸어둔다는 소름 끼치는 이야기를 해주었어요. 이야기를 들은 우리 용감한 꼬마 전사들은 얼른 자라서 사라와크로 가 머리 사냥꾼을 잡고 싶다며 소란을 피웠답니다. 그리고 고아원에 있는 백과사전이란 백과사전은 모두 꺼내 사라와크에 대해 조사를 했지요. 그 덕분에 여기 있는 사내아이들 중에 보르네오의 역사, 풍습, 기후, 식물 그리고 버섯에 대해 모르는 아이는 하나도 없답니다. 그래도 저는 위더스푼 씨가 사라와크처럼 근사하지는 않아도 아이들이 교양을 쌓는 데 좀 더 도움이 될 영국, 프랑스, 독일 같은 나라에서 머리 사냥을 한 친구들을 소개해 주었으면 하는 바람이 있습니다.

제가 이곳 원장이 된 후로 네 번째 새 요리사가 왔습니다. 요리사 문제로 귀찮게 해 드리고 싶지는 않지만 고아원 같은 시설도 여느 가정과 다를 게 없답니다. 이번 요리사는 몸집이 크고 뚱뚱하고 늘 웃고 다니는 초콜릿색 피부의 남 캘리포니아 출신 흑인 여자예요. 그리고 그 사람이 온 후로 우리는 꿀 같이 맛있는 음식만 먹고 있답니다! 그런데 이 사람 이름이 뭔지 아세요? 바로 샐리예요! 저는 이 사람에게 이름을 바꾸는 게 어떻겠냐고 제안했습니다.

"근디 선상님, 샐리라는 이름 혼자꺼 아니자녀요. 글고 나럴 '몰리'라고 하믄 나 같지 안해서 대답 몬해요. 나흔티는 샐리가 맞는 거 가튼데유."

결국 이 사람 이름은 그대로 샐리로 부르기로 했어요. 그래도 최소한 우리 둘의 이름을 혼동할 위험은 없어요. 이 사람 성이 맥브라이드와 조금도 비슷하지 않거든요. 이 사람 성은 존스톤-워싱턴이에요. 가운데 연자 부호까지 있고요.

일요일.

요즘 여기서 제일 인기 있는 놀이는 샌디의 별명 짓기예요. 지나치게 엄격한 모습이 놀려주고 싶은 마음을 더 부추기는 것 같아요. 얼마 전에 새 별명을 또 하나 지었어요. 스코틀랜드 민요에 나오는 '콕펜 대지주'인데 퍼시가 지었어요.

콕펜 대지주는 자존심 세고 위대해,
언제나 마음속엔 나라 걱정뿐.

스네이트 양은 정떨어진다는 듯 '그 작자'라고 부르고 벳시는
(그 사람이 없을 때만) '대구간유 박사'라고 불러요. 제가 요즘 즐겨
부르는 별명은 '맥파슨 클론 글로케티 앵거스 맥클란'이에요. 그
런데 가장 독창적인 별명은 새디 케이트가 지은 거예요. 새디는
맥래 박사를 '조만간 씨'라고 부른답니다. 맥래 박사는 평생 가야
시 한 편 쓸 사람 같지 않지만, 이 고아원 아이들은 적어도 다음
의 시 한 편은 영원히 머릿속에 기억하게 될 거예요.

조만간 근사한 일이 생길 거야,
울지 말고 조금만 먹으면 돼.
방긋 웃으며 대구 간유를 삼키렴,
그러면 박하사탕을 먹을 수 있어.

오늘 저녁에 벳시와 저는 맥래 박사가 초대한 저녁 식사에 참
석할 예정인데, 우리는 박사의 음산한 집을 구경할 생각에 잔뜩
기대에 부풀어 있습니다. 맥래 박사는 자신에 대해서는 물론이고
자신의 과거나 자신과 관련된 사람에 대해서도 한 번도 이야기한
적이 없어요. 화내는 것 말고는 인간이 지닌 다른 감정은 하나도
없이, 그저 '과학'이라는 세계에 홀로 서 있는 존재 같답니다. 그

런 그 사람을 볼 때마다 벳시와 저는 과연 어떤 과거가 숨겨져 있는지 궁금해 죽을 지경이에요. 오늘 그 사람 집을 구경하면서 우리의 탐정 기질을 발휘해서 그 사람에 대해 알아낼 생각입니다. 지금까지는 맥래 박사의 집으로 들어가는 관문을 막고 서 있는 무서운 맥거크 부인 때문에 그 안으로 들어가는 것을 포기해야 했지만, 드디어 기회가 왔습니다! 그 문이 활짝 열리며 우리를 부르고 있습니다.

다음에 계속 쓸게요.

샐리 맥브라이드.

⁓

월요일
주디에게

어제 맥래 박사의 저녁 식사 초대에 다녀왔어. 벳시와 위더스푼 씨와 나, 이렇게 세 사람이 함께 갔어. 예상외로 그럭저럭 즐거운 시간이긴 했어. 하지만 처음 조짐은 그다지 좋지 않았다는 게 내 생각이야.

맥래 선생의 집 안은 겉모습에서 짐작한 그대로였어. 정말이지 그 집 식당 같은 곳은 내 생전 처음 봐. 벽과 카펫 그리고 창문과

문의 장식천은 모두 어두운 초록색이야. 검정 대리석 벽난로에는 연기 나는 석탄이 한 두 개뿐이고. 거기다 가구는 전부 새까만 색이야. 장식이라고는 반짝이는 검정색 틀에 '계곡의 군주'와 '궁지에 몰린 사슴'이라고 새긴 금속 현판 두 개가 전부였어.

우리는 즐겁고 활기 넘치는 분위기를 조성하려고 애썼지만 가족 납골당에서 식사하는 기분이었어. 맥거크 부인은 까만 털옷에 까만 실크 앞치마 차림으로 식탁 주위를 터벅터벅 돌아다니면서 차갑게 식고 기름진 음식을 내밀었는데, 어찌나 발걸음이 요란하던지 찬장 서랍 안에 든 은식기들이 덜컹거릴 정도였어. 고개를 빳빳이 쳐들고 입을 꾹 다문 모양새로 보아 맥거크 부인은 주인이 손님들을 초대해 즐거운 시간을 갖는 것이 못마땅한 게 확실해 보였어. 아마 손님들이 다시는 맥래 박사의 초대를 받아들이지 않도록 만들 작정이었던 것 같아.

샌디는 자기 집에 무슨 문제가 있는지 전혀 모르는 눈치였어. 거기다 손님들을 위해 분위기를 밝게 할 요량으로 꽃까지 사 놓았던데, 하필이면 진하디 진한 진분홍의 킬라니 장미와 빨강과 노랑 튤립을, 그것도 수십 송이나 샀더구나. 맥거크 부인은 그 꽃들을 녹색을 띤 진한 파란색 화분에 몽땅 빽빽이 쑤셔 담아서 식탁 한가운데 덜렁 얹어 놓았는데, 어찌나 크던지 35리터들이 나무통만했어. 그걸 본 순간 벳시와 나는 하마터면 무례하게 웃을 뻔했는데 맥래 선생이 식당을 꽃으로 장식한 것을 진심으로 흐뭇해하는 모습을 보고는 가까스로 웃음을 참고서 식당을 잘 꾸몄다고 찬사의 말을 전했어.

식사를 끝마치고서 우리는 맥거크 부인의 영향력이 미치지 않는 맥래 선생만의 공간으로 서둘러 자리를 옮겨 겨우 안도의 한숨을 내쉬었어. 우리 맥래 선생의 서재나 사무실은 가정부와 운전기사 역할을 모두 할 줄 아는 작은 키에 머리카락은 억세고 안짱다리를 한 웨일스 출신의 르웰린 말고 다른 사람은 절대 출입을 못 한대.

서재는 지금껏 내가 본 중에 가장 쾌적한 곳이라고는 절대 말 못하겠지만 독신 남성의 집이라는 점을 감안한다면 그다지 나쁘지는 않았어. 벽을 빙 둘러 바닥부터 천장까지 책이 가득 차 있고 그것도 모자라 바닥과 탁자, 벽난로 장식대에도 책이 잔뜩 쌓여 있었어. 그리고 형편없어 보이는 가죽 의자 여섯 개와 양탄자가 있고 식당에 있던 것과 같은 검정 대리석 벽난로가 있었는데 그나마 서재의 벽난로에는 장작이 활활 타고 있었어. 그 밖의 장식품으로 펠리컨, 개구리를 입에 문 왜가리, 통나무에 앉은 너구리 박제가 있었고 니스 칠을 한 커다란 물고기가 있었어. 그리고 요오드포름 냄새가 희미하게 났어.

맥래 박사가 직접 프랑스 산 기계로 커피를 만들어 주어서 우리는 그 집 가정부를 아예 머릿속에서 완전히 지워버릴 수 있었어. 맥래 박사는 집주인 역할을 사려 깊게 잘 해냈고 나는 그 사람이 '정신병'이라는 말을 한 번도 입에 올리지 않았다는 사실을 특히 강조하고 싶어. 샌디는 여유가 있을 때는 낚시를 즐기나 봐.

퍼시와 같이 연어와 송어 낚시 이야기를 시작하더니 급기야 제물 낚시대 상자까지 꺼내서 벳시와 나에게 여러 가지 낚싯대를 자랑스럽게 보여 주었어. 그러더니 대화는 다시 스코틀랜드 황야의 오락거리로 옮겨갔고, 샌디는 길을 잃고 히스가 무성한 황야에서 밤을 보낸 경험을 이야기했어. 아무래도 마음이 아직까지 스코틀랜드 황야에 있는 게 확실해.

인정하고 싶지 않지만 지금껏 벳시와 나는 샌디에 대해 오해를 하고 있었다는 생각이 들어. 우리 마음대로 했던 상상을 접는 게 쉽지는 않겠지만 아무래도 샌디는 범죄를 저지르고 도망 와서 숨어사는 건 아닌 것 같아. 대신 지금은 그 사람이 사랑에 실패해서 이곳에 숨어산다고 결론짓기로 했어.

지금껏 가엾은 샌디를 조롱했다는 게 너무 부끄럽고 창피해. 물론 지나치게 까다롭고 엄하긴 하지만 이 사람, 참 가엾은 남자야. 신경 쓸 일 많은 하루를 보내고 집으로 돌아가 그런 음산한 식당에서 혼자 저녁 식사를 해야 하다니, 너무 가엾어!

내 화가 친구들을 보내서 그 집 식당 벽에 토끼 그림을 그려 넣으면 그 사람 기분이 좀 좋아질까?

늘 사랑하는
샐리.

주디에게

뉴욕에는 안 돌아올 생각이니? 제발 빨리 좀 와 줘! 나 새 모자
가 필요해. 그리고 워터 스트리트 말고 5번 가에서 쇼핑하고 싶은
마음이 굴뚝같아. 이곳의 모자 상점 주인인 그루비 부인은 파리
패션을 따라하는 걸 질색해서 자신만의 독창적인 모자를 만들어.
그런데 3년 전, 큰마음 먹고 뉴욕 모자 상점들을 순례하고는 지금
까지도 그때 마음에 들었던 디자인의 모자만 만들고 있단다.

게다가 나는 내 모자뿐만 아니라 우리 아이들이 쓸 모자 113개
도 사야 돼, 구두, 반바지, 셔츠, 머리 리본, 스토킹, 가터는 말할
것도 없고. 우리 같이 몇 명 안 되는 가족을 단정하게 차려 입히
려면 여간 힘이 드는 게 아니란다.

지난주에 보낸 두꺼운 편지는 받기는 한 거니? 목요일에 보낸
네 편지에 그때 보낸 편지에 대한 언급이 한 글자도 없던데, 무려
17장이나 되는 편지를 쓰는 데 내가 며칠이 걸렸는지 몰라.

충실한 친구
샐리 맥브라이드.

추신. 고든에 대한 소식은 없니? 그 사람 만나긴 했니? 그리고
그 사람이 내 이야기는 안 했니? 혹시 그 사람, 워싱턴에 있는 많
고 많은 귀여운 남부 여자들을 쫓아다니는 건 아니니? 나 그 사

165

람 소식 정말 궁금해. 넌 어쩜 그렇게 징글징글할 정도로 말을 아
끼니?

✧

화요일 오후 4시 27분.
주디에게

네 전보가 2분 전 전화로 도착했어.

그래, 고마워, 기쁜 마음으로 목요일 오후 5시 49분에 도착할
예정이야. 제발 부탁이니 그날 저녁에는 절대 다른 약속 만들지
마. 그날은 밤늦게까지 너와 후원회 회장님한테 존 그리어 고아
원의 온갖 이야기를 다 할 생각이니까.

금요일, 토요일 그리고 월요일은 쇼핑만 할 거야. 그래, 네 생각
이 맞아. 나는 고아원에 갇혀 사는 죄수 치고 과분할 정도로 옷이
많은 게 사실이야. 그렇지만 봄이 되면 죄수도 새 죄수복이 입고
싶어진단다. 그리고 매일 저녁 이브닝드레스를 입어, 그렇게 해
서라도 옷을 낡게 만들고 싶어서…… 아니, 절대 그런 이유는 아
니야. 내가 매일 저녁 이브닝드레스를 입는 건 네가 나를 가둔 너
무도 비정상적인 이 세계 속에서 내가 정상적인 여자라는 사실을
잊어버리지 않기 위해서야.

어제는 담녹색의 크레이프 이브닝드레스(제인이 만들어 준 건

166

데 흡사 파리 제품처럼 보여.)를 입고 있는데 사이러스 변호사가 찾아왔어. 그 사람은 내가 무도회에 갈 것도 아닌데 그런 차림을 하고 있다는 사실에 몹시 어리둥절해했어. 그런데 내가 함께 저녁 식사를 하자고 청했더니 뜻밖에도 그 청을 받아들이는 거야! 우리는 대단히 정중하게 같이 식사를 했어. 사이러스 변호사는 음식을 보면서 미소까지 지었어. 모두 마음에 들었나 봐. 만약 지금 당장 뉴욕에 버나드 쇼가 온다면 토요일 오후에 한 두 시간 쯤을 내어 그와 마티니를 같이 해야 할 것 같아. 존 그리어 고아원에서 사이러스 변호사와 나누는 활기찬 대화 정도면 버나드 쇼와도 문제없이 대화를 할 수 있을 테니까 말이야.

더는 쓸 필요 없겠어. 기다렸다가 만나서 이야기하자.

안녕히.
샐리.

추신. 어머 어떡해! 이제 겨우 샌디의 좋은 점을 발견했다 싶었는데, 그 사람, 다시 악마로 돌아갔어. 고아원에 홍역 환자가 다섯 명 발생했는데, 이 사람이 마치 스네이트 양과 내가 자신을 괴롭히기 위해 아이들한테 일부러 홍역을 전염시켰다는 식으로 말을 하는 거야. 맥래 선생한테서 사직서를 받아내고 싶은 날이 한 두 번이 아니야.

수요일
적에게

어제 보내신 간결하고 품위 있는 편지는 잘 받았습니다. 문체
와 말하는 품새가 이리도 똑같은 사람은 생전 처음 보았습니다.

그리고 제가 선생님을 '적'이라고 칭하는 불합리한 행위를 그
만 두면 기쁘겠다고 하셨던가요? 선생님께서 사소한 일에도 불
같이 화내고 욕하고 무례하게 구는 불합리한 행위를 그만 두시는
즉시 저도 선생님을 '적'이라고 칭하는 불합리한 행위를 그만 두
겠습니다.

저는 내일 오후에 이곳에서 출발해서 나흘 간 뉴욕에서 머물
예정입니다.

그럼 이만.
샐리 맥브라이드.

펜들턴 저택, 뉴욕
친애하는 적에게

이 편지를 받을 즈음이면 선생님께서는 저를 마지막으로 보았을 때보다 마음 상태가 훨씬 부드러워져 있으리라 믿습니다. 재차 강조하지만 새로 발생한 두 명의 홍역 환자는 우리 고아원 원장의 부주의로 발생한 것이 결단코 아니며, 전염병 환자를 올바르게 격리 수용할 수 없는 낡은 고아원 건물 구조가 원인이라고 생각됩니다.

어제 아침 제가 떠나기 전 박사께서 고아원을 방문하지 않으셨기 때문에 제가 미처 드리지 못한 말씀이 몇 가지 있습니다. 그래서 이 편지를 빌어 메이미 프라우트를 잘 살펴 달라는 부탁 말씀을 드리고자 합니다. 메이미는, 제발 아니기를 바라지만, 온몸에 홍역으로 보이는 붉은 반점이 돋았습니다. 그래서 쉽게 눈에 띌 겁니다.

저는 다음 주 월요일 6시에 감옥으로 돌아갈 예정입니다.

그럼 이만.
샐리 맥브라이드.

추신. 이런 말하는 것을 이해하시리라 믿고 말하겠습니다, 저는 선생님 같은 의사를 좋아하지 않습니다. 저는 살집이 넉넉하고 성격이 유하고 얼굴에서 미소가 떠나지 않는 의사를 좋아합니다.

❧

존 그리어 고아원
6월 9일
주디에게

너희 집은 감수성이 예민한 젊은 아가씨가 찾아갈 곳이 못 돼. 너는 내가 펜들턴 가처럼 행복하고 화목한 가정을 구경하고서 고아원으로 돌아와 만족하면서 살 수 있을 거라고 생각하니?

돌아오는 기차 안에서 내내 소설 두 권과 잡지 네 권 그리고 네 남편이 사려 깊게 챙겨 준 초콜릿 한 상자를 즐기지 못하고 내가 아는 젊은 남자들을 머릿속으로 찬찬히 떠올리면서 그 중에 저비스 씨처럼 멋진 남자는 없는지 되짚어 봤는데, 세상에 한 사람 있는 거야! (내 생각에는 이 사람이 저비스 씨보다 아주 조금 더 멋진 것 같아.) 오늘부터 그 남자는 내가 점찍었어, 운명이 결정 난 희생물이라고 해야 할까.

그렇게 온 몸과 마음을 바쳐 열심히 일했는데 고아원을 포기하기가 마음 편치 않지만 네가 고아원을 워싱턴으로 옮겨주지 않는 한 다른 대안이 없어.

열차는 짜증날 정도로 느렸어. 완행 열차 두 대와 화물 열차 한 대가 지나갈 때는 증기를 뿜어대며 대피선에 서 있어야 했어. 나는 이 열차가 어딘가 고장이 나서 수리라도 하는 줄 알았어. 차장이 손님들을 달래려고 애쓰긴 했지만 무슨 일인지는 도무지 말을 하지 않았어.

열차에서 내린 시각이 저녁 7시 30분. 자그마한 역에 내린 승객은 나 하나밖에 없는데, 주위는 캄캄하고 비까지 내렸어. 나는 우산도 없고 새로운 멋진 모자까지 쓰고 있었는데 말이야. 턴펠트 씨도 마중 나오지 않았고, 마차도 한 대 안 보였어. 내가 전보에 도착 시간을 정확히 알리지 않긴 했지만 그래도 어쩐지 무시당했다는 기분이 들었어. 113명의 아이들 모두가 플랫폼에서 꽃가루를 뿌리며 환영의 노래를 불러줄지도 모른다는 기대를 아주 조금 했었는데. 할 수 없이 역무원한테 전보 기계를 구경하고 있을 테니 모퉁이 살롱에 가서 전화로 마차를 불러 달라고 이야기하고 있는데 모퉁이에서 커다란 탐조등 불빛 두 개가 돌아 나오면서 나를 비추는 거야. 그리고 불빛이 바로 내 코앞에서 멈춰 서더니 샌디의 목소리가 들렸어.

"이랴, 이랴, 샐리 맥브라이드 양! 지금쯤이면 도착했을 거라고 생각했습니다."

정확하지 않은 기차 시간 때문에 나를 태워가려고 세 번이나 역에 왔었대. 아무튼 맥래 선생은 나와 내 새 모자 그리고 가방과

책과 초콜릿을 방수 마차 덮개 밑에 밀어 넣고 마차를 출발시켰
어. 그제야 집에 돌아왔다는 느낌이 들면서 동시에 언젠가는 고
아원을 떠나야 한다는 생각이 들어 꽤 마음이 아팠어. 알겠지만
나는 머릿속으로는 벌써 원장직을 그만 두고 짐을 싸서 여길 떠
났거든. 지금 있는 자리가 자신이 평생 있어야 할 곳이 아니라는
생각이 사람을 얼마나 불안정하게 만드는지 몰라. 그래서 계약
결혼이 성공하지 못 하는 건가 봐. 이곳이 내가 평생 있을 곳이
다, 이 일이 내가 평생 할 일이다, 라는 생각이 들지 않으면 아무
래도 진심을 다하기가 힘들 테니까 말이야.

내가 없는 나흘 동안 정말 많은 일이 있었어. 내가 궁금해 할
일을 모두 다 이야기하려고 샌디가 얼마나 말을 빨리 했는지 몰
라. 그 중에서 제일 놀라운 소식은 새디 케이트가 무려 이틀이나
양호실에 있었다는 소식이었어. 아이는 지금도 완전히 낫지 않았
는데, 맥래 선생의 진단에 의하면 구스베리 잼 반 단지와 도대체
몇 개나 되는지 알 수 없는 도넛을 몰래 먹은 게 원인이래. 내가
없는 동안 새디 케이트의 할 일이 고아원 직원들의 식료품 저장
실에서 접시 닦는 일로 바뀌었는데, 거기 가득 쌓인 낯선 먹거리
들의 유혹을 아이가 차마 뿌리치지 못했나 봐.

사건은 그뿐만이 아니야, 우리 흑인 요리사 샐리와 역시 흑인
인 일꾼 노아가 한 바탕 싸움을 벌였대. 싸움의 발단은 별일도 아
니었어. 샐리가 창문 밖으로 뜨거운 물 한 양동이를 쏟아버린 게
원인이었어. 그 물이 뜻밖에도 너무 정확하게 노아를 덮쳤다는

거야. 이러니 고아원 원장이 얼마나 힘든 자리인지 너도 짐작할수 있을 거야. 고아원 원장이 되려면 아이도 돌볼 줄 알아야 하고 동시에 치안 판사처럼 정확한 판결도 내릴 줄 알아야 돼.

맥래 선생이 하고 싶은 이야기를 겨우 절반 정도 했을 즈음 우리는 고아원에 도착했어. 그리고 나를 데리러 세 번이나 역에 나오는 바람에 그 사람이 그때까지 아직 저녁 식사를 못 했다고 해서 나는 존 그리어 고아원의 호의를 뿌리치지 말고 저녁을 함께하자고 졸랐어. 실은 벳시와 위더스푼 씨까지 초대해서 검사겸사 간부 회의도 하면서 그동안 미뤄뒀던 일들을 처리할 속셈이었지.

샌디는 뜻밖에도 순순히 초대를 받아들였어. 아무래도 가족 납골당에서 식사하는 것보다는 여기서 식사하는 게 낫겠지.

그런데 알고 보니 벳시는 조부모님이 방문했다고 집으로 돌아갔고 퍼시도 브리지 게임을 하러 시내에 나갔다는 거야. 퍼시는 저녁 나들이를 나가는 일이 좀처럼 없는 사람이었는데 그런 사람이 기분 전환을 하러 나갔다니, 정말 다행이다 싶었어.

어쨌든 그 바람에 맥래 선생과 나 단 둘이서 갑작스럽게 마련한 저녁 식사를 머리를 마주하고 같이 하게 되었어. 그때가 저녁 8시가 다 된 시각이었어. 여기서는 보통 6시 30분이 저녁 식사 시간인데 말이야. 하지만 급하게 준비한 저녁 식사도 맥거크 부인이 평소에 차려주는 식사보다는 훨씬 훌륭했을 거라고 나는 자신할 수 있어. 샐리가 자신이 내게 없어서는 안 될 소중한 존재라는 걸 확인시켜주고 싶었던지 한껏 실력 발휘를 했거든. 식사를 끝내고 나서는 푸른색으로 아늑하게 꾸민 내 서재에서 벽난로 앞에 앉아 커피를 마셨어, 그때까지도 창문이 덜컹거릴 정도로 바람이 휘몰아쳤어.

우리는 허심탄회하고 진솔한 대화를 나눴어. 서로 알게 된 후 처음으로 나는 이 남자의 새로운 모습을 보게 되었어. 이 사람도 일단 알고 나면 매력적인 모습이 있다는 것을 알 수 있어. 문제는 이 사람을 알아 가는 과정이 시간이 오래 걸리고 또 쉽지 않다는 거야. 이 사람은 영리하고 눈치 빠른 것과는 거리가 먼 사람이야. 정말이지 이렇게 애가 탈 정도로 이해하기 힘든 사람은 처음 봤어. 이 사람한테 이야기를 하는 내내 일자로 굳게 다문 입과 반쯤 감긴 눈 너머에서 뜨거운 불이 이글이글 타오르고 있다는 느낌이 들었어. 정말 이 사람, 범죄자가 아닌 것 확실하니? 이 사람은 자신의 느낌을 상대에게 제대로 전할 줄 아는 능력을 가졌어.

그리고 샌디도 마음만 먹으면 꽤 말을 잘 하는 사람이었어. 놀랍게도 스코틀랜드 문학에 대해서 술술 끝도 없이 이야기를 이어 나가더구나.

"알지 못했네 벽난로 앞에 앉은 늙은 아내는. 바람이 헐리 벌리 스와이어에서 무슨 짓을 할지를." 샌디는 매서운 바람에 창문을 때리자 이렇게 중얼거렸어. 정말 딱 들어맞는 소리 같지 않니? 이 말이 무슨 뜻인지는 전혀 이해할 수 없었지만 말이야. 그리고 이 것도 좀 들어봐. 커피를 몇 잔씩이나 마시면서(이 사람은 생각 있는 의사답지 않게 커피를 너무 많이 마셔.) 자신의 가족이 보물섬의 작가인 로버트 루이스 스티븐슨 가족과 개인적인 친분이 있고, 지킬 박사와 하이드 씨의 배경이 된 헤이릿 로우 17번지에서 자주 저녁 식사를 했다는 이야기까지 아주 자연스럽게 하는 거야! 그 뒤로 나는 남은 저녁 시간 내내 "시인 셸리도 만난 적 있어요? 그 사람하고 이야기는 해 봤어요?"라는 말을 되풀이해서 물었어.

이 편지를 처음 시작할 때는 이렇게 최근에 알게 된 로빈 맥래의 매력으로 가득 채울 생각이 아니었어. 지금 이 편지는 양심의 가책으로 인한 사과의 편지야. 지난 밤 그 사람이 함께 대화하기 편하고 괜찮은 사람처럼 행동한 걸 보고 나서 그동안 내가 너와 저비스 씨한테 맥래 선생을 흉보고 조롱했던 것이 너무 후회스러웠어. 지금까지 내가 그 사람에 대해 했던 무례한 말들이 전부 다 진심은 아니었어. 그 사람, 한 달에 한 번 정도는 상냥하고, 유순하고, 매력 있는 사람으로 변하는 것 같아.

조금 전에 펀치가 다녀갔는데 여기 왔다가 2센티미터 정도 되는 새끼 두꺼비 세 마리를 잃어버렸어. 한 마리는 새디 케이트가 책꽂이 밑에서 찾아냈는데 다른 두 마리는 폴짝 뛰어서 달아나 버렸어. 아무래도 그 녀석들이 내 침대 밑에 거처를 마련하고 숨은 것 같아서 걱정이야. 아이들이 쥐나, 뱀, 두꺼비, 지렁이 같은 것들을 제발 좀 가지고 다니지 말았으면 좋겠어. 아무 말썽도 부리지 않을 것 같은 아이들의 호주머니 속에 대체 어떤 물건이 들어 있는지 넌 아마 상상도 못 할 거야.

펜들턴 저택은 정말 아름답더구나. 다시 초대한다는 약속 잊으면 안 돼.

늘 한결 같은 너의 친구
샐리.

추신. 네 집에서 머물렀던 침실 침대 밑에 하늘색 침실용 슬리
퍼를 놓고 왔어. 메리한테 부탁해서 슬리퍼를 우편으로 내게 보
내라고 해 줄래? 그리고 메리가 네 주소를 적을 때 제발 그 사람
손을 꼭 잡아줘. 메리가 좌석표에 내 이름을 '맥버드'라고 적어놨
었거든.

༅

목요일.
적에게.

말씀드렸던 대로 뉴욕 직업소개소에 실력 있는 보모를 추천해
주십사 하는 요청서를 보냈습니다.

〈급구! 17명의 아기를 한꺼번에 돌볼 수 있는 만큼 넉넉한 품
을 가진 보모〉

그래서 후보 한 명이 오늘 오후에 왔는데 제가 그린 대로 너무 날씬한 사람이지 뭐예요!

아기를 안전핀으로 단단히 고정하지 않으면 품에서 떨어질 정도라니까요.

새디 케이트 편에 잡지를 보내세요. 오늘 저녁에 읽고 내일 돌려드리겠습니다.

세상에서 제일 말 잘 듣고 유순한 제자

샐리 맥브라이드.

∽

목요일.

주디에게

지난 3일은 우리가 뉴욕에서 새로 계획한 변화를 실천에 옮기느라 눈 코 뜰 새 없이 바빴어. 네 말이 곧 법이잖니. 그래서 공동 과자 단지도 만들었어.

그리고 장난감 상자도 80개 주문했어. 아이마다 자신의 보물을 보관할 상자를 하나씩 갖게 한다는 건 정말 좋은 생각이야. 자기만의 물건을 소유하는 경험은 책임감 있는 시민으로 성장하는 데 많은 도움이 될 거야. 내가 진작 이런 생각들을 해냈어야 하는데 그러지를 못했어. 가엾은 주디! 네가 여기 있는 아이들이 무엇을 바라는지 잘 아는 건 너무도 당연한 일이야, 나는 아무리 알아내려고 애써도 할 수 없을 거야.

우리는 이 고아원을 가급적 강압적인 규칙 없이 운영하려고 애쓰고 있지만 이 장난감 상자에 관해서만큼은 엄격한 규칙 하나를 적용할 생각이야. 그 규칙이란 상자 안에 쥐, 두꺼비, 지렁이는 절대 넣지 못하게 하는 거야.

벳시의 급여를 인상해 줄 수 있어서 얼마나 다행인지 몰라, 그 덕분에 그 사람을 여기 평생 고용할 수 있게 되었어. 그런데 사이러스 위코프 변호사가 그 일에 너무도 반대가 심해. 사이러스 변호사는 벳시에 대해 조사를 하더니 벳시가 돈을 벌지 않아도 불편 없이 살 수 있을 정도의 집안 출신이라는 사실을 알아냈어.

"제가 부탁도 하지 않은 법률적인 조언은 사양하겠습니다. 벳시처럼 교육 받은 사람이 제공하는 노력에 대해 대가를 지불하는 것이 무엇이 문제라는 말씀이세요?"

나는 사이러스 변호사한테 물었어.

"여기는 자선 단체잖습니까."

"그러니까 변호사님의 이익을 위해 하는 일에는 대가가 따르는 것이 마땅하지만 공공의 이익을 위해 하는 일에는 대가가 따라서는 안 된다는 말씀이신가요?"

"당치도 않은 소리 마시오! 그 사람은 여자요, 그러니 가족이 그 사람을 먹여 살리는 건 당연한 일입니다."

이러다 사이러스 변호사와는 절대 하고 싶지 않은 언쟁으로 이어질 것 같아서 정문으로 이어지는 비탈길에 진짜 잔디를 까는 게 나을지 아니면 건초를 덮는 게 나을지 물었어. 사이러스 변호사는 남에게 조언해 주기를 좋아하거든. 그래서 별 필요 없는 질문을 이것저것 하면서 그 사람의 기분을 맞춰 줬어. 요즘은 나도 샌디의 충고를 따르고 있어. "후원자들은 바이올린 줄과 같아서 팽팽히 당겨 매야 합니다. 그리고 즐거움을 주되 자신이 가고자 하는 길로 가야 합니다." 이 고아원에서 이런 처세술을 배우게 될 줄 누가 알았겠니! 나 이 정도면 정치가의 아내로 손색이 없을 것 같아.

목요일 밤.

반가운 소식 하나 전할게. 인상 좋은 독신녀 두 사람이 임시로 펀치를 돌보기로 했어. 오래 전부터 아이를 기르고 싶어 하던 사람들인데 드디어 지난주에 이곳으로 찾아와서 한 달 동안 시험 삼아 아이를 길러보면서 어떤 느낌인지 알고 싶다고 하더구나.

물론 이 사람들은 영국인을 조상으로 하고 분홍색과 하얀색으로 예쁘게 차려 입은 여자아이를 원했어. 그래서 나는 영국인을 조상으로 하는 귀여운 여자아이를 사회에 빛을 더할 사람으로 키워내는 것은 누구나 할 수 있는 일이지만, 이탈리아 풍금 연주자와 아일랜드 여자 세탁부의 아들을 훌륭하게 키워내는 것이야말로 진정 보람 있는 일이 될 것이라고 말했어. 제대로 된 환경에서 나쁜 점을 모두 없애버리기만 한다면 예술적인 나폴리의 피를 타고난 것이 아이에게 큰 도움이 될 수도 있다는 말도 덧붙였지.

내가 도전 정신을 부추겼더니 그 사람들은 쉽게 넘어왔어. 그래서 한 달간 펀치를 데려다 기르면서 그동안 아이를 기르고 싶어 하던 마음을 모두 쏟아 부어 장차 도덕적인 가정에 입양되기에 적합한 아이로 만들겠다고 약속했어. 두 사람은 유머 감각과 성취욕이 풍부한 사람들이야. 그렇지 않다면 펀치를 키우라고 제안하는 것은 생각도 못했을 거야. 나는 이것이 우리의 어린 악마를 길들일 수 있는 방법이라고 믿어. 그 사람들은 부모로부터 버림받은 펀치가 한 번도 받아보지 못한 애정과 관심과 보살핌을 베풀어 줄 거야.

이 여성들은 이탈리아 식 정원과 전 세계에서 구해 온 가구로 꾸민 오래되고 아름다운 집에서 살아. 파괴적인 아이를 귀중한 물건이 많은 집으로 보내는 것이 죄받을 짓 같기는 해. 그렇지만 펀치는 고아원에서도 벌써 한 달 이상 아무것도 부수지 않았고 아이의 몸속에 흐르는 이탈리아인의 피가 그 집의 아름다움에 반응해 사나운 성질을 잠재워 주리라고 나는 믿어.

나는 이 여성들에게 펀치의 귀여운 어린 입술에서 불경한 말이 쏟아져 나오더라도 절대 움츠러들지 말라고 주의를 줬어.

펀치는 지난 밤 굉장히 멋진 차를 타고 떠났고, 솔직히 나는 우리 말썽쟁이한테 작별 인사를 하는 것이 기쁘지만은 않았어. 아마도 내 힘의 절반을 쏟아 부으며 돌본 아이라서 그랬나 봐.

금요일.

오늘 아침에 펜던트가 도착했어. 정말 많이 고마워! 그렇지만 하나 더 보내주지 않아도 돼. 부주의한 손님이 잃어버린 물건에 대해 안주인이 모두 다 책임질 수는 없잖니. 이 펜던트는 내 목걸이에 걸기에 아까울 정도로 예뻐. 그래서 아예 좀 더 확실하게 자랑할 수 있도록 스리랑카 신할라 부족처럼 코를 뚫어서 이 펜던트를 끼우는 건 어떨까 생각 중이야.

퍼시가 우리 고아원을 위해 건설적인 일을 하고 있어. 그 사람은 존 그리어 은행을 설립해서 전혀 수학적이지 못한 내 머리로는 도저히 이해할 수 없는, 매우 전문적이고 사무적인 방식으로 작은 일 하나하나까지 처리를 하고 있어. 덕분에 나이 많은 아이들은 제대로 인쇄된 통장을 갖게 되었어. 이 아이들은 학교에 가고 가사를 돕는 등의 노력의 대가로 일주일에 5달러를 받아서 다시 고아원에 (수표로) 숙식비와 의복비를 지불하는데 그 액수가 거의 5달러에 가까울 거야. 아이들의 입장에서 보기에는 악순환인 것 같지만 사실은 상당히 교육적인 활동이야. 이런 거래를 통해 아이들은 돈을 최고로 아는 세상으로 나가기 전에 돈의 가치를 배우게 될 거야. 이 활동에 특히 재능을 보이는 아이들은 부수적인 보답도 받게 될 거야. 나는 통장 관리를 생각만 해도 골치가 아픈데 퍼시는 그런 일을 대수롭지 않게 생각해. 그 일을 수학에 재주가 있는 아이들한테 맡겨서 금융 업무에 필요한 훈련을 시킬 계획이래. 만약 저비스 씨가 은행 직원을 선발할 계획이 있다면 나한테 알려 줘. 내년 이맘 때 쯤이면 우리 고아원에 잘 훈련받은 은행장, 회계사, 창구 직원 후보들이 즐비할 테니까 말이야.

　　토요일.

　　맥래 선생은 '적'이라고 불리는 것을 좋아하지 않아. 자신의 마음이나 품위 같은 것을 해친다고 생각한다나. 그래도 내가 계속 그 별명을 부르겠다고 했더니 급기야 그 사람이 앙갚음이라도 하듯 내게도 별명을 붙여 주었어. 그는 나를 '샐리 룬'이라고 부르면서 상상력을 발휘해서 별명을 만든 것을 대단히 자랑스럽게 여기고 있어.

　　요즘 맥래 박사와 나는 새로운 여흥거리를 만들어 냈어. 그 사람은 스코틀랜드 어로 말하고 나는 아일랜드 어로 대답하는 거야. 이런 식으로 말이야.

　　"안녕하셔라, 의사 선상. 건강은 어떻소?"

　　"좋아유, 아주 좋아유. 애들은 어때유?"

　　"잘 있지라, 다들 잘 놀고 있지라."

　　"그렇다니 다행이네유. 이런 날씨는 견디기 힘들어유. 병나기 쉬워유."

"여기는 별 탈 없으니 하느님이 돌보신 덕이지라. 의사 선상 편하게 앉더라고. 차 한 잔 하실라요?

"아이고! 괜히 폐 끼치지 싫네유. 그래도 한 잔 하면 좋겠네유."

"폐는 무신! 괜찮당께."

이런 게 무슨 재미있는 여흥거리인가 싶겠지만, 품위 있는 샌디를 생각하면 이 정도도 대단히 방종한 놀이야. 내가 돌아온 이후로 이 사람 성질이 아주 차분해졌어. 욕 한 마디 안 했다니까. 그래서 내가 펀치처럼 이 사람도 바꿔놓은 게 아닌가라는 생각이 들기 시작했어.

너도 길다고 생각할 정도로 편지가 길어졌구나. 책상 옆을 지날 일이 있을 때마다 틈틈이 조금씩 무려 3일 간 썼네.

늘 변함없는

샐리.

추신. 네가 자랑한 헤어토닉은 별 효과가 없는 것 같아. 약제사가 제대로 조제를 못 한 건지 아니면 제인이 제대로 발라주지 못한 건지 모르겠지만 오늘 아침에는 베개가 머리에 달라붙었어.

෨

존 그리어 고아원

토요일

고든에게

당신이 목요일에 보낸 편지는 받았어요, 정말 어리석은 편지더군요. 물론 나는 당신을 쉽게 실망시키지는 않을 거예요. 그런 식으로는 행동하지 않으니까요. 만약 내가 당신을 실망시킨다면 예상치도 못한 순간에 갑자기, 그것도 끔찍할 정도로 엄청나게 실망시킬 거예요. 하지만 솔직히 내가 당신한테 편지를 하지 않은지 벌써 3주일이나 된 줄은 까맣게 몰랐어요. 미안해요!

그리고 고든, 당신한테 설명을 들어야겠어요. 당신은 지난주에 뉴욕에 있었으면서도 우리를 보러 달려오지 않았어요. 당신이 뉴욕에 있었다는 것을 우리가 모를 줄 알았겠지만 우리는 소식을 들었어요. 그리고 매우 언짢게 생각하고 있어요.

내 하루 일과에 대해 알고 싶지 않아요? 후원회 회의를 위한 월간 보고서 작성. 회계 감사. 주립 자선 협회 회원 오찬 대접. 아이들의 10일 치 식단 짜기. 우리 아이들을 데리고 있는 가족들에게 보낼 편지 다섯 통 구술. 정신이 온전치 못한 로레타 히긴스 방문(이 아이 이야기해서 미안해요. 정신이 온전치 못한 사람들 이야기하는 걸 당신이 싫어한다는 건 나도 잘 알아요.), 현재 이 아이는 좋은 가족과 함께 살고 있고 요리하는 법을 배우고 있어요. 고아원으로 돌아와 차를 마시면서 맥래 선생과 결핵에 걸린 아이를 요양소에 보내는 문제에 대해 의논. 고아들을 수용하는 데 있어 단층 주택과 군집 건물 구조 중 어느 쪽이 나은지에 대한 기사 읽기. (우리한테 필요한 건 단층 주택 구조예요! 크리스마스 선물로 단층 주택 몇 채만 보내 줘요.) 그리고 밤 9시인 지금은 졸음을 참으며 당신한테 편지를 쓰고 있어요. 사교계 여성들 중에 저처럼 보람찬 하루를 보내는 사람이 과연 얼마나 있을까요?

아참, 오늘 오전에 새 요리사를 채용하느라 무려 10분을 빼앗겼다는 것을 빠트렸네요. 우리 천사들한테 꼭 필요한 음식을 해 주는 샐리 워싱턴 존스턴은 성격이 너무 포악해서 가엾은 우리 난방 관리사 노아에게 얼마나 겁을 주었는지 몰라요, 결국 어쩔 수 없이 그 여자한테 경고를 해야 할 지경에 이르고 말았죠. 우리는 노아가 없으면 안 돼요. 노아는 원장보다 이 고아원에 더 쓸모 있는 존재랍니다, 그래서 샐리 워싱턴 존스턴은 더 이상 여기 없어요.

새로 온 요리사에게 이름을 물었더니 "제 이름은 수재너 에스텔인데 제 친구들은 저를 펫이라고 불러요,"라고 대답하더군요. 오늘 저녁은 펫이 만들었는데, 샐리만큼 솜씨가 섬세하지는 않다는 점을 분명히 말해야 할 것 같아요. 샐리가 아직 여기서 일할 때 당신이 방문하지 않은 것이 못내 아쉬워요. 그때 방문했더라면 제가 집안일을 얼마나 잘 관리하는지 알았을 텐데.

잠이 쏟아지는 바람에 편지를 이틀에 걸쳐 쓰게 됐어요.

무시당한 가엾은 고든! 2주일 전에 보내 준 장난감 찰흙에 대해 아직 감사 인사를 못 한 게 이제야 생각났어요. 전보로 즉시 고마움을 전해야 할 만큼 보기 드물게 훌륭한 선물이었는데 말이에요. 상자를 열고 안에 든 찰흙을 보자마자 나는 그 자리에 주저앉아 싱가포르의 모형을 만들었어요. 아이들도 모두 좋아해요. 아이들의 공작 능력을 기르는 데 정말 좋은 선물이에요.

미국 역사를 주의 깊게 공부한 결과, 미래의 대통령이 될 아이들에게 자질구레한 집안일을 강제적으로라도 시키는 것이 큰 도움이 된다는 생각을 하게 되었어요.

그래서 이 고아원의 일상적인 가사 업무를 100개로 나누어 일주일을 간격으로 아이들이 매번 새로운 일을 담당할 수 있도록 분담시켰어요. 물론 일을 배우면서 해야 하니 지금 당장은 아이들 솜씨가 형편없지만 시간이 지나면 차차 나아질 거예요. 리펫 부인의 비윤리적인 전철을 밟아 아이들이 이미 몸에 익힌 생활 방식을 그대로 고수하도록 내버려두면 우리도 일하기가 훨씬 수월할 거예요. 하지만 그렇게 하고 싶은 유혹을 느낄 때마다 7년째 이 고아원의 놋쇠 문손잡이 윤내는 일을 하는 플로렌스 헨티를 떠올리면서 아이들을 엄하게 가르친답니다.

리펫 부인을 떠올릴 때마다 나는 화가 치밀어요. 그 사람은 부패한 태머니 파 정치인들과 똑같은 생각을 가지고 있었어요. 사회에 이바지할 생각은 눈곱만큼도 없었어요. 그 사람이 존 그리어 고아원에 관심을 가진 것은 오로지 이곳을 이용해 생계를 유지하기 위해서였을 뿐이에요.

수요일

고아원 아이들한테 새로운 분야를 가르치기 시작했는데 그게 뭔지 알아요? 바로 식사 예절이에요!

아이들한테 먹고 마시는 법을 가르치는 것이 이렇게 힘든 일인 줄은 꿈에도 몰랐어요. 이곳 아이들이 선호하는 식사법은 고개를 숙여 입을 머그잔에 처박고는 고양이처럼 핥아먹는 거예요. 리펫 부인 시대에는 바른 식사 예절을 속물들이 겉멋 부리느라 하는 짓이라고 생각했지만 사실은 그렇지 않아요. 식사 예절은 자기 수양이며 타인에 대한 배려이기 때문에 우리 아이들이 반드시 배워야 할 것이에요.

그 여자는 아이들한테 식사 중에 절대 말을 못 하게 했어요. 그 때문에 식사 시간에 아이들한테서 겁먹은 듯 소곤소곤 이야기하는 것 이상의 대화를 끌어내기가 보통 힘든 게 아니에요. 이런 연유로, 나를 포함해서 관리 직원 전원이 식사시간에 아이들과 함께 즐겁고 유익한 대화를 이끌어 가는 것을 생활화하기로 했어요.

더불어서 우리 귀여운 아이들이 차례로 일주일씩 힘든 훈련을 받을 수 있도록 작은 훈련용 식탁을 만들었어요. 그래서 우리 식탁에서는 요즘 이런 고상한 대화가 오고간답니다.

"그래, 톰, 나폴레옹 보나파르트는 위대한 사람이야…… 식탁에 팔꿈치 대지 마. 무엇이든 자신이 원하는 것에 놀라울 정도로 정신을 집중할 수 있는 능력을 가지고 있었단다…… 남의 것 빼앗지 마. 수잔, 빵을 달라고 예의바르게 부탁하면 캐리가 줄 거야…… 하지만 그 사람은 남들의 인생은 생각하지 않고 오로지 자기 인생만 중요하게 여기는 이기적인 생각을 가진 사람은 결국에는 재앙을 맞게 된다는 사실을 보여주는 사례인데…… 톰! 식사할 때는 입을 꼭 다물고 씹어야지! ……워털루 전투 이후에…… 새디 과자 빼앗아 먹지 마…… 더 극심한 몰락의 길로 빠져들었는데…… 새디 케이트, 너 당장 식탁에서 일어나. 그래봤자 걔가 한 일이 달라지는 건 아니잖니. 어떤 경우에도 숙녀가 신사의 뺨을 때려서는 안 돼."

이틀이 더 지났어요. 주디한테 보내는 것처럼 두서없는 편지가 되어버렸어요. 그래도 최소한 이번 주에 내가 당신을 생각하지 않았다는 불평은 할 수 없게 만들었네요. 고아원 이야기 듣는 걸 싫어한다는 건 알지만 어쩔 수가 없어요. 내가 달리 아는 게 없거든요. 요즘은 하루에 5분도 신문 읽을 여유가 없어요. 나는 바깥 세상과 점점 멀어지고 있답니다. 내 관심은 온통 이 작은 철 울타리 안에 집중되어 있어요.

현재에 충실한
샐리 맥브라이드.

존 그리어 고아원 원장

목요일

적에게

"시간은 내가 그 속에서 낚시질을 하는 흐름이다." 지극히 철학적이면서 세상에 얽매이지 않은, 마치 우주를 다스리는 신의 말 같지 않아요? 이건 요즘 제가 열심히 읽고 있는 책을 쓴, 소로라는 작가가 한 말이랍니다. 아시다시피 요즘 저는 박사님이 권하는 책들에 반기를 들고 다시 제 책들을 읽고 있습니다. 지난 이틀 밤은 고아들의 문제와는 전혀 관련이 없는 《월든》이라는 책에 파묻혀 지냈습니다.

헨리 데이비드 소로의 책을 한 권이라도 읽어보신 적 있으신지요? 꼭 읽어보셔야 해요. 박사님과 생각이 똑같은 사람이라는 걸 알게 되실 거예요. 이걸 보세요. "사회는 전반적으로 지나칠 만큼 저속하다. 우리는 서로에 대해 새로운 가치를 발견할 수 있을 만큼의 시간 여유를 두지 못하고 너무 자주 만나고 있다. 지금 내가 사는 곳처럼 한 사람의 주거공간이 1.6평방킬로미터가 된다면 우리는 보다 나은 삶을 살 수 있을 것이다." 정말 유쾌하고, 포용력 크고, 이웃을 사랑하는 사람 같지 않아요? 이 사람 글을 읽으면 왠지 샌디가 생각나요.

이 편지를 쓰는 것은 입양 대리인이 찾아왔다는 소식을 전하기 위해서예요. 이 여성은 아이 네 명을 데려갈 예정인데, 그 중 하나가 토마스 케호랍니다. 어떻게 생각하세요? 위험을 감수하는 것이 옳을까요? 이 여성이 토마스를 보내려는 곳은 코네티컷에 있는 농장인데, 그곳에서 아이는 농부 가족과 함께 살면서 열심히 일해서 숙식비를 벌어야 해요. 그 아이를 영원히 여기 붙잡아 둘 수는 없으니 아이를 보내는 것은 분명 옳은 일이에요. 그 아이도 언젠가는 위스키로 가득 찬 세상으로 나가야 할 테니까요.

'조발성 치매'에 관한 즐거운 연구를 못하게 방해해서 죄송한데, 입양 대리인과의 면담을 위해 8시쯤 여기 들러 주신다면 정말 감사하겠습니다.

늘 변함없는
샐리 맥브라이드.

❦

6월 17일
주디에게

벳시가 입양을 희망하는 한 부부에게 터무니없을 정도로 비양심적인 짓을 저질렀어. 이들 부부는 이 지역을 관광하면서 딸을 하나 입양하려는 두 가지 목적을 위해 차를 타고 오하이오에서 동부로 여행을 온 사람들이야. 고향에서 유지로 대접받을 게 확실해 보이는 사람들이었는데, 지명은 지금 생각 안 나지만 꽤 큰 도시인 것만은 확실해. 전등도 있고, 가스도 사용한다고 했고, 훌륭한 시민으로 보이는 이들 부부는 전구와 가스 공장을 경영한다고 했어. 그러니까 이들 부부 중 남편이 손만 한 번 흔들면 도시 전체가 암흑에 잠길 수도 있는 거지. 하지만 다행히도 친절한 사람이라 시장으로 재선출되지 않더라도 그런 가혹한 짓을 저지를 것 같지는 않았어. 이들 부부는 슬레이트 지붕이 있고 탑도 두 개나 있는 벽돌 저택에 살고, 마당에는 사슴 한 마리와 분수가 있고 그늘을 드리우는 나무도 많이 있어. (남자가 호주머니에 자기 집 사진을 넣어 가지고 다니더구나.) 두 사람 다 성격 좋고, 자상하고, 친절하고 얼굴에서 미소가 떠나지 않았어. 그리고 살도 약간 쪘고. 한 눈에도 정말 좋은 부모가 될 수 있는 사람들처럼 보였어.

우리한테는 이 사람들이 바라는 바에 딱 맞는 여자 아기가 있었어. 문제는 이 사람들이 미리 연락을 주고 오지 않아서 그 아이가 플란넬 잠옷 차림에 얼굴이 지저분했다는 거야. 두 사람은 캐롤라인을 보더니 그다지 마음에 들어 하는 눈치가 아니었어. 그래도 예의바르게 고맙다는 인사를 하고는 아이를 일단 마음에 담아 두겠다고 했어. 그러면서 입양을 결정하기 전에 뉴욕 고아원도 방문하고 싶다고 하는 거야. 그곳의 훌륭한 아이들을 보면 우리 가엾은 캐롤라인은 잊어버릴 게 분명했어.

그때 벳시가 급히 자리에서 일어나더니 이들 부부에게 그날 오후에 자기 집에 들러 차를 마시면서 자신의 어린 조카를 만나러 올 우리 원생 하나를 만나보라고 초대했어. 이 훌륭한 시민 부부는 동부에 아는 사람이 별로 없어서 자신들의 신분에 걸맞은 초대를 거의 받지 못했어. 그래서 사람들과 어울릴 수 있는 사교의 기회를 기꺼이 받아들였지.

이들 부부가 점심을 먹기 위해 호텔로 돌아가자마자 벳시는 자기 차를 부르더니 어린 캐롤라인을 자기 집으로 데려갔어. 그러고는 자기 조카의 제일 좋은 옷인 자수로 장식한 분홍색과 하얀색 원피스를 캐롤라인한테 입히고, 아일랜드 레이스로 장식한 모자를 씌우고, 분홍색 양말과 하얀색 신발까지 신기고는 가지가 넓게 드리운 너도밤나무 아래 초록색 그늘에 마치 그림처럼 아이를 앉혔어. 그리고 하얀 앞치마를 두른 유모(유모 역시 벳시의 조카한테서 빌렸어.)가 빵과 우유와 색색의 재미있는 장난감도 가져다주었어.

그래서 장차 부모가 될지도 모를 부부가 도착하자 실컷 배불리 먹고 재미있게 놀아서 기분이 좋아진 우리 캐롤라인은 귀엽게 옹알이를 하면서 두 사람을 맞이했어. 아이를 보자마자 이들 부부는 캐롤라인을 입양하고 싶은 마음이 솟구쳤지. 자세히 살펴볼 줄 모르는 이들의 머릿속에는 이 사랑스러운 아기가 그날 아침 본 지저분한 바로 그 아기일지 모른다는 의심은 눈곱만큼도 생기지 않았어. 이제 몇 가지 절차만 거치면 캐롤라인은 탑이 있는 저택에 살면서 훌륭한 시민으로 성장할 수 있을 것 같아.

이제는 정말 일하러 가야 돼. 더 이상은 지체할 수가 없어. 우리 여자아이들이 입을 새 옷에 대한 문의를 해결해야 하거든.

자긍심이 최고조에 달한
최고의 엄마이자
그대의 충실한 신하
샐리 맥브라이드.

⁓

6월 19일

사랑하는 주디에게

최고의 혁신이자 네가 무척이나 기뻐할 소식을 전할게.

파란색 깅엄 제복이 사라졌어!

나는 요즘 교외 별장들이 많은 이 지역의 부유한 이웃들이 우리 고아원에 장차 좋은 후원자가 될 수 있겠다는 생각에 마을 사교 모임에 자주 나가고 있는데, 어제 오찬 모임에서는 자신이 직접 디자인했다는 보기 좋은 옷을 길게 늘어뜨린 아름답고 매력적인 미망인을 만났어. 리버모어 부인이라는 이 여성은 황금 숟갈을 손에 쥐고 밥을 먹는 집안 대신 바늘을 손에 쥐어야 먹고 살 수 있는 집안에 태어났더라면 자신은 기꺼이 양재사가 되었을 것이라는 비밀도 털어놓았어. 그러면서 예쁜 여자아이가 형편없는 옷을 입고 있는 것을 보면 도저히 참지 못하고 당장 옷차림을 고쳐준다고 했어. 어쩜 그런 말을 그렇게 때맞춰 할 수 있니? 그 말이 떨어지자마자, 이 미망인은 내 목표가 되었어. 그래서 나는 이렇게 말했지.

"그럼 제가 옷차림이 형편없는 여자아이 59명을 보여드릴게요. 저와 같이 가서 그 아이들한테 새 옷을 입혀서 예쁘게 만들 방법을 함께 계획해 봐요."

리버모어 부인은 싫다고 했지만 소용없었어. 나는 부인을 그녀의 차로 끌고 가 안에 태우고 운전기사에게 "존 그리어 고아원이요."라고 조용히 말했어. 고아원에 도착해서 제일 먼저 우리 눈에 띈 원생은 내 판단에 막 당밀을 훔쳐 먹고 나온 듯한 새디 케이트였는데, 아이는 아름다움을 중요시하는 사람의 눈에는 충격으로밖에 안 보일 차림을 하고 있었어. 온몸이 끈적거리는 것은 말할 것도 없고 한쪽 스타킹은 벗겨질 듯 흘러내렸고, 앞치마는 단추를 잘못 끼웠고, 머리 리본도 잃어버리고 없었어. 하지만 늘 그런 채로 다니던 새디 케이트는 아무렇지도 않게 미소를 지으며 우리를 맞이하고는 리버모어 부인에게 끈적끈적한 손을 내밀었어. 내가 물었지.

"자, 이 정도면 우리한테 부인이 얼마나 절실히 필요로 할지 아실 거예요. 새디 케이트를 아름답게 만들려면 어떻게 해야 할까요?"

리버모어 부인은 이렇게 대답했어.

"우선 씻기세요."

그 즉시 새디 케이트를 내 욕실로 데려갔어. 아이를 박박 씻기고 머리를 빗어 넘기고 스타킹을 제대로 끌어올려 신겨서 완벽할 정도로 정상적인 고아원 원생 모습을 만들어 2차 검사를 받게 했어. 리버모어 부인은 아이를 이쪽저쪽으로 돌아서게 하면서 오랫동안 꼼꼼히 살폈어.

짙은 피부색에 열정적인 집시 소녀 같은 새디 케이트는 본바탕은 예쁜 아이야. 아일랜드 코네마라의 바람 부는 황무지에서 막 달려온 듯한 아이지. 그런데 우리는 여태 흉측한 고아원 제복으로 아이의 타고난 모습을 감춰 왔어.

말없이 5분을 살핀 리버모어 부인은 고개를 들어 나를 바라보았어.

"맞아요, 여기는 정말 제가 필요한 곳이네요."

그래서 바로 그 자리에서 바로 그 순간부터 우리는 계획을 세우기 시작했어. 이제 리버모어 부인이 '의상 위원회'를 이끌 거야. 부인은 자신을 도와줄 친구 세 사람을 선정하고, 이곳 여자아이들 중 바느질 솜씨가 제일 뛰어난 아이들 24명과 이곳 재봉 선생님 그리고 재봉틀 다섯 대를 동원해 고아원 아이들 옷을 새로 만들기로 했어. 우리 덕분에 리버모어 부인은 부유한 가문 출신이라는 이유로 경험하지 못했던 전문직의 세계를 경험할 기회를 얻

195

은 셈이야. 이런 사람을 찾아내다니, 나 정말 똑똑한 것 같지 않니? 오늘 아침에는 새벽에 깨서 너무 좋아 소리까지 질렀다니까!

전할 소식은 그것 말고도 많아. 책이라도 쓰라면 쓸 수 있을 정도로 많은데, 위더스푼 씨가 시내로 나간다기에 그 편에 이 편지를 보내려고 해. 위더스푼 씨는 깃이 높은 셔츠에 까만 정장을 차려입고 컨트리클럽의 댄스파티에 가려는 참이야. 나는 위더스푼 씨에게 함께 춤을 추는 아가씨들 중에 제일 착한 사람들한테 우리 아이들 이야기를 해 주라고 부탁했어.

내가 점점 교활한 사람이 되어 가는 것 같아서 괴로워. 다른 사람과 이야기를 할 때마다 머릿속으로 "이 사람은 우리 고아원에 어떤 도움이 될까?"라는 생각을 하게 돼.

지금 원장이 자기 일에 너무 빠져든 나머지 이곳을 떠나지 않겠다고 할지 모를 위험이 닥쳐오고 있어. 하얗게 머리가 센 할머니 원장이 휠체어를 타고 고아원을 돌아다니면서 4세대 째의 원생들을 돌보는 모습이 이따금 머리에 떠오를 정도야.

그런 날이 오기 전에 제발 지금의 원장을 해고해 줘!

너의 친구
샐리.

금요일

주디에게.

어제 아침, 예고도 없이 기차역의 전세 마차가 정문 앞에 멈춰 서더니 남자 둘과 어린 사내아이 둘, 여자 아기 하나, 흔들 목마 하나, 곰인형 하나를 내동댕이치고 가 버렸어!

이 남자들은 화가들이고, 어린아이들은 3주 전 죽은 이 남자들의 친구의 자식이야. 죽은 남자 역시 화가였대. 이 남자들은 '존 그리어 고아원'이라는 이름이 믿음직하고 점잖게 생각되고, 공공 고아원 같지 않아서 아이들을 이곳으로 데려왔다고 했어. 사무적인 것과는 전혀 거리가 멀어 보이는 이 남자들 머릿속에는 아이를 고아원에 맡길 때 행정 절차가 필요하리라는 생각이 전혀 없었어.

나는 더 이상 아이를 맡을 여유가 없다고 설명했는데 아연실색하는 이 사람들이 오도가도 못할 처지인 것 같아서 일단 자리에 앉으라고 권한 다음 앞으로 어떻게 해야 하는지에 대해 조언을 해 주기로 했어. 그래서 일단 아이들에게 빵과 우유를 주라고 하고 유아실로 보낸 다음 자초지종을 들었어. 그런데 이 화가들이 언변이 뛰어난 건지, 아니면 그 여자아기의 웃음소리 때문인지는 모르겠지만, 이 사람들의 설명이 끝나기도 전에 이 아이들을 우리가 맡기로 했어.

지금껏 어린 알레그라(이곳에 맡겨지는 아이들 중에 이렇게 화려한 이름을 가진 아이나 이렇게 화려하게 생긴 아이는 보기 드물어.)처럼 밝은 아이는 처음 봐. 이제 3살인 알레그라는 혀 짧은 소리로 귀엽게 말하고 웃음이 많아. 겉으로 봐서는 그런 끔찍한 불행을 겪은 아이라고는 상상이 가지 않아. 하지만 다섯 살과 일곱 살인 돈과 클리포드는 인생의 어려움을 알았는지 겁먹고 슬픈 눈빛을 하고 있었어.

유치원 선생이었던 아이들 어머니는 가진 것이라고는 열정과 물감밖에 없는 화가와 결혼했어. 아이들 아버지의 친구인 두 화가의 말에 의하면 아이들 아버지가 재능은 있었지만 아이들 우유 값을 대기 위해 재능을 포기했대. 이들 가족은 금방이라도 무너질 것 같은 오래된 아틀리에에 살면서 칸막이 뒤에서 요리를 하고 아이들은 선반 위에서 잠을 잤어.

그래도 이 가족이 완전히 불행하기만 했던 건 아닌 것 같아, 서로 많이 아끼고 사랑했고 친구들도 많았는데, 그 친구들 모두 똑같이 이상만 높은 예술가들이어서 가난하기는 마찬가지였어. 아이들이 점잖고 섬세한 걸 보면 부모가 어떻게 키웠는지 짐작이 가. 내가 우리 아이들한테 예절 교육을 아무리 많이 시켜도 이 아이들과 비교하면 턱없이 모자랄 것 같아.

아이들 어머니는 알레그라를 낳고 며칠 지나지 않아 병원에서 죽었고 그 뒤로 아버지 혼자 2년 동안 아이들을 키우면서 먹고 살기 위해 광고든 뭐든 미친 듯이 그림을 그렸어. 그러다 3주 전 과로와 스트레스와 결핵으로 성 빈센트 병원에서 죽었어. 아이들을 위해 아버지 친구들이 모여서 아틀리에 있던 저당 잡히지 않은 물건들을 팔아 빚을 갚고 좋은 고아원을 수소문했어. 그러다 하늘이 도우셔서 우리를 찾아낸 거야!

하여튼, 나는 두 화가에게 점심을 대접했어. 중절모에 폭 넓은 윈저 타이 그리고 낡아서 해진 옷차림이었지만 둘 다 좋은 사람들이었어. 그리고 이 어린 삼남매에게 내가 할 수 있는 한 최대한의 관심을 쏟아주겠다는 약속을 하고서 이들을 뉴욕으로 보냈어.

그래서 그 아이들은 지금 여기 있어. 막내는 유아실에, 위의 두 아이는 유치부에 있고 캔버스가 가득 든 커다란 짐 상자는 다락에, 아이들 부모가 쓴 편지가 가득 든 트렁크는 창고에 두었어. 그리고 아이들의 얼굴 표정, 무엇인지 알 수 없는 정신적인 무언가는 아이들 스스로 간직할 유산이겠지.

이 아이들 생각이 머리를 떠나지 않아. 밤새 아이들 미래를 설계했어. 사내아이들의 미래는 설계하기 쉬웠어. 펜들턴 씨의 도움으로 대학을 졸업하고 훌륭한 직업인이 되는 거야. 그런데 알레그라의 미래는 어떻게 설계해야 할지 모르겠어. 이 아이가 어떻게 자라도록 소원해야 할지 모르겠어. 귀여운 여자아이를 위해서라면 운명이 앗아간 친부모의 자리를 대신할 수 있는 좋은 양부모에게 입양되라고 빌어주는 것이 보통이겠지. 하지만 그렇게 되려면 아이에게서 두 오빠를 떼어놓아야 하는데, 그건 너무 잔인한 짓이야. 두 오빠가 어린 여동생에게 쏟는 애정은 눈물이 날 정도로 지극해. 지금껏 두 아이가 여동생을 키웠어. 두 아이가 웃는 소리를 들은 것은 알레그라가 귀여운 짓을 할 때뿐이야.

가엾은 삼남매는 아버지를 사무치게 그리워하고 있어. 지난밤에는 다섯 살배기 돈이 흐느껴 우는 것을 봤는데, '아빠'한테 잘 자라는 인사를 할 수 없어서 운다는 거야.

하지만 알레그라는 그 이름에 어울리게 삼남매 중에 제일 행복한 아이야. 가엾은 아이들 아버지는 막내를 잘 길렀고, 그 사실을 기억 못하는 이 아이는 벌써 아버지가 죽었다는 사실도 까맣게 잊어버렸어.

이 아이들한테 무엇을 어떻게 해 주는 것이 좋을까? 생각하고 생각하고 또 생각하는 중이야. 아이들을 따로따로 입양 보낼 수는 없어. 하지만 아이들을 여기 계속 붙잡아 두는 것 역시 가혹한 일이야, 고아원을 훌륭하게 개조하고 우리가 아무리 잘 해 준다고 해도 여기는 고아원일 뿐이고, 이곳 아이들은 부화기 속에 든 병아리에 지나지 않아. 늙은 암탉 한 마리가 베푸는 얼마 안 되는 사랑을 나눠 가질 뿐, 보통 아이들이 누리는 넘칠 것 같은 사랑은 받을 수가 없어.

너한테 알려 주고 싶은 재미있는 소식이 많은데 어린 삼남매 때문에 다른 생각을 할 수가 없구나.

아이들은 기쁨이지만 돌보기는 쉽지 않네.

너의 친구

샐리.

추신. 다음 주에 나 만나러 오기로 한 것 잊지 마.

추신 2. 평소에는 너무도 과학적이고 감정이라고는 털끝만큼도 없는 것 같던 우리 의사 선생님께서 알레그라한테 반해 버렸어. 아이 편도선은 볼 생각도 안 하고 번쩍 안아 올려서는 꼭 끌어안았어. 알레그라, 깜찍한 여우 같으니! 이 아이는 대체 자라서 어떤 사람이 될까?

～

6월 22일

주디에게

고아원의 부족한 방화 시설에 대한 걱정은 더 이상 하지 않아도 된다고 보고합니다. 맥래 박사와 위더스푼 씨가 그 문제를 진지하게 고민한 끝에 그 어떤 놀이보다도 재미있고 신나는 방화 훈련을 생각해냈어.

아이들이 모두 침대에 누워 잠이 들면 화재경보기가 울려. 그러면 아이들이 모두 일어나 양말을 신고 침대 위의 담요를 낚아채 상상 속에서만 입고 있는 잠옷 위에 두르고 줄 지어 서서 복도를 지나 계단을 내려오는 거야.

유아실에 있는 17명의 아이들은 인디언 부족의 전사들이 하나씩 맡기로 했는데 몸을 돌돌 싸 주면 아기들은 신이 나서 소리를 질러. 남은 인디언 전사들은 지붕이 무너질 염려가 없는 동안 구조 활동을 맡을 거야. 첫 번째 훈련에서는 퍼시가 총 지휘를 맡았는데 12개의 벽장 속에 있던 옷들을 모두 꺼내 시트로 싸서 창밖으로 내던지지 뭐니. 그래서 베개와 매트리스가 뒤따라 창밖으로 내던져지는 걸 막으려고 내가 얼른 지휘권을 빼앗았어. 그리고 창밖으로 내던져진 옷들을 도로 원래 있던 곳으로 옮겨 놓다 보니 퍼시와 맥래 박사는 흥이 다 했는지 담배 파이프를 가지고 인디언 캠프로 가더구나.

다음부터는 훈련을 할 때 너무 사실적으로 하지는 말아야겠어. 그렇지만 위더스푼 소방대장의 지휘 아래 6분 28초만에 건물에서 모두 탈출했다는 건 자랑스럽게 말하고 싶구나.

알레그라는 요정의 피를 이어받은 것 같아. 저비스 씨와 내가 아는 한 사람을 빼고 이 고아원에 이런 아이는 처음이야. 알레그라는 맥래 선생의 혼을 쏙 빼놓았어. 맥래 선생은 정신이 멀쩡한 의사답게 왕진을 가지도 않고 알레그라와 손을 잡고 내 서재에 와서는 양탄자 위에서 말이 되어 아이를 등에 태우고 30분이나 놀았어. 생각 같아서는 그 모습을 사진으로 담아 편지에 동봉하고 싶을 정도야. '성격이 완전히 바뀐 맥래 선생의 모습'이라는 제목을 달아서.

이틀 전 저녁에 샌디가 찾아와 벳시와 나와 함께 이야기를 나눴는데, 그 사람답지 않게 경박하게 굴었어. 농담도 세 번이나 했고, 피타오 앞에 앉아 "내 사랑은 빨강, 빨강 장미 같아," "내 플라디(스코틀랜드 전통 의상으로 한쪽 어깨에 두르는 망토 같은 천 - 옮긴이) 안으로 들어와요," "창문에 뭐요? 뭔데? 뭔데?" 같이 전혀 교육적이지 못한 오래된 스코틀랜드 민요까지 불렀어. 그러더니 급기야 스코틀랜드 민속춤까지 추더라니까.

나는 가만히 앉아서 내가 만들어 놓은 작품을 보며 미소를 지었어. 샌디가 이렇게 변한 건 내 노력 덕분이야. 내가 보여 준 경박한 모습과 내가 빌려 준 경박한 책들 그리고 지미와 퍼시, 고든 할록처럼 내가 소개한 경박한 사람들로 인해 맥래 선생이 변한 거야. 내가 이 사람을 인간답게 바꿔 놓은 거지. 내가 은근슬쩍 부추겨서 더 이상 진홍색 타이도 안 매고 회색 정장을 입기 시작했어. 그 덕에 사람이 얼마나 달라 보이는지 몰라. 이제 호주머니가 불룩할 정도로 물건을 잔뜩 넣어 다니는 것만 못 하게 만들면 정말 눈에 띄게 괜찮아 보일 거야.

안녕, 우리가 금요일에 네가 여기 오는 것을 얼마나 기대하고 있는지 잊지 마.

샐리.

추신. 위더스푼 씨가 찍은 알레그라 사진을 동봉했어. 정말 예쁘지 않니? 지금 입고 있는 옷 때문에 예쁜 모습이 많이 가려졌는데 몇 주만 더 있으면 분홍색 주름 장식 원피스를 입게 될 거야.

༄

6월 24일 수요일 오전 10시
저비스 펜들턴 부인께

남편이 일이 있어 시내에 머물러야 하기 때문에 금요일에 우리를 만나러 올 수 없다는 네 편지 받았어. 그런 턱도 없는 소리가 어디 있니! 겨우 이틀 동안 남편을 떠나는 게 그렇게 어려운 일이니?

나는 무려 113명이나 되는 아이들을 키우고 있는데도 불구하고 기꺼이 너를 만나러 갔어, 그러니까 겨우 남편 한 사람 때문에 나를 만나러 오는 것이 불가능하다는 것은 이유가 안 된다고 생각해. 그러니까 나는 약속한 대로 금요일에 버크셔 특급 도착 시간에 너를 마중 나갈 거야.

샐리 맥브라이드.

6월 30일

주디에게

네가 우리를 만나고 간 시간은 정말 짧았지만 그런 작은 호의
도 우리는 얼마나 고마운지 몰라. 네가 여기서 진행되는 일들을
보고 그렇게 기뻐하는 것을 보고 나도 많이 기뻤어. 그리고 저비
스 씨와 건축가가 여기 와서 기초 공사를 시작하게 될 날이 무척
이나 기다려져.

저기, 네가 여기 있는 동안 아주 이상한 기분이 들었어. 내가 사
랑하는 멋진 주디가 이 고아원에서 자랐고 괴로운 기억 때문에
여기 어린아이들이 무엇을 필요로 하는지 잘 안다는 게 믿어지지
않아. 이따금 너의 불행했던 어린 시절 이야기가 떠오르면 화가
치밀어 오르면서 소매를 걷어 올리고 온 세상을 상대로 싸워서
지금보다 어린이들이 살기 좋은 곳으로 만들고 싶다는 생각이 들
어. 스코틀랜드와 아일랜드의 피가 섞여서 그런지 내 안에는 호
전적인 성격이 아주 많이 숨어 있는 것 같아.

만약 이곳이 처음부터 모든 것이 질서 있게 이루어지고, 청결
하고, 위생적인 단층 주택들로 꾸며진 현대적인 고아원이었다면
나는 매일 똑같은 일상이 반복되는 지루한 이곳 생활을 절대 견
뎌내지 못했을 거야. 내가 아직도 여기 머물 수 있는 것은 해결해

야 할 일들이 수도 없이 산재해 있기 때문이야. 하지만 솔직히 고백하는데, 가끔은 아침에 일어나 고아원 여기저기서 터져 나오는 소리를 듣고 고아원 냄새를 맡다 보면 원래 나에게 주어진 걱정 없이 행복한 삶이 그리워져.

넌 마녀야. 네가 나한테 주문을 걸었기 때문에 내가 여기까지 오게 된 거라고. 하지만 이따금 밤중에 너의 주문이 약해지면 그 다음날 아침 눈을 뜨자마자 존 그리어 고아원에서 달아나겠다는 결심을 하게 돼. 그러다 아침 식사는 하고 떠나자고 결심을 늦추게 되고, 그러다 복도로 나가 가엾은 아기와 마주쳐 그 아이가 수줍은 듯 작고 따스한 손으로 내 손을 잡고 큼직한 눈망울로 나를 올려다보면서 말없이 한 번만 쓰다듬어 달라고 눈빛으로 애원하면 나는 그만 아이를 와락 끌어안고 말아. 그리고 그 아이의 어깨 너머로 사랑의 손길을 기다리는 다른 아이들이 보이면 113명 아이 모두를 내 품에 안고 사랑으로 행복하게 만들어 주고 싶어진단다. 아이들과 일하다 보면 최면에 걸리는 것 같아. 그래서 괴롭고 힘들어도 빠져나갈 수가 없어.

너의 방문 때문에 내가 철학적인 생각을 하게 된 것 같아. 하지만 너한테 한두 가지 소식은 꼭 전해야겠구나. 아이들의 새 옷이 완성되어 가는데 정말 말로 다 할 수 없을 정도로 예뻐! 리버모어 부인은 네가 보내 준 알록달록한 면을 받고 얼마나 좋아했는지 몰라. 그래서 우리 작업실에 그 옷감을 다 펼쳐 놓았단다, 60명의 여자아이들이 분홍과 파랑, 노랑, 보라색 옷을 입고 햇빛 찬란한 날 잔디밭을 뛰어다니는 모습을 상상하면 방문객들 눈이 부시지 않도록 뿌연 안경이라도 줘야 할 거라는 생각이 들어. 물론 그 예쁜 옷감들 중에 쉽게 색이 바래서 실용성이 없는 것도 있다는 건 너도 알 거야. 그렇지만 리버모어 부인은 너만큼이나 아까운 줄을 몰라. 그런 것은 생각도 안 하더구나. 그 사람은 필요하다면 두 번, 세 번도 옷을 더 만들어 줄 사람이야. 정말 깅엄 체크 제복은 안녕이야!

네가 우리 의사 선생님을 마음에 들어 해서 다행이야. 우리는 그 사람에 대해서 마음대로 말해도 되지만 다른 사람이 맥래 선생에 대해 나쁜 소리를 하면 마음이 아플 거야.

맥래 선생과 나는 지금도 서로의 독서 생활을 감시하고 있어. 지난주에는 맥래 선생이 허버트 스펜서의 《종합 철학 체계》라는 책을 보라고 가져왔어. 나는 감사하게 책을 받은 다음 답례로《마리 바시키르트세프의 일기》를 줬어. 대학 시절 멋진 말을 하고 싶을 때마다 마리가 한 말을 인용하던 것 기억나니? 샌디는 내가 준 책을 집으로 가져가서 공들여 꼼꼼히 읽었어.

그리고 오늘, 책을 읽은 느낌을 알려 주려고 와서 이렇게 말하더구나.

"말씀하신 대로, 불행히도 이 세상에 존재하는 무서울 정도로 우울하고 독선적인 성격에 대한 사실적인 기록이더군요. 그런데 왜 제가 이 책을 읽어야 한다고 생각하셨는지 모르겠습니다. 고맙게도 샐리 룬 당신과 바시는 공통점이 전혀 없는데 말입니다."

이건 지금껏 맥래 선생이 나한테 한 말 중에 가장 칭찬에 가까운 말이어서 나는 아주 기분이 좋았어. 마리에게는 안 된 일이지만, 맥래 선생은 바시키르트세프라는 이름을 제대로 발음할 수도 없고, 그런 이름을 발음을 하려고 애쓰는 것 자체를 쓸데없는 짓이라고 여기기 때문에 그냥 '바시'라고 불렀어.

소개할 아이가 또 있어, 여자 합창단원의 딸인데, 변덕스럽고, 이기적이고, 허영이 심하고, 겉치레를 좋아하고, 우울하고, 거짓말을 일삼는 말괄량이지만 속눈썹이 얼마나 길고 예쁜지 몰라! 샌디는 이상할 정도로 이 아이를 싫어하는데《마리 바시키르트세프의 일기》를 읽고 나더니 이 아이의 성격을 모두 표현할 수 있는 별명을 찾아냈어. 그래서 이제는 이 아이를 '바시'라고 부르면서 본 척도 안 해.

안녕, 그리고 다시 들러 줘.

샐리.

추신. 우리 아이들한테 사탕을 사먹기 위해 은행에 예금한 돈을 몽땅 꺼내 쓰는 못된 버릇이 생겼어.

∽

화요일 밤.

주디에게

샌디가 한 짓에 대해 어떻게 생각하니? 그 사람은 한두 달 전쯤 우리를 방문한 정신과 의사가 원장으로 있는 정신병원으로 즐거운 여행을 떠났어. 도대체 그 사람은 어떻게 된 사람일까? 그 사람은 정신병자들한테 푹 빠져서 그런 사람들을 볼 수 있는 기회라면 만사 제쳐놓고 달려가.

내가 떠나기 전에 지시 사항이 없냐고 물었더니 그 사람이 한 대답은 이게 전부야.

"감기 걸린 애는 먹이고 배 아픈 아이는 굶기고 다른 의사들 말은 믿지 말아요."

이런 지시와 대구간유 두세 병을 남기고는 우리를 두고 떠났어. 지금 나는 굉장히 자유롭고 또 모험심에 불타고 있어. 네가 지금 당장 이곳으로 왔으면 좋겠어. 그러면 우울한 샌디한테서 벗어난 지금, 내가 얼마나 기쁨에 들떠 있는지 알 수 있을 거야.

샐리.

❧

존 그리어 고아원
금요일

적에게

 박사님이 시골에서 미친 사람들과 신나게 노는 동안 저는 돛대
에 매달려 있어요. 정신병원을 향한 박사님의 병적인 집착을 보
기 좋게 치유했다고 믿고 있었는데, 정말 실망이 크네요. 최근에
는 박사님이 정말 사람답게 보였거든요.

 그곳에서 얼마나 오래 머물 예정인지 여쭤봐도 될까요? 이틀
만 다녀오겠다고 했는데 벌써 나흘이 지났어요.

 어제는 찰리 마틴이 벚나무에서 떨어져 머리가 찢어지는 바람
에 잘 모르는 의사한테 가서 치료를 받았어요. 무려 다섯 바늘이
나 꿰맸죠. 아이는 잘 참아냈어요. 하지만 우리는 낯선 사람한테
치료를 받아야 한다는 게 편치 않아요. 박사님이 합법적인 업무
때문에 출장을 간 것이라면 제가 뭐라 할 말이 없지만 말이에요.

 박사님도 짐작하시겠지만, 우울증 환자들과 일주일을 함께 보
내고 나면 박사님은 분명 인간성은 개한테 던져주었나 싶을 정도
로 무섭게 우울한 채로 돌아오실 게 분명해요. 그러면 박사님을
다시 보통 사람처럼 명랑하게 만드는 무거운 짐을 제가 다시 짊
어져야 하잖아요.

 부디 미친 사람들은 그들만의 망상의 세계에 남겨 두고 존 그
리어 고아원으로 돌아오세요, 우리 모두 박사님이 필요해요.

                                   박사님이 절실히 필요해요.

박사님의 친구이며 하인인

샐리 맥브라이드.

추신. 마지막 문구가 대단히 시적이라고 생각하지 않으세요?
스코틀랜드 친구에게 경의를 표하기 위해 요즘 열심히 읽고 있는
로버트 번스의 책에서 인용했어요.

∽

7월 6일

주디에게

의사 선생이 아직도 안 돌아왔어. 연락 한 마디 없어. 그냥 사라
져 버렸어. 다시 돌아올 생각이 있는지도 모르겠어. 하지만 그 사
람 없이도 우리는 아주 행복하게 잘 지내고 있는 것 같아.

어제는 펀치를 따뜻하게 받아들여 준 친절한 두 숙녀와 점심
식사를 함께 했어. 펀치는 그 집에서 교육을 잘 받은 것 같아. 내
손을 잡더니 정원을 안내하면서 내가 좋아하는 블루벨도 따 줬
어. 점심 식사에는 영국인 집사가 마치 왕자를 대하듯 아이를 안
아 올려 의자에 앉혀 주고 턱받이도 묶어 주었어. 그 집사는 얼마
전까지 더럼 백작 밑에서 일한 사람인데, 휴스턴 거리 다락방에
서 태어난 펀치를 극진히 시중드는 모습은 정말 고무적인 광경이

었어.

나를 초대한 숙녀들은 식사 후에 지난 2주일 간 있었던 이야기를 들려주었어. (집사는 펀치에 대해 자세히 몰랐던 것 같아. 훌륭한 사람처럼 보였는데.) 다른 일이 없다면 펀치는 두 숙녀의 남은 삶 동안 계속 재미있는 이야깃거리를 많이 만들어 줄 수 있을 것 같아. 두 숙녀 중 한 사람은 책을 쓸 생각까지 하고 있었어. 그 사람은 웃느라 눈에 맺힌 눈물을 닦아 내며 이렇게 말했어.

"적어도 이제는 우리도 사람 사는 것처럼 살고 있어요!"

사이러스 변호사가 어젯밤 6시 30분에 들렀다가 리버모어 부인의 저녁 식사에 초대받아 이브닝드레스를 입고 막 길을 나서는 나를 봤어. 그러더니 리펫 부인이라면 사교 활동에 쏟을 힘을 아껴 원장 업무에 전념했을 것이라고 조심스럽게 말했어. 너도 알다시피 내가 웬만해서는 오랫동안 앙심을 품는 편이 아니야. 하지만 앞으로 사이러스 변호사를 볼 때마다 오리 연못에 빠뜨리고 싶다는 생각이 들 것 같아. 그것도 몸에 바위를 묶어서 말이야. 안 그러면 물 위로 떠오를 테니까.

싱가포르가 너한테 공손히 인사를 하는구나. 그리고 지금 자신의 모습을 네가 볼 수 없는 것을 다행으로 여기고 있어. 아름다운 싱가포르에게 끔찍한 불행이 일어났거든. 어떤 못된 사내아이가 (절대 여자아이일 리는 없다고 생각해) 불쌍한 싱가포르를 옴 오른 담요처럼 군데군데 털을 깎아 버렸어. 누가 이런 짓을 했는지 아무도 몰라. 새디 케이트가 가위질을 잘 하는데 이 아이는 알리바

이 꾸미는 것도 정말 잘 해. 싱가포르가 털을 깎인 그 시간에 새디 케이트는 교실에서 의자에 앉아 벽을 바라보는 벌을 받고 있었고 28명의 아이들이 그 사실을 증명할 수 있어. 그래도 털이 깎인 싱가포르의 몸에 매일 네가 보내 준 헤어토닉을 발라 주는 일은 새디 케이트한테 맡겼어.

늘 변함없는

샐리

추신. 이건 사이러스 변호사의 최근 모습을 그린 거야. 이 사람, 어떤 때는 굉장히 말을 잘 해. 코를 씰룩이면서 말을 한단다.

∽

목요일 저녁
주디에게

열흘 만에 샌디가 돌아왔어. 그래놓고는 아무 말도 없이 다시 병적으로 심각한 우울증에 빠져들었어. 기분을 즐겁게 해 주려는 우리의 갸륵한 수고에 화를 내면서 어린 알레그라 말고는 아무에게도 아는 척을 하지 않았어. 오늘은 알레그라한테 저녁을 먹이겠다면서 자기 집에 데려가서는 저녁 7시 30분이 지나서까지 돌려보내지 않았어. 3살짜리 숙녀가 그 시각까지 집에 돌아오지 않았다고 수치스러운 소문이라도 나면 어쩌려고. 우리 의사 선생님이 어떤 사람인지 정말 모르겠어. 갈수록 이해할 수 없는 짓만 하고 있어.

하지만 퍼시는 열린 마음에 무슨 이야기든 믿고 할 수 있는 상대야. 지금 막 저녁 식사를 함께 했는데 (이 사람은 모든 사교 자리에서 세심하게 격식을 지킨단다.) 식사하는 내내 디트로이트에 있는 약혼녀 이야기만 하더구나. 퍼시는 많이 외로운지 약혼녀 이야기하는 것을 좋아하는데 그녀에 대해 얼마나 좋은 말을 많이 했는지 몰라. 디트로이트에 있는 그 아가씨가 퍼시의 넘치는 애정을 받을 만한 가치가 있는 여성이었으면 좋겠는데, 아무래도 그렇지 않은 것 같아. 퍼시는 코트 안주머니 깊숙한 곳에서 작은 가죽 주머니를 꺼내서 얇은 종이 두 겹을 조심스럽게 풀더니 눈과 귀걸이 그리고 한껏 부풀린 머리밖에 안 보이는 어리석은 젊은 여자 사진을 보여 주었어. 나는 둘이 잘 되길 바란다는 표정을 지으려고 애썼지만 마음속으로는 가엾은 청년의 미래가 한없이 불쌍하게 느껴졌어.

종종 정말 좋은 남자가 제일 형편없는 여자를 아내로 맞이하고, 정말 좋은 여자가 제일 형편없는 남자를 남편으로 맞이하는 것을 보면 이상하지 않니? 내 생각에는 너무 착하고 좋은 사람은 남을 의심할 줄도 모르고 남의 나쁜 점을 보지도 못해서 그런 형편없는 사람을 짝으로 맞이하는 것 같아.

저기, 세상에서 제일 재미있는 연구는 성격 연구야. 아무래도 나는 소설가가 될 운명이었나 봐, 사람들이 너무 좋아…… 그 사람을 속속들이 알기 전까지는 말이야. 퍼시와 맥래 박사는 재미있는 대조를 이루는 사람들이야. 퍼시는 쉬운 단어를 큰 글씨체로 쓴 입문서 같은 사람이어서 언제든 무슨 생각을 하는지 훤히 알 수 있어. 반면에 맥래 박사는 아무나 함부로 읽을 수 없는 중국어로 쓴 책 같아. 한 사람이 두 가지 성격을 가질 수 있다는 말은 너도 들어봤을 거야. 그런데 샌디는 두 가지도 아닌 세 가지 성격을 가지고 있어. 보통 때는 과학적이고 화강암처럼 완고한데, 가끔 그런 겉모습 속에 꽤 감성적인 모습이 숨어 있다는 느낌이 들어. 며칠에 한 번은 참을성 있고 친절하고 남을 잘 도울 때가 있거든. 그러면 그 사람이 조금씩 좋아지기 시작하는데, 그러다 느닷없이 길들이지 않은 야생 동물처럼 사나운 모습이 드러나면…… 정말이지! 도저히 감당할 수가 없어.

내 생각에는 그 사람이 과거에 끔찍한 아픔을 겪었고 아직도 그 괴로운 기억에서 벗어나지 못한 것 같아. 그 사람이 이야기할 때면 늘 마음 깊숙한 곳에서는 다른 생각을 하고 있는 것 같은 불편한 느낌이 들어. 하지만 이건 남달리 고약한 성격에 대한 나만의 낭만적인 해석일 거야. 어쨌든, 그 사람은 도저히 이해할 수 없는 사람이야.

일주일 내내 상쾌한 바람이 부는 오후를 기다렸는데 오늘이 바로 그날이야. 그래서 우리 아이들 모두 일본에서 전해 온 '연'을 날리고 있어. 웬만큼 큰 사내아이들과 여자아이들 모두 "놀톱"(고 아원 동쪽으로 펼쳐진 높고 바위 많은 양 방목지)에 올라가 직접 만든 연을 날리고 있어.

아이들을 그곳에서 놀게 하려고 그 땅 주인인 무뚝뚝한 늙은 신사한테서 허락을 얻어내기 위해 얼마나 고생을 했는지 몰라. 그 사람은 고아를 싫어한다면서 한 번 자기 땅에 들여놓으면 그 곳에 고아들이 들끓을 것이라고 말했어. 그 사람이 말하는 걸 들 으면 고아가 무슨 벌레라도 되는 것처럼 생각하는 것 같아.

그래도 내가 30분 이상 끈질기게 설득하자 마지못해 두 시간 만 양 방목장을 내어주겠다면서 대신 좁은 길 너머에 있는 소 방 목장에는 한 발자국도 들어가서는 안 되고, 정해진 시간이 끝나 면 즉시 돌아가야 한다는 조건을 달았어. 그것으로도 안심이 되 지 않았던지 놀톱 씨는 소 방목장의 안전을 지키기 위해 정원사 와 운전기사에 마부 두 사람까지 보내서 아이들이 연을 날리는 동안 방목장 주위에서 순찰을 돌게 했어. 아이들은 아직도 바람 부는 언덕을 뛰어다니며 연싸움을 하는 신나는 모험을 즐기고 있 어. 아이들이 숨을 헐떡이며 돌아오면 생강과자와 레모네이드가 깜짝 놀라게 해 줄 거야.

이곳의 가엾은 어린아이들은 얼굴 표정이 완전히 노인이야! 아 이들을 나이에 맞게 어려 보이게 만드는 일이 쉽지는 않지만 내 가 꼭 해낼 수 있으리라고 믿어. 그리고 세상을 위해 뭔가 좋은 일을 한다는 느낌이 얼마나 좋은지 몰라. 내가 그 느낌을 뿌리치려고 애쓰지만 않는다면 너는 나를 쓸모 있는 인간으로 만들겠다는 목표를 달성할 수 있을 거야. 우스터의 사교 모임도 113명의 활기차고, 착하고, 한시도 가만히 못 있는 어린 고아들과 뒤엉켜 사는 즐거움 앞에서는 시시하고 지루해 보여.

사랑하는 너의 친구
샐리.

추신. 정확을 기하기 위해 덧붙이자면, 오늘 오후 현재 내가 돌보는 아이는 107명이야.

∽

주디에게

따뜻한 바람이 불고 아름답게 꽃이 피는 일요일에 나는 창가에 앉아 무릎 위에는 《신경계의 위생》(샌디가 가장 최근에 내 지적 능력 향상을 위해 필요하다고 권한 책)을 펼쳐 놓고 내 눈은 존재하지도 않는 전망을 향한 채 이런 생각을 했어. "하느님 감사합니다! 이 고아원을 이처럼 전망 좋은 곳에 위치시켜 주셔서 그나마 우리를 가두고 있는 무쇠 담 너머를 내다볼 수 있답니다."

내 자신이 좁은 우리 속에 갇혀 있는 고아가 된 느낌이 들었어.

그래서 내 자신의 신경계에 신선한 공기와 운동과 모험을 선사하기로 결심했지. 내 앞으로 하얀 리본 같은 길이 계곡을 지나 반대편 언덕으로 쭉 뻗어 있는 것이 보였어. 여기 온 이후로 나는 줄곧 그 길을 따라 언덕 위에 올라가 그 너머에 무엇이 있는지 눈으로 보고 싶었어. 가엾은 주디! 아마 너도 어린 시절에 나와 똑같은 생각을 했을 거야. 우리 아이들 중에 누구라도 창가에 서서 계곡을 지나 서 있는 언덕을 바라보며 "저 언덕 너머에는 뭐가 있어요?"라고 묻는다면 나는 당장 전화로 차를 부를 거야.

하지만 오늘은 우리 아이들 모두 각자 할 일에 빠져 있어서 방랑을 꿈꾸는 사람은 나 하나뿐이었어. 나는 일요일에 입는 실크드레스를 홈스펀 외출복으로 갈아입으면서 언덕 위까지 갈 방법을 생각했어.

그러고는 전화기로 곧장 다가가서 용감하게 505번으로 전화를 걸었어.

"안녕하세요, 맥거크 부인. 맥래 선생님과 통화 가능할까요?"

나는 아주 상냥하게 말했어.

"기다리슈."

맥거크 부인은 아주 짧게 대답했어.

"안녕하세요, 선생님. 저기, 혹시 저 언덕 너머에 금방이라도 숨이 끊어질 듯한 환자가 살지 않나요?"

"그런 환자는 없습니다, 천만다행이죠!"

"안타깝네요."

나는 실망한 듯 말을 이었어.

"그럼 오늘은 뭘 하고 계셨어요?"

"《종의 기원》을 읽고 있었습니다."

"당장 덮어요. 그런 건 일요일에 어울리지 않는다고요. 그리고 선생님 차가 지금 움직일 수 있나요?"

"원장님 쓰고 싶으시면 쓰세요. 아이들한테 차를 태워 주고 싶어서 그러십니까?"

"신경계에 문제가 있는 한 사람만 태워 주시면 돼요. 그 여자 머릿속에는 저 언덕 위로 올라가고 싶다는 생각밖에 없어요."

"제 차가 산길을 올라가는 데는 딱 맞는 차죠. 15분만 기다리시면……"

"잠깐만요! 2인분용 프라이팬도 하나 가져오세요. 여기 주방에 있는 프라이팬은 전부 다 수레바퀴보다 크거든요. 그리고 맥거크 부인한테 저녁을 밖에서 먹어도 되는지 물어보세요."

베이컨과 달걀, 머핀, 생강쿠키를 바구니에 담고 뜨거운 커피도 보온병에 담아서 계단에서 기다리고 있었더니 샌디가 프라이팬을 가지고 차를 타고 왔어.

우리는 정말 멋진 모험을 했어. 샌디도 나처럼 언덕 위를 달리는 짜릿함을 좋아했어. 정신병에 대해서도 한마디도 안 했어. 나는 그 사람한테 넓게 뻗은 풀밭과 굽이치는 언덕들을 등지고 줄지어 선 가지 친 버드나무들을 보고, 시원한 공기를 호흡하고, 소 울음소리와 소의 목에 단 방울 소리, 시냇물 흘러가는 소리를 듣게 했어. 그리고 서로 이야기도 했는데 고아원과는 전혀 상관없는 이야기를 정말 많이 나눴어. 나는 그 사람이 의사라는 생각을 벗어 던지고 어린 소년처럼 굴게 만들었어. 내 말을 안 믿을지 모르겠지만, 그 사람, 정말로 어린 소년 같았어. 진짜 사내아이 같은 장난도 한두 가지 저질렀어. 샌디는 아직 서른도 안 됐는데 너무 일찍 노인이 되어 버렸어.

우리는 멋진 경치가 내려다보이는 절벽 위에 자리를 잡고 강물에 떠내려 온 나뭇가지들을 모아 모닥불을 지피고 정말 근사한 저녁 식사를 만들었어. 달걀 프라이에 나무 탄 재가 흩뿌려지긴 했지만 숯은 건강에 좋은 거잖니. 식사를 마치고 샌디가 파이프 담배를 피우고 난 다음 "해가 늘 저무는 서쪽으로 저물 즈음" 우리는 짐을 챙겨서 고아원으로 돌아왔어.

맥래 선생은 몇 년 만에 이런 즐거운 시간은 처음이라고 했어. 아무도 믿지 않고 과학만 파고드는 사람이니 그 말이 사실일 거야. 그렇게 불편하고 적적하고 심심해 보이는 황록색 집에 살고 있으니 책 속에 파묻혀 지내는 것도 무리는 아니라고 생각해. 그 사람의 집을 안락하게 꾸려갈 가정부를 찾아내기만 하면 매기 맥거크를 쫓아낼 계략을 짤 거야. 스테리 씨를 쫓아내는 것보다 맥거크 부인을 쫓아내는 것이 훨씬 더 힘들 거라는 예상은 들지만.

이런다고 해서 내가 성격 나쁜 우리 의사 선생한테 필요 이상으로 관심을 갖게 되었다는 결론은 내리지 말아 줘. 나는 다만 그 사람이 낙이라고는 전혀 없는 인생을 살기에 머리를 쓰다듬어 주면서 기운 내라고 말해 주고 싶었던 것뿐이야. 밝은 햇살이 가득한 이 세상을 마음껏 즐기라고. 그러면 107명의 우리 아이들도 의사 선생한테서 좀 더 많은 혜택을 받을 수 있을 것 같아서. 절대 그 이상도 그 이하도 아니야.

너한테 꼭 전해야 할 소식들이 더 있었는데 머릿속에서 사라져 버렸어. 신선한 공기를 실컷 마셔서 그런지 졸립구나. 9시 30분밖에 안 되었는데 작별 인사를 해야겠어.

샐리.

추신. 고든 할록이 사라져 버렸어. 벌써 3주째 연락이 없어. 사탕도 안 보내고, 동물 인형도 안 보내고, 아무것도 안 보내. 우리한테 그렇게 잘 해 주던 사람이 대체 어떻게 된 걸까?

◦◦◦

7월 13일
제일 사랑하는 친구 주디에게

기쁜 소식에 귀 기울여 봐!
오늘은 펀치가 임시로 입양간 지 31일째 되는 날이야. 그래서 아이의 귀환 계획을 정하려고 아이를 보호하고 있는 두 숙녀에게 전화를 걸었어. 그랬더니 화를 내면서 거절을 하는 거야. 함부로 불을 뿜지 못하도록 가르치자마자 귀여운 꼬마 화산을 빼앗아가겠다고? 그들은 내가 배은망덕한 요구를 한다고 화를 냈어. 그러면서 펀치가 벌써 여름을 함께 보내자는 두 사람의 초대를 받아들였다고 했어.

새 옷 만들기는 잘 진행되고 있어. 재봉실에서 들리는 재봉틀 돌아가는 소리와 신나게 떠드는 소리를 너도 들어봐야 해. 이곳에서 제일 겁 많고, 무덤덤하고, 풀 죽어 지내던 아이도 자기만의 드레스를, 그것도 자기 마음에 드는 색으로 서로 다른 세 가지 색 드레스를 골라 가질 수 있다는 말을 듣더니 환호성을 지르며 좋아했어. 새 옷 만들기가 아이들의 재봉 실력을 향상시키는 데도 얼마나 도움이 되는지 몰라. 심지어는 10살짜리 아이들도 재봉 작업에 참여하고 있어. 이와 비슷하게 아이들한테 요리에 대한 관심을 불러 넣을 수 있는 방법도 있었으면 좋겠어. 그런데 이곳 주방은 아이들을 가르치기에 너무 부적합해. 감자 한 양동이를 한꺼번에 껍질 벗겨야 한다면 요리에 대한 관심은 금세 사라지고 말 거야.

내가 우리 아이들을 10개의 작은 가족으로 나눠서 한 가족씩 착한 보모 밑에서 살게 만들고 싶어 한다는 건 너도 들어서 알고 있을 거야. 앞마당에는 꽃이 있고 뒷마당에는 토끼와 고양이, 강아지, 병아리가 뛰어 노는 예쁜 단층 주택 10채만 있으면 아이들을 작은 가족으로 나눠 살게 하면서 자선 사업 전문가들이 찾아와도 부끄럽지 않을 훌륭한 고아원으로 만들 수 있을 거야.

목요일.

이 편지를 삼 일 전에 시작했는데 미래의 자선 사업가(서커스 입장권 50장을 마련해 줄 수 있는 사람이야.)와의 대화를 위해 한 번 펜을 놓은 후로 다시 펜을 들 시간 여유가 없었어. 벳시는 불쌍한 사촌의 신부 들러리가 되기 위해 3일 동안 필라델피아에 갔어. 벳시의 가족 중에 더 이상 결혼할 사람이 없으면 좋겠어. 벳시가 자리를 비우면 존 그리어 고아원은 혼란 속에 빠져버리거든.

벳시는 필라델피아에 있는 동안 입양을 희망하는 가정을 조사했어. 물론 우리한테 제대로 된 조사 기술이 있는 건 아니지만, 입양을 희망하는 가정이 직접 우리한테 입양에 관한 문의를 하면 우리는 나름대로 철저하게 조사를 한단다. 대개는 주립 자선 협회와 협조를 해. 그 협회에는 훈련 받은 대리인들이 많아서 주 이곳저곳을 다니면서 입양을 희망하는 가족과 꾸준히 연락하고, 아이를 입양 보낼 고아원과도 연락을 계속해. 그들이 우리와 협조하는 한, 우리는 애써 우리 아이들을 알릴 필요가 없어. 그리고 나는 가급적 많은 아이들을 입양 보내기를 희망하고 있어. 왜냐하면 나는 정상적인 가정이야말로 아이가 자라기에 가장 좋은 환경이라고 굳게 믿기 때문이야. 물론 우리가 제대로 된 가정을 까다롭고 깐깐하게 선택하는 경우에 한해서 그렇다는 거야. 내가 말하는 제대로 된 가정은 돈 많은 가정이 아니라 친절하고, 사랑이 넘치고, 지적인 부모가 있는 가정이야. 그래서 이번에 벳시가 조사한 가정은 보석 같은 가정이라고 나는 생각해. 하지만 아직 아이를 보내지도 않았고, 서류에 서명을 하지도 않았으니 갑자기 입양을 취소할 위험은 남아 있어.

저비스 씨한테 필라델피아의 J. F. 브레틀랜드 씨에 대해 아는 바가 있는지 물어봐 줘. 이 분은 금융계에 종사하는 것 같아. 이 사람 이름을 처음 본 것은 지극히 사무적으로 생긴 변호사한테서 '존 그리어 고아원 원장 앞'이라고 타이프라이터로 간결하게 작성한 지극히 사무적인 편지에서야. 이 편지에는 브레틀랜드 씨의 부인이 귀여운 외모에 건강한 2살에서 3살 사이의 여자아이를 입양하기를 희망한다는 내용이 적혀 있었어. 그리고 아이는 반드시 미국인이어야 하고 조상이 확실해야 하고 귀찮게 할 친척이 하나도 없어야 한다는 조건이었어. 내가 J. F. 브레틀랜드 씨가 요구하는 아이를 찾아줄 수 있을까?

그 사람은 신원 보증인으로 "브래드스트리츠"를 들었어. 그렇게 우스운 이름을 들어본 적 있니? 이 사람은 우리 유아실에 외상 장부를 만들어 놓고 아이들 출생기록부도 요구할 것만 같아.

아무튼 우리는 일상적인 조사를 위해 J. F. 브레틀랜드 씨가 거주하는 저먼타운의 성직자에게 신원 조회용 문의 서류를 우편으로 보냈어.

재산은 소유하고 있는가?

각종 청구서는 제때 지불하는가?

동물을 아끼는가?

교회에 다니는가?

아내와 자주 다투는가?

이밖에도 뻔뻔한 질문 10여 개가 더 있어.

그런데 우리가 유머 감각이 있는 성직자를 골랐나 봐. 그 성직자는 모든 질문에 일일이 대답하는 대신 서류에 딱 이렇게 적어 넣었어. "이 질문을 모두 통과하는 사람이라면 나를 입양해 가면 좋겠소!"

긍정적인 회신이라는 판단에 벳시 킨드레드는 사촌의 결혼식 피로연이 끝나자마자 저먼타운으로 달려갔어. 벳시는 예리한 탐정 기질을 가지고 있어서 사교 모임에서 의자와 테이블만 보고도 그 가족 전체의 도덕성을 파악해낼 수 있단다. 그리고 흥미로운 사실을 잔뜩 안고서 저먼타운에서 돌아왔어.

J. F. 브레틀랜드 씨는 부유하고 영향력 있는 시민으로, 친구들로부터는 깊은 사랑을 받고 적들(해고당한 직원들로, 이들은 서슴지 않고 브레틀랜드 씨를 아주 나쁜 놈이라고 욕했어.)로부터는 깊이 미움을 받는 사람이야. 그리고 기부를 많이 한대. 교회에 그리 열심히 다니는 편은 아니지만 부인은 정기적으로 교회에 다니는 것 같고.

브레틀랜드 부인은 매력적이고, 다정하고, 교양있는 숙녀로 신경쇠약 때문에 1년 간 요양소에 있다가 막 퇴원했어. 의사가 브레틀랜드 부인에게 필요한 것이 삶에 대한 강한 애착과 관심이라면서 입양을 권했대. 부인은 오래 전부터 입양을 원했는데 고집스러운 남편이 완강히 거절했어. 하지만 언제나 마지막에 승리하는 것은 조용하면서도 끈질긴 아내이고 고집 센 남편은 항복을 하게 마련이잖니. 그리고 브레틀랜드 씨는 사내아이를 더 좋아하긴 하지만 앞에서 언급한 편지에 쓴 대로 푸른 눈의 한 여자아이를 요청했어.

입양을 몹시 바라왔던 브레틀랜드 부인은 오래 전부터 육아서를 읽어서 유아 영양학에 대해서는 모르는 게 없어. 그리고 그 집에는 남서쪽을 향해 있어 햇빛이 잘 드는 유아실도 벌써 마련되어 있어. 몰래 모아놓은 인형이 가득한 벽장도 있고! 부인은 자기 손으로 인형 옷을 전부 만들어 입혔는데, 벳시한테 자랑스럽게 그것들을 보여 주었다더구나. 이 정도면 브레틀랜드 부인이 그토록 여자아이를 원하는 것을 이해할 수 있을 거야.

부인은 금방이라도 고용할 수 있는 잘 훈련받은 뛰어난 영국인 보모를 알고 있는데, 아기의 성대가 완전히 자리를 잡기 전에 외국어를 배울 수 있도록 프랑스인 보모한테 먼저 아기를 맡기는 것이 더 나을지도 모른다는 생각에 아직 어떤 유모를 들일지는 결정 못 했대. 그리고 벳시가 대학을 졸업했다는 말에 상당히 관심을 보였어. 부인은 아이를 대학에 보낼지 말지 결정 못하겠다고 했대. 그 말에 대한 벳시의 솔직한 의견은 무엇이었을까? 아이가 벳시 자신의 딸이라면 대학에 보낼까?

이런 모든 일이 우스꽝스럽거나 아니면 처량해 보일 수도 있을 거야. 하지만 나는 가엾고 쓸쓸한 여성이 자신이 기를 수 있을지 없을지도 알 수 없는 이름 모를 여자아이를 위해 그 많은 인형 옷을 만들고 있는 모습이 머리에서 떠나지 않았어. 브레틀랜드 부인은 오래 전 아이를 둘이나 잃었대. 아니, 정확히 말하면 아이가 아예 없었다는 게 맞을 거야. 아이들이 세상에 나와 호흡도 해 보지 못했으니까.

너도 그 집이 아이한테 정말 좋은 가정이 될 것이라고 생각할 거야. 그 집에 가면 사랑을 듬뿍 받을 수 있을 거야. 사랑이야말로 돈보다 훨씬 더 중요한 거야! 게다가 이 집은 사랑뿐만 아니라 돈도 많이 있잖아.

이제 남은 문제는 적당한 아이를 찾는 것인데, 그게 쉬운 일이 아니야. J. F. 브레틀랜드 부부는 요구 사항이 너무도 확실해. 사내아이가 하나 있는데 벽장 가득 인형을 준비해 뒀다니 그 아이를 보낼 수는 없어. 플로렌스는 고집스러운 한쪽 부모가 있어서 안 돼. 맑은 갈색 눈을 한 외국 아이들은 많은데 이 아이들 모두 안 돼. 브레틀랜드 부인이 금발이니 딸도 부인을 닮아야 해. 조상이 확실치 않은 예쁜 여자아이는 여럿 있는데, 브레틀랜드 부부는 6대조 조상까지 독실한 기독교 신자이고 식민지 총독을 지낸 조상도 있는지까지 확실히 알 수 있는 기록을 가진 아이를 원해.

예쁜 고수머리 여자아이가 하나 있긴 한데(갈수록 고수머리 아이가 줄어들고 있어.) 사생아야. 입양을 희망하는 부모들 눈에는 결코 받아들일 수 없는 아이로 보일 수 있지만 사실, 아이만 봐서는 그런 출생이라는 것을 알 수가 없어. 그럼에도 불구하고 그 아이도 안 돼. 브레틀랜드 부부는 아이 부모의 정식 결혼 증명서까지 요구하고 있거든.

그렇게 까다로운 조건들을 모두 만족시킬 수 있는 아이는 우리 107명 아이들 중에 딱 한 명밖에 없어. 어린 소피의 아버지와 어머니는 기차 사고로 죽었고 아이는 목에 생긴 종양 제거 수술을 받기 위해 병원에 입원해 있느라 사고를 피할 수 있었어. 평범한 미국인 집안 출신으로, 모든 면에서 흠잡을 데 없고 더불어 흥미로운 점도 하나도 없어. 늘 풀이 죽어 생기도 없고 칭얼대는 아이라 맥래 박사가 좋아하는 대구간유와 시금치를 잔뜩 먹이는데도 아이는 늘 축 쳐져 있어.

그렇지만 고아원 아이들한테 개별적인 사랑과 관심만 쏟아주면 얼마든지 기적을 일으킬 수 있어. 그러니까 이 아이도 이곳을 떠나 정상적인 가정에서 사랑 받고 살면 몇 달 지나지 않아 사랑스럽고 활기찬 아이가 될 수 있을 거야. 그래서 나는 어제 이 아이의 흠잡을 데 없는 가족 이력을 훌륭하게 적어서 소피를 저면 타운으로 데려가라고 권하는 편지를 J. F. 브레틀랜드 씨에게 보냈어.

그리고 오늘 아침에 J. F. 브레틀랜드 씨한테서 전보가 왔는데,

그건 절대 불가능하대! 보지도 않고 아이를 입양할 생각은 전혀 없다고 했어. 그러면서 다음 주 수요일 3시에 이곳으로 와서 직접 아이를 살펴보겠다고 했어.

만약에 그 사람이 아이를 마음에 들어 하지 않으면 어쩌니! 지금 우리는 개 전람회에 나갈 강아지를 꾸미듯 소피를 조금이라도 더 예쁘게 보이도록 하려고 온힘을 다 기울이고 있어. 아이가 생기 있게 보이도록 하기 위해서 아이 뺨에 루즈를 살짝 칠한다면 너무 부도덕한 짓일까? 아직 어리니까 그게 무슨 짓인지도 모를 테고, 그런 짓 하는 습관이 생기지도 않을 것 같은데.

세상에나! 편지가 너무 길잖아! 쉬지도 않고 이 많은 내용을 다 썼네. 이 정도면 내가 소피 일에 얼마나 신경을 쓰고 있는지 알 거야. 나는 어린 소피가 내 친딸이라도 되는 듯 그 아이의 행복을 위해 애쓰고 있어.

후원회 회장님께 안부 전해 줘.
샐리 맥브라이드.

෴

고든에게

언젠가 내가 극도로 스트레스에 쌓여 당신이 3주일이나 편지를 보내지 않아도 가만히 내버려 둔 적이 있다는 이유로 또 다시 4주씩이나 격려의 편지 한 줄 안 보내는 것은 너무도 불쾌하고, 잔인하고, 비열한 수작이에요. 이제는 혹시 당신이 포토맥 강에 빠지지나 않았는지 걱정까지 들어요. 우리 아이들도 당신을 몹시 그리워하고 있을 거예요. 아이들 모두 고든 아저씨를 사랑하고 있으니까요. 그 아이들한테 당나귀 선물하겠다고 한 약속 잊지 말아요.

그리고 내가 당신보다 훨씬 더 바쁜 사람이라는 것도 잊지 말아요. 하원을 운영하는 것보다 존 그리어 고아원을 운영하는 것이 훨씬, 훨씬 더 어렵다고요. 게다가 당신한테는 도움을 줄 유능한 사람들이 많잖아요.

이건 단순한 편지가 아니에요. 분노에 찬 항의서라고요. 내일 다시 쓸게요. 아니면 그 다음날이든.

샐리.

추신. 당신 편지를 다시 읽다보니 조금 기분이 진정되네요. 그렇지만 당신의 말을 믿을 수 없어요. 내가 아는 당신은 아첨해야 할 때만 듣기 좋은 말을 하는 사람이니까요.

7월 17일

주디에게

해 줄 이야기가 있어.

기억하는지 모르겠지만, 오늘이 지난 번 편지에서 내가 말했던 바로 그 '다음 주 수요일'이야. 그래서 오후 2시 30분에 어린 소피를 목욕시키고 머리를 빗기고 고운 린넨 옷으로 갈아입힌 다음 아이가 지저분해지지 않도록 잘 지키라고 신신당부하면서 믿을 수 있는 다른 고아한테 맡겼어.

3시 30분 정각에 비싼 외국산 자동차가 이 아름다운 성 계단 앞에 멈춰 섰어. (J. F. 브레틀랜드 씨처럼 지극히 사무적인 사람은 처음이야.) 그리고 정확히 3분 뒤, 떡 벌어진 어깨에 각진 턱, 짧게 깎은 콧수염과 상대를 재촉하는 듯한 태도를 지닌 남자가 내 서재로 찾아왔어. 그 사람은 아주 힘차게 나를 '맥코시 양'이라고 불렀어. 내가 조용히 내 이름을 다시 가르쳐 주자 이번에는 '맥킴 양'이라고 하더구나. 나는 가장 편한 팔걸이의자를 가리키면서 여행을 하느라 피곤할 테니 가벼운 다과라도 드시라고 권했어. 그는 물 한 잔만 마시고는(나는 자제할 줄 아는 부모가 좋더라.) 할 일을 빨리 처리하고 싶어 못 견디겠다는 얼굴을 했어. 그래서 종을 울려서 소피를 데려오라고 했어. 그랬더니 그 사람이 이렇게 말하더구나.

"잠깐만요, 맥기 양! 저는 아이가 기거하는 환경에 있는 모습을 보고 싶습니다. 놀이방이든 가축우리든 아이가 지내는 곳으로 제가 따라가겠습니다."

그래서 그 사람을 유아실로 안내했는데, 가 보니 13명에서 14명 정도 되는 어린아이들이 위아래가 붙은 깅엄 유아복을 입고 바닥에 깐 매트리스 위에서 팔짝팔짝 뛰며 놀고 있었어. 혼자만 예쁜 패티코트를 챙겨 입은 소피는 파란 깅엄 유아복 입은 아이들 속에서 굉장히 따분해 보였어. 아이는 몸을 움찔대며 자리에 앉으려고 했지만 패티코트가 갑갑하게 목을 조였어. 나는 아이를 안아 옷을 반듯하게 펴 주고, 코를 풀어 준 다음 브레틀랜드 씨한테 데려갔어.

앞으로 5분 동안 귀여운 모습을 보여 주느냐 마느냐에 미래가 달려 있는데 글쎄 소피가 활짝 웃는 대신 칭얼대기 시작한 거야!

그러자 브레틀랜드 씨는 아주 조심스럽게 손을 내저으며 강아지에게 하듯 혀 차는 소리를 했어. 하지만 소피는 브레틀랜드 씨가 안중에도 없는 듯 등을 돌리더니 나한테 안겼어. 브레틀랜드 씨는 시험 삼아 아이를 데려가겠다는 듯 어깨를 으쓱했어. 자기 마음에는 안 들지만 아내 마음에는 들지도 모르겠다고 생각한 것 같았어. 그러고서 우리는 유아실을 나왔어.

바로 그때 우리 앞으로 햇빛처럼 찬란한 알레그라가 걸어온 거야. 아이는 곧장 브레틀랜드 씨 앞으로 뒤뚱뒤뚱 걸어오더니 풍

차처럼 팔을 쭉 뻗고는 꽈당 넘어졌어. 그러자 브레틀랜드 씨가 아이를 밟지 않으려고 옆으로 휙 피하더니 아이를 안아 세워 줬어. 그랬더니 알레그라가 브레틀랜드 씨 다리를 붙잡고는 까르르 웃으며 올려다보았어.

"아빠! 안아 주쩨요!"

맥래 박사를 제외하고 지난 몇 주 사이 알레그라가 본 남자는 브레틀랜드 씨가 처음이었어. 게다가 이 사람은 아이의 죽은 아빠와 아주 많이 닮았어.

J. F. 브레틀랜드 씨는 마치 늘 하던 일인 것처럼 아이를 번쩍 안아 올렸어. 그러자 아이는 신이 난 듯 소리를 질렀어. 브레틀랜드 씨가 내려놓으려는 기색을 보이자 아이는 그의 코와 귀를 꼭 잡더니 그의 배에 발길질을 해댔어. 정말이지 알레그라는 보통 기운이 넘치는 아이가 아니야!

브레틀랜드 씨는 머리가 헝클어졌지만 여전히 입을 굳게 다문 채 아이의 손에서 벗어났어. 그리고 아이를 다시 내려놓았지만 꼭 쥔 아이 손은 놓지 않았어.

"더 이상은 볼 필요 없을 것 같습니다. 이 아이로 하겠습니다."

브레틀랜드 씨가 말했어.

그래서 나는 알레그라를 오빠들과 떼어놓을 수 없다고 설명했어. 하지만 내가 반대하면 할수록 브레틀랜드 씨는 더욱 완강해졌어. 우리는 내 서재로 돌아와 30분 가량이나 논쟁을 벌였어.

브레틀랜드 씨는 알레그라의 출신 배경도 마음에 들고, 아이의 생김새도 마음에 들고, 쾌활한 성격도 마음에 들고, 아무튼 이 아이의 모든 점이 마음에 든다고 했어. 어쩔 수 없이 딸아이를 맡아야 한다면 활기 넘치는 아이를 원한다는 거야. 칭얼대고 울기나 하던 아까 그 아이를 맡을 바에는 차라리 죽고 말겠다고까지 했어. 그건 절대 있을 수 없는 일이라는 거야. 하지만 알레그라를 준다면 평생 친딸처럼 기르면서 행복하게 해 줄 거라고 말했어. 내가 단지 감상적인 이유 때문에 아이한테서 행복이 보장된 미래를 빼앗는 것이 옳은 일일까? 아이의 가족은 이미 깨어졌어. 이제 내가 이 아이들한테 해 줄 수 있는 일은 3남매가 서로 헤어지더라도 미래를 보장해 줄 수 있는 새로운 가정을 마련해 주는 것뿐이야.

"셋을 다 데려가세요."

나는 뻔뻔하게 말했어.

하지만 브레틀랜드 씨는 안 된다고, 그렇게는 할 수 없다고 했어. 아내가 몸이 약하기 때문에 아이 하나도 겨우 기를 수 있을 것이라고 했어.

나는 정말 난감했어. 알레그라에게는 다시없을 기회였지만 여동생을 그토록 아끼고 사랑하는 두 오빠한테서 떼어놓는 것은 못할 짓이었어. 브레틀랜드 부부가 알레그라만 정식으로 입양하면 아이가 과거와 연결된 끈은 모두 끊어버릴 테고, 알레그라는 아직 어리니 새 아버지가 생기는 즉시 두 오빠를 잊어버릴 게 분명했어.

바로 그때, 너를 입양하려던 가정이 있었는데 고아원에서 너를 놓아주지 않는 바람에 입양가지 못해 너무 슬펐다고 했던 이야기가 떠올랐어. 너는 늘 다른 아이들처럼 가정이 생길 수도 있었는데 리펫 부인이 그 기회를 빼앗아갔다고 말했지. 그러면 나도 알레그라한테서 그런 기회를 빼앗는 셈이 되는 걸까? 사내아이들은 경우가 좀 달라. 사내아이들은 교육만 제대로 받으면 얼마든지 자립해서 살 수 있지. 하지만 여자아이한테 가정이란 모든 것을 의미해. 알레그라가 여기 온 그날부터 나는 아기 주디를 보는 것 같았어. 그만큼 알레그라는 똑똑하고 활기에 넘치는 아이야. 그런 아이한테는 어떻게든 기회를 주어야 해. 세상이 아이 몫으로 준 행복과 즐거움을 누릴 기회를 주어야 해. 하지만 아이가 고아원에서 과연 그런 기회를 누릴 수 있을까? 내가 자리에서 일어나 생각에 생각을 거듭하는 사이 브레틀랜드 씨는 조급하게 왔다 갔다 했어. 그러더니 이런 제안을 했어.

"아이 오빠들을 불러 주시면 제가 그 아이들과 이야기를 해 보겠습니다. 그 아이들한테 조금이라도 아량이 있다면 기꺼이 동생을 저한테 줄 겁니다."

알레그라의 오빠들을 불러오라고는 했지만 나는 마음이 한없이 무거웠어. 그 아이들은 아직도 아버지를 그리워하고 있었어. 그런데 그토록 아끼는 여동생까지 빼앗아간다는 건 너무 가혹한 일이잖니.

씩씩하고 착한 두 아이는 서로 손을 꼭 잡고서 호기심에 가득

찬 큰 눈을 낯선 신사에게 고정시킨 채 조용히 서 있었어.

"어서 오너라. 내가 너희들한테 할 이야기가 있다."

브레틀랜드 씨는 두 아이의 손을 잡고 이렇게 말을 이었어.

"내가 사는 집에는 어린 아기가 없단다. 그래서 내 아내와 나는 아버지와 어머니가 없는 아이들이 많은 여기 와서 아이 하나를 우리 집으로 데려가기로 했어. 그러면 그 아이는 아름다운 집에서 살게 되고, 장난감도 많이 생기고, 여기서보다는 훨씬 더 행복하게 살 수 있어. 내가 너희 여동생을 선택했으니 너희들도 기뻐할 거라고 생각한다."

"그러면 다시는 알레그라를 못 보는 거예요?"

클리포드가 물었어.

"아니야, 가끔은 볼 수 있어."

클리포드가 나에게서 브레틀랜드 씨에게로 시선을 돌리는데 아이의 눈에서 큼직한 눈물방울이 흘러내리기 시작했어. 아이는 손으로 서둘러 눈물을 훔치고는 팔짱을 꼈어.

"알레그라 못 데려가게 하세요! 제발요! 이 아저씨 쫓아내요!"

"애들을 다 데려가세요!"

나는 사정했어.

하지만 브레틀랜드 씨는 완강했어.

"저는 고아원 아이들을 다 데려가려고 온 게 아닙니다."

그는 쌀쌀맞게 말했어.

돈까지 한쪽 구석에서 흐느껴 울었어. 바로 그때, 맥래 선생이 나타나 알레그라를 번쩍 안아 올리는 거야!

나는 두 사람을 서로에게 소개하고 상황을 설명했어. 브레틀랜드 씨가 알레그라를 안으려 하자 맥래 선생이 아이를 꼭 끌어안았어.

그러더니 무뚝뚝하게 이렇게 말했어.

"절대 불가능합니다. 맥브라이드 양이 가족은 절대 떨어뜨리지 않는다는 것이 이 고아원 원칙이라는 것을 설명드릴 겁니다."

"맥브라이드 양은 이미 결정하셨습니다. 우리는 이 문제를 충분히 의논했습니다."

브레틀랜드 씨가 단호하게 말했어.

"뭔가 잘못 아신 것 같군요."

샌디는 스코틀랜드인답게 흥분하기 시작하면서 나를 휙 돌아보았어.

"설마 정말로 이런 끔찍한 짓을 저지를 생각이 있는 건 아니죠?"

솔로몬의 판결을 내려야할 순간이 왔어. 고집스러운 두 남자에게 가엾은 알레그라의 사지를 떼어 나눠주어야 하는 걸까.

나는 세 아이를 유아실로 돌려보내고 다시 논쟁으로 돌아왔어. 다들 흥분해서 큰 소리로 다투다 급기야 브레틀랜드 씨 입에서 지난 다섯 달 동안 내 머리 속에 맴돌던 의문이 튀어나왔어.

"이 고아원의 최고 결정권자가 누굽니까? 원장입니까 아니면 방문 의사입니까?"

브레틀랜드 씨한테서 그런 말을 듣게 만든 맥래 선생한테 화가 치밀었지만 외부인이 있는 앞에서 의사 선생과 싸울 수는 없었어. 그래서 브레틀랜드 씨한테 단호하게 최후통첩을 전했어. 알레그라는 포기해 달라고. 소피에 대해서 다시 한 번 생각해 주시면 안 될까요?

절대 안 된다고, 브레틀랜드 씨는 소피에 대해 다시 생각하는 것조차 싫다는 듯 단호하게 거절했어. "알레그라 아니면 다른 아이는 싫습니다." 브레틀랜드 씨는 내가 아이의 미래를 망치고 있다는 사실을 깨닫기 바란다고 했어. 그 말을 남기고 그는 서재 문으로 걸어갔어.

"맥래 양, 맥브라이드 선생, 안녕히 계십시오."

브레틀랜드 씨는 정중하게 두 번 인사를 하고 떠났어.

서재 문이 닫히는 순간 나는 샌디와 말다툼을 시작했어. 샌디는 육아에 대해 현대적이고 인간적인 시각을 가진 사람이라면 누구든 가족을 갈라놓자는 생각을 한 것만으로도 부끄럽게 여겨야 할 일이라고 했어. 그래서 나는 자신이 그 아이를 좋아해서 빼앗기고 싶지 않다는 이기적인 이유로 아이를 입양 보내지 않으려 하는 것이라고 맥래 선생을 비난했어. (내 생각에는 그게 분명한 사실이야.) 그리고 우리는 서로의 책임 영역에 대해서도 싸움을 벌였고 급기야 맥래 선생은 브레틀랜드 씨 이상으로 잘난 척 완고하게 굴기 시작했어.

이 두 남자 사이에서 나는 고아원에 새로 들인 탈수기 속에 들어갔다 나온 듯 온몸의 힘이 쭉 빠졌어. 그때 벳시가 돌아와 우리가 찾아낸 중에 최고로 훌륭한 가정을 포기하려는 나를 말렸어.

이런 소란을 겪은 끝에 소피와 알레그라는 결국 우리 고아원 원생으로 남았어. 정말 더 이상 못 참겠어! 제발 부탁이니 샌디를 데려가고 독일인이든, 프랑스인이든, 아니면 중국인이든 상관없어, 스코틀랜드인만 아니면 되니까 다른 의사를 보내 줘.

지쳐가는
샐리.

추신. 짐작컨대 지금쯤 샌디는 나를 원장 자리에서 내쫓으라는 편지를 쓰느라 바쁜 저녁을 보내고 있을 거야. 네가 그렇게 하고 싶다면 나는 반대 안 할 거야. 나도 이곳 생활에 지쳤어.

෴

고든에게

당신 정말 짓궂고, 트집 잡기 좋아하고, 억지 부리기 좋아하고, 남 흠잡기 좋아하고, 싸우기 좋아하고, 심술궂은 사람이네요. 흥! 그러면 내가 고분고분 말 들을 줄 알았어유? 내가 이래뵈도 이름에 '맥'자가 들어간 스코틀랜드 후손이에유.

물론 존 그리어 고아원 원생들은 당나귀 선물 때문만이 아니라 쾌활하고 멋진 당신과 함께 할 수 있다는 기쁨에 다음 주 목요일 찾아오기로 한 당신을 열렬히 환영할 거예요. 저도 한동안 당신을 등한시한 것에 대한 보상으로 길고 긴 편지를 쓸 계획이었어요. 하지만 그럴 필요 없겠죠? 이른 아침 졸린 눈으로 당신을 만날 수 있을 테니까유.

내 말투 때매 괴로워하지 말아유. 우리 선조들이 하일랜드 출신이잖아요.

맥브라이드.

⚬

주디에게

존 그리어 고아원 원생들은 모두 잘 있어. 이 부러진 아이 하나, 손목 삔 아이 하나, 무릎이 심하게 긁힌 아이 하나, 그리고 유행성 결막염에 걸린 아이 하나만 빼고. 벳시와 나는 맥래 선생을 예의바르지만 쌀쌀맞게 대하고 있어. 짜증나는 것은 의사 선생 역시 쌀쌀맞게 군다는 거야. 그 사람은 주위의 모든 것에 무관심해진 것처럼 보여. 일을 하는 데 있어 여전히 과학적이고 객관적이고 대단히 정중하면서도 어딘지 초연해진 것 같아.

그렇지만 당장은 그런 맥래 선생한테 신경이 쓰이지 않아. 왜냐하면 샌디보다 훨씬, 아주 훨씬 더 멋진 사람이 우리를 찾아왔거든. 하원의원께서 또다시 잠시 업무로부터 벗어나서 우리를 찾아왔어. 이틀의 휴가 동안 고든은 브랜트우드 숙소에서 지내기로 했어.

네가 바닷가에서는 지겨울 정도로 있었으니 이제는 남은 여름을 이곳에서 보내고 싶어한다는 말이 들려서 얼마나 반가운지 몰라. 존 그리어 고아원 근방에 구입이 가능한 넓고 멋진 저택들이 많아. 저비스 씨도 주말을 이곳에서 보내면 기분 전환이 될 거야. 그래서 여유롭고 즐거운 시간을 보내고 나면 너희 부부 모두 좋은 새 의견이 많이 생길 거야.

지금으로서는 결혼 생활이라는 주제에 대해 더 이상 덧붙일 이야기가 없구나. 먼로주의와 한두 가지 정치 이야기에 대한 기억이나 되살려봐야겠어.

8월이 몹시 기다려진다, 그러면 너와 함께 3개월을 보낼 수 있겠지.

늘 변함없는
샐리.

금요일

적에게

지난 주 격렬한 논쟁에도 불구하고 저는 관대한 마음으로 선생님을 저녁 식사에 초대하고자 합니다. 그러니 부디 참석해 주시기 바랍니다. 우리 고아원에 땅콩과 금붕어 그리고 다른 먹을 수 없는 선물들을 많이 보내 준 인정 많은 벗, 할록 씨를 기억하시겠지요? 그 분이 오늘 저녁 저희와 함께 할 예정입니다. 그러니 선생님께서 할록 씨가 자비심을 보다 위생적으로 발휘할 수 있도록 이끌어 주실 수 있는 좋은 기회라 생각됩니다.

저녁 식사는 7시입니다.

그럼 이만

샐리 맥브라이드.

적에게

선생님은 인간이 서로 멀리 떨어진 산에 있는 각자의 동굴에서 홀로 살아가던 시절에 태어났어야 할 사람입니다.

샐리 맥브라이드.

❧

금요일 6시 30분
주디에게

고든이 왔어. 우리 고아원을 향한 태도에 있어서만큼은 더 좋아졌어. 이 사람은 아이를 칭찬해 주면 그 어머니의 마음을 사로잡을 수 있다는 만고의 진리를 깨달았는지 나의 107명 아이 모두를 칭찬해줬어. 심지어는 로레타 히긴스에 대해서도 좋은 이야기를 해 주었단다. 그 아이가 사시가 아니어서 좋다나.

오늘 오후에는 고든과 함께 마을로 쇼핑을 하러 갔는데, 고든이 여자아이 24명을 위해 머리 리본을 고르는 것을 도와주었어. 특히 새디 케이트의 리본은 자신이 직접 고르겠다고 고집을 부리더니 한참을 망설인 끝에 주황색 새틴 리본과 밝은 초록색 리본을 골랐어.

한참 리본을 고르고 있는데 옆에 있던 손님이 겉으로는 혹 단추를 고르는 척하면서 우리 대화를 엿듣는다는 느낌이 들었어.

물방울무늬가 있는 베일을 늘어뜨린 그림 같이 멋진 모자에 깃

털 목도리, '아르누보' 풍의 파라솔까지, 너무도 멋지게 차려입은 여성이어서 내가 아는 사람일 거라고는 생각도 못 했는데 서로 눈이 마주친 순간 그 여성은 눈에 익은 심술궂은 미소를 지었어. 그러더니 못마땅한 듯 뻣뻣하게 살짝 고개를 숙여 인사를 했어. 그래서 나도 인사를 했지. 매기 맥거크 부인이 외출복 차림으로 옆에 서 있었던 거야!

그나마 이건 실제로 본 맥거크 부인의 모습보다 더 멋지게 표현한 거야. 미소를 지었다는 건 그나마도 잘못 쓴 거고.

가엾은 맥거크 부인은 여자가 단지 지적인 이유로 남자에게 관심을 가질 수 있다는 사실을 전혀 이해하지 못해. 그래서 이 여자는 내가 만나는 모든 남자와 결혼하고 싶어 한다고 생각한단다. 처음에는 내가 맥래 선생을 빼앗아가려 한다고 생각하더니, 이제 내가 고든과 함께 있는 것을 보고는 나를 맥래 선생과 고든 두 남자 모두를 차지하려는 못된 괴물쯤으로 생각하기 시작했어.

안녕, 손님들이 왔어.

밤 11시 30분

고든과 벳시, 리버모어 부인, 위더스푼 씨를 초대한 저녁 만찬을 막 끝냈어. 자비심을 베풀어 맥래 선생도 초대했는데 사람들과 어울릴 기분이 아니라는 이유로 통명스럽게 거절하더구나. 우리의 샌디는 예의를 포기하면서까지 솔직함을 추구하는 사람이란다!

의심할 나위 없이 고든은 이 세상에서 제일 교양 있고 점잖은 남자야. 생긴 것도 멋있고, 상대를 불편하게 만들지도 않고, 상냥하고, 유머 감각도 있는 데다 예의범절은 그야말로 흠잡을 데가 없어……. 남들한테 보여 주고 자랑하고 싶을 만한 멋진 남편감이 확실해! 그런데 정작 남편이 있는 너는 만찬 자리나 차 모임에서 남편을 보여 주며 자랑하지 않더구나.

고든은 오늘 저녁에 특히 더 근사했어. 벳시와 리버모어 부인은 둘 다 그 사람한테 반했어, 나도 조금 그랬고. 사람들을 사로잡는 말솜씨로 자바의 행복에 대해 이야기하면서 우리를 즐겁게 해 주었어. 우리는 불쌍한 원숭이 자바가 잘 곳을 찾기 위해 고민해 왔는데 고든이 자바는 자신이 지미를 통해 보낸 선물이고, 지미는 퍼시의 친구이니 자바는 퍼시와 함께 자야 한다는 논쟁의 여지가 필요 없는 논리로 문제를 해결해 줬어. 고든은 타고난 언변가인데다 청중이 즐거워하면 샴페인이라도 마신 듯 신이 나서 이야기를 이어가. 그래서 마치 조국을 위해 피 흘린 위대한 영웅 이야기라도 하듯 흥분하며 진지하게 원숭이 자바 이야기를 했어.

그 사람이 자바가 깊은 밤 난방실 창밖을 내다보며 먼 열대 정글에서 뛰놀고 있을 형제들을 그리며 외로움에 떨 것이라는 이야기를 할 때는 내 눈에서 눈물까지 흘러내렸어. 그렇게 말솜씨가 좋은 사람은 미래가 보장되어 있어. 나는 앞으로 20년 후, 대통령 선거에서 이 사람을 찍게 되리라는 데 추호의 의심도 없어.

얼마나 즐거운 시간을 보냈는지 우리 모두 3시간 내내 107명의 아이들이 자고 있다는 사실을 까맣게 잊어버렸어. 내가 그 아이들을 많이 사랑하기는 하지만 가끔은 아이들 생각에서 벗어나는 것도 기분 좋은 일이야.

손님들은 10시에 돌아갔고 지금쯤 자정이 되었을 거야. (다시 금요일이 돌아왔고 내 방 시계가 또 멈췄어. 제인이 때 맞춰 금요일이 오는 것처럼 규칙적으로 시계태엽을 감아주어야 한다는 것을 잊었구나.) 너무 늦은 시각이라는 건 나도 알아. 여자로서 아름다움을 위해 그만 자야 한다는 것도 알아, 능력 있고 멋진 구혼자가 있는 나 같은 여자는 특히 푹 자야 할 거야.

그러니 편지는 내일 마무리 지을게. 잘 자.

토요일

고든이 오늘 오전에는 고아원 원생들과 함께 놀면서 나중에 보낼 재치 있는 선물에 대한 계획을 세웠어. 이 사람은 깔끔하게 칠한 기둥 세 개를 세우면 우리 인디언 캠프가 더 근사해질 거라고 했어. 그리고 아기들을 위해 위아래가 붙은 분홍색 유아복도 36벌 선물하기로 했어. 분홍색은 파란색에 진력이 난 이 고아원 원장이 아주 좋아하는 색이야. 존 그리어 고아원의 자비로운 이 친구는 당나귀 두 마리와 안장 그리고 작고 빨간 마차도 선물할 생각이야. 고든의 아버지가 많은 재산을 물려주었고 고든이 자선 활동을 좋아하는 사람이라는 게 정말 다행이지 않니? 고든은 지금 퍼시와 같이 호텔로 점심을 먹으러 갔는데, 아마 점심을 먹으면서도 자선 활동을 위한 새로운 생각들을 궁리하고 있을 게 분명해.

어쩌면 너는 내가 단조로운 고아원 생활에 끼어든 이런 변화를 반기지 않는다고 생각할지도 몰라. 친애하는 펜들턴 여사님, 내가 고아원을 얼마나 잘 운영하는지에 대해서는 무슨 말이든 하고 싶은 대로 다 해도 돼. 하지만 지나칠 정도로 정적으로 사는 것은 내게 맞지 않아. 나는 매우 자주 변화가 필요한 사람이야. 그래서 지나치다 싶을 정도로 낙천적이고 소년 같은 기상을 가졌고, 특히 맥래 선생과는 너무도 상반되는 고든과 함께 있으면 즐겁고 신이 나.

일요일 오전

고든의 방문이 끝났음을 알려야겠구나. 원래 계획대로라면 4시에 떠났어야 하는데 내가 제발 9시 30분까지 있어 달라고 애원하고 매달렸어. 그래서 어제는 고든과 싱가포르와 함께 고아원 탑이 보이지 않는 먼 곳까지 산책을 가서 예쁘고 아담한 길가 작은 호텔에 들러 햄과 달걀과 양배추를 곁들인 맛있는 저녁 식사를 했어. 싱가포르는 지나치게 욕심을 부리며 먹더니 결국 다 먹고 난 후에는 내도록 축 늘어져 있었단다.

산책도 즐겁고 식사도 즐거웠어, 단조로운 고아원 생활에서 잠시 벗어날 수 있는 고마운 변화였어. 그 덕분에 진저리 처지게 끔찍한 일이 벌어지지 않는 이상 한동안은 즐겁고 행복하게 지낼수 있을 것 같아. 햇빛 찬란한 자연에서 아무 걱정 없이 보낸 시간은 끝내기 싫을 정도로 행복했어. 그래도 돌아와야 했기에 우리는 조금도 낭만적이지 않은 노면 전차를 타고 돌아와 고든이 기차역으로 달려가 기차를 탈 시간에 딱 맞도록 9시 전에 존 그리어 고아원에 도착했어. 그래서 나는 그에게 안으로 들어오라고 하지 않고 차 문에서 즐거운 여행이 되라고 예의바르게 인사만나눴어.

그런데 고아원으로 이어지는 길 한쪽 편, 건물 그림자 속에 차가 한 대 서 있었어. 그 차를 보고 나는 맥래 선생이 위더스푼 씨와 함께 고아원에 와 있다고 생각했어. (두 사람은 종종 저녁에 진료실에서 함께 시간을 보내곤 하거든.) 그리고 바로 그때, 고든이 역으로 출발하기 직전, 내게 고아원 운영을 포기하고 대신 한 가정의 운영을 맡는 것이 어떻겠냐는 부적절한 질문을 느닷없이 던졌어.

정말이지 남자란 존재는 왜 이런 걸까? 오후 내내 둘이서 함께 아무도 없는 초원을 걸을 때는 가만히 있다가 하필 고아원 현관앞에서 그런 질문을 할게 뭐람!

그때 내가 정확히 무슨 말을 했는지는 기억이 안 나. 나는 대수롭지 않은 일인 양 넘기고 그 사람을 기차역으로 빨리 보내려고했어. 그런데 고든은 대수롭지 않은 일인 양 넘어가기를 거부했어. 그는 기둥에 몸을 기대면서 확실한 대답을 들어야겠다고 고집했어. 그대로 있으면 고든이 기차를 놓칠 게 뻔했어. 게다가 고아원 창문도 모두 열려 있는 터였어. 남자는 남이 들을 수도 있다는 사실을 절대 염두에 두지 않아. 그런 것까지 염두에 두는 쪽은 언제나 여자야.

그 사람을 얼른 쫓아내려는 마음에 흥분해서 아무 말이나 지껄이다 보니 내가 너무 퉁명스럽고 요령 없이 굴었나 봐. 고든이 화를 내기 시작했고, 하필 바로 그 순간에 길에 서 있던 차를 보게 되었어. 그 차가 누구 차인지 알아본 고든은 안 그래도 흥분해 있던 터라 맥래 선생을 조롱하기 시작했어. "퉁방울 눈"이라는 둥 "성가신 인간"이라는 둥 무례하고, 어리석은 소리를 얼마나 늘어놓았는지 몰라!

나는 맥래 선생한테 조금도 관심이 없으며, 그 사람은 너무도 어리석고 도저히 가까이 할 수 없는 사람이라는 말로 열심히 고든을 설득하고 달랬어. 그런데 바로 그때 맥래 선생이 차에서 나와 우리한테로 걸어왔어.

그 순간 나는 땅 속으로 꺼져버리고 싶은 심정이었어!

샌디는 화가 난 게 확실해 보였어, 하긴 그런 말을 들었으니 화가 날 만도 하지. 그런데 이상할 정도로 냉정하고 차분했어. 고든은 화가 나서 금방이라도 폭발할 것 같았는데 말이야. 느닷없이 벌어진 말도 안 되는 상황에 나는 그저 기가 막힐 따름이었어. 샌디는 본의 아니게 대화를 엿듣게 되었다면서 깍듯이 사과하고는 고든을 돌아보며 완고한 투로 자기 차로 역까지 데려다주겠다고 했어.

나는 맥래 선생한테 그럴 필요 없다고 애원하듯 말했어. 괜히 나 때문에 두 사람이 어리석은 말다툼을 벌일까 봐 겁이 났어. 하지만 두 남자 모두 내 말은 귓등으로도 안 듣고 차에 올라타더니 나를 현관 앞에 버려둔 채 휙 떠나버렸어.

나는 방으로 들어와 침대에 누워 소리가 들릴까 귀를 기울이며 몇 시간이나 잠도 못 자고 기다렸어. 내가 무슨 소리를 기다렸던 건지는 모르겠어. 벌써 11시인데 맥래 선생이 오질 않았어. 그 사람이 와도 어떻게 봐야 할지 모르겠지만 말이야. 나 벽장에 숨을까 봐.

이런 상황처럼 말도 안 되는 바보 같은 일을 들어본 적 있니? 나는 고든과 말다툼을 하긴 했는데 도대체 무엇 때문에 말다툼을 했는지도 잘 모르겠고, 맥래 선생과의 관계도 어색해질 게 분명해. 그 사람에 대해 못된 소리를 하긴 했지만 전혀 진심이 아니었어. (너는 내가 얼마나 어리석은 소리를 잘 하는지 알 거야.)

어제 이 시간으로 돌아갔으면 좋겠어. 그럴 수만 있다면 고든을 4시에 돌려보낼 거야.

샐리.

일요일 오후.

맥래 선생님께

어제 일은 있어서는 안 될 어리석고 바보 같은 일이었어요. 하지만 이제는 저를 잘 아실 테니 어제 제가 한 어리석은 말들이 결코 진심이 아니라는 것도 짐작하셨을 줄 압니다. 제 혀와 제 머리는 서로 아무런 관계도 없어요. 각자 따로 움직이는 기관이랍니다. 그동안 익숙지 않은 일을 하는 제게 많은 도움을 주셨고, 많은 인내심을 베풀어 주신(가끔이지만요) 선생님에 대해 그런 말을 했으니 제가 은혜도 모르는 사람처럼 보였을 거예요.

하지만 저는 신뢰할 수 있는 선생님이 곁에 없었다면 결코 저혼자 이 고아원을 운영하지 못했을 것이라고 사실을 믿어 의심치 않는답니다. 그리고 선생님도 인정하시겠지만 어쩌다 한 번씩 선생님이 인내심을 잃고 화를 내며 까다롭게 굴어도 저는 선생님을 거역한 적이 한 번도 없었고, 어젯밤 제가 했던 무례한 말들은 결코 진심이 아니었습니다. 무례하게 군 것을 용서해 주세요. 선생님의 우정을 잃는 것은 생각하기도 싫어요. 아직도 우리는 친구죠, 그렇죠? 저는 그렇게 생각하고 싶어요.

샐리 맥브라이드.

주디에게

　맥래 선생과 내가 서로의 의견 차이를 메워나갈 수 있을지 없을지 아직 모르겠어. 그 사람한테 정중한 사과 편지를 보냈는데, 그 사람은 편지를 받고도 아무 대답이 없어. 오늘 오후가 되어서야 겨우 고아원에 모습을 나타냈고, 와서도 유감스러운 말다툼에 대해서는 입도 뻥끗 안 했어. 우리는 아기의 두피에서 습진을 제거하는 이히티올 연고 이야기만 했어. 그런 다음 새디 케이트가 곁에 있기에 대화는 고양이에게로 이어졌어. 맥래 선생이 기르는 몰타 고양이가 새끼를 네 마리 낳았다는데 새끼 고양이들을 보기 전까지는 새디 케이트가 조용히 하지 않을 것 같았어. 그래서 어찌하다 보니 내일 오후 4시에 새디 케이트한테 그 새끼 고양이들을 보여 주러 가겠다는 약속을 해 버렸단다.

　그 뒤에 맥래 선생은 찬바람이 불 듯 싸늘한 태도로 깍듯하게 고개 숙여 인사하고는 가 버렸어. 그것으로 끝인 것 같아.

　너의 일요일 편지가 도착했어. 네가 이 근방 저택을 얻었다니 정말 기뻐. 너와 오랫동안 이웃으로 지낼 수 있다고 생각만 해도 신이 나는구나. 너와 후원회 회장님이 곁에 있으니 고아원 개선 사업에 지금보다 더 박차를 가할 수 있을 거야. 그런데 너는 8월 7일 전에 여기서 떠나야 하는 것 같구나. 도시의 공기가 그렇게 좋으니? 나는 너처럼 헌신적인 아내는 처음 봤어.

후원회 회장님께도 안부 전해 줘.
샐리 맥브라이드.

᷇

7월 22일
주디에게

제발 내 말 좀 들어 봐!

오후 4시에 새디 케이트를 데리고 새끼 고양이들 구경하러 맥래 선생 집으로 갔어. 그런데 그보다 20분 전에 프레디 하울랜드가 계단에서 떨어지는 바람에 맥래 선생이 쇄골을 치료하기 위해 그 사람 집에 가고 없었어. 선생은 곧 돌아올 테니 앉아서 기다리라는 전갈을 남겨 놓았어.

맥거크 부인은 우리를 서재로 몰아넣더니 우리만 남겨 놓지 않고 놋쇠 장식을 닦는 척 하면서 우리 주위를 맴돌았어. 도대체 우리가 무슨 짓을 할 거라고 생각했기에 그랬는지 몰라! 펠리컨 조각이라도 들고 달아날 줄 알았나 봐.

나는 현 세기의 중국 상황에 대한 기사를 읽었고 새디 케이트는 호기심 많은 새끼 몽구스처럼 눈에 띄는 건 뭐든 살피며 돌아다녔어.

그러다 박제 플라밍고를 보고는 뭘로 그렇게 크게 만들었는지 또 색은 왜 그렇게 빨간지 궁금해 했어. 이게 매일 개구리를 잡아먹어요? 다른 발도 다친 거예요? 새디 케이트는 8일에 한 번 태엽을 감는 시계처럼 고집스럽게 질문을 퍼부었어.

나는 새디를 맥거크 부인한테 맡기고 기사에 몰두했어. 아이는 서재를 반쯤 뒤지다 박사의 책상 한 가운데에 있던 어린 여자아이 사진이 든 가죽 액자를 발견했어. 사진 속 아이는 요정처럼 예쁜 아이였는데, 우리 알레그라와 놀라울 정도로 닮은 모습이었어. 마치 알레그라의 5년 후 모습을 찍은 사진 같았어. 나는 맥래 선생의 저녁 초대를 받은 날 그 사진을 보고는 환자 사진이냐고 물으려고 했어. 묻지 않기를 정말 잘했지!

"이거 누구예요?"

새디 케이트가 사진에 와락 달려들며 묻자 맥거크 부인이 이렇게 대답했어.

"선생님 딸내미야."

"지금 어디 있어요?"

"멀리, 제 할머니랑 멀리 있어."

"선생님이 어디서 애를 데려왔어요?"

"선생님 부인이 아이를 선생님한테 줬어."

그 순간 나는 전기 충격이라도 받은 듯 책에서 고개를 들고 와락 소리를 질렀어.

"부인이라고요!"

그 다음 순간, 버럭 소리를 지른 내 자신에게 너무 화가 났지만 너무 놀라서 어쩔 수가 없었어. 그런 내 모습에 맥거크 부인은 몸을 똑바로 하더니 수다를 늘어놓기 시작했어.

"그럼 선생님께서 부인 이야기를 한 번도 안 하셨어요? 부인은 6년 전에 미쳤어요. 그래서 부인을 집에 두는 것이 안전하지 않다 싶어 선생님은 부인을 멀리 보냈어요. 그 일 때문에 선생님은 거의 죽을 뻔했지요. 부인만큼 예쁜 여자는 내 아직 못 봤어요. 그 뒤로 선생님은 일 년 동안 거의 한 번도 웃지 않으셨을 거예요. 선생님이 당신한테 그런 이야기를 안 했다니 우습네요, 당신은 대단한 친구라도 되는 것처럼 구는데 말이에요!"

"그야 당연하죠, 그런 이야기는 선생님이 하고 싶어 하실 만한 이야기가 아니니까요."

나는 냉담하게 말하고는 청소할 때 어떤 놋쇠 광택제를 사용하는지 물었어.

그 뒤로 새디 케이트와 나는 차고로 가서 직접 새끼 고양이들을 찾아냈어. 그리고 다행히도 선생이 돌아오기 전에 고아원으로 돌아왔어.

어떻게 된 일인지 네가 말해 줄 수 있겠니? 저비스 씨는 이 사람이 결혼했다는 걸 몰랐니? 이렇게 기묘한 이야기는 처음이야. 나는 맥거크 부인이 말한 대로 샌디는 아내가 정신병원에 있다는 사실을 어쩌다 보니 이야기 하지 않고 지낸 것이라고 믿어.

물론 그 일은 끔찍한 비극이고 선생이 그런 이야기를 입에 올릴 수 없었으리라고 짐작해. 이제는 그 사람이 유전에 관한 문제만 나오면 왜 그리 우울한지 알 것 같아. 내 짐작에 그 사람은 어린 딸을 걱정하고 있었던 것 같아. 그동안 내가 정신병자들에 대해 했던 수많은 농담을 떠올려 보니 내가 맥래 선생을 너무도 마음 아프게 만들었다는 생각이 들어서 괴로워. 그리고 그런 나 자신과 맥래 선생한테 너무 화가 나.

다시는 그 사람을 보고 싶지 않아. 어쩜! 우리가 지금 얼마나 혼란스러운지 넌 짐작할 수 있겠니?

너의 친구
샐리.

추신. 톰 맥쿰이 메이미 프라우트를 벽돌공이 사용하는 회반죽 통 속에 밀어 넣었어. 그 바람에 메이미가 거의 익다시피 했어. 그래서 맥래 선생을 부르러 보냈어.

❧

7월 24일
친애하는 부인에게

존 그리어 고아원 원장에 대한 놀라운 추문을 전할게. 제발 신문사에는 알리지 말아 줘. 그랬다가는 원장이 '잔혹한 처사'를 이유로 해임되기도 전에 갖가지 원색적인 소문들이 신문을 장식하게 될 거야.

오늘 아침 나는 열린 창문가에 앉아 햇빛을 받으며 아동 양육에 관한 프뢰벨 이론을 다룬 재미있는 책을 읽었어. 이 책에는 절대 화내지 마라, 어린아이한테는 항상 상냥하게 말하라 같은 내용이 실려 있는데, 그 이론들이 적절치 않아 보이는 데다 전혀 현실적이지 않았어. 하나같이 옳은 것 같지 않든지 아니면 재미없어 보이는 것뿐이었어. 벌주지 마라, 아이 관심을 다른 곳으로 돌려라 등등……. 내 주위에 있는 모든 어린아이들을 향해 사랑이 넘치고 한껏 고양된 태도를 가져야겠다고 마음먹고 있는데 창문 아래에서 한 무리의 사내아이들 목소리가 들렸어.

"어어…… 존, 아프게 하지 마!"

"어서 보내!"

"빨리 죽여!"

아이들이 떠드는 소리 사이로 고통스러워하는 동물 울음소리가 들렸어. 나는 프뢰벨 책을 떨어뜨리고 계단을 뛰어 내려가 옆문을 열고 그 아이들한테로 달려갔어. 내가 오는 것을 보자 아이들이 이리저리 흩어지면서 쥐를 괴롭히던 조니 코브던의 모습이 보였어. 지금부터 잔혹한 이야기를 할 테니 마음 단단히 먹어. 나는 그 자리에 있던 아이들 중 하나를 불러 쥐를 익사시키라고 지시했어. 그리고 존의 칼라를 붙잡아 발버둥치는 아이를 끌고 부엌문으로 갔어. 조니 코브던은 13살 먹은 덩치 큰 아이로 우리가 기둥이나 문손잡이를 지나칠 때마다 거기에 매달리며 새끼 호랑이처럼 반항을 했어. 평소 같으면 이런 아이를 감당할 수 있을지 자신이 없었을 테지만 그 순간에는 내 몸의 1/16을 차지하는 아일랜드인의 피가 끓어오르면서 미친 듯 아이한테 맞섰어. 우리는 부엌문을 밀치고 들어갔어. 그런 다음 나는 서둘러 체벌할 도구를 찾았어. 그때 맨 먼저 눈에 들어온 것이 팬케이크 뒤집개였어. 나는 뒤집개를 쥐고 온 힘을 다해 아이를 때렸어. 지난 4분 간 불한당처럼 몸부림치고 반항하던 아이가 겁을 집어먹고 훌쩍이며 자비를 구할 때까지 계속.

바로 그때 느닷없이 맥래 선생이 뛰어 들어온 거야! 그 사람은 놀랐는지 얼굴이 하얗게 질려 있었어. 선생은 곧장 내게 와서 팬케이크 뒤집개를 빼앗더니 아이를 일으켜 세웠어. 조니는 선생 뒤로 숨더니 그에게 찰싹 매달리는 거야! 나는 너무 화가 나서 말도 나오지 않았어. 그저 울지 않으려고 참는 것밖에는 할 수 있는 게 없었어.

"아이는 사무실로 데려갑시다."

맥래 선생은 그 말만 했어. 그래서 우리는 사무실로 갔고 조니도 나한테서 가급적 멀찍이 떨어져서 눈에 띄게 절뚝거리며 따라왔어. 우리는 아이를 바깥쪽 사무실에 두고 내 서재로 들어가 문을 닫았어.

"아이가 대체 무슨 짓을 했다고 그러는 겁니까?"

맥래 선생이 물었어.

그 말이 떨어지자마자 나는 테이블에 얼굴을 묻고 울기 시작했어. 나는 정신적으로 그리고 육체적으로 너무 지쳐 있었어. 팬케이크 뒤집개를 제대로 휘두르기 위해서는 온 몸의 힘을 다 써야 했거든.

나는 흐느끼면서 자초지종을 자세히 이야기했고, 맥래 선생은 그 쥐가 이미 죽었으니 더 이상 그 일에 대해 생각하지 말라고 했어. 그러더니 마실 물을 가져다주고는 다 울었다 싶을 때까지 마음껏 울라고 했어. 그렇게 하는 게 나한테 좋을 거라면서 말이야. 말만 들어서는 그 사람이 내 머리까지 쓰다듬어 줄 거란 생각이 들 정도였어. 어쨌든, 그 사람은 의사로서 당연히 해야 할 일을 한 거야. 그 사람이 히스테리를 일으킨 원생들을 그와 똑같은 방식으로 달래는 것을 나는 열 번도 넘게 봤어. 그리고 우리가 '안녕하세요!'라는 형식적인 인사 이외의 말을 나눈 것은 그때가 일주일 만에 처음이었어.

내가 똑바로 앉아 손수건으로 간간이 눈을 닦으며 웃을 수 있을 정도로 진정이 되자마자 우리는 조니의 사건에 대해 이야기하기 시작했어. 아이는 잔인한 성격을 물려받았으며 지능도 다소 떨어진다고 샌디가 말했어. 그런 상태도 다른 질병과 똑같이 다루어야 한다고 했어. 그리고 정상적인 사내아이도 잔인한 짓을 할 때가 종종 있다고, 13살 이하의 아이는 도덕관념이 미성숙한 상태라는 말도 했어.

그러더니 샌디가 따뜻한 물로 눈을 닦고 원장의 품위를 되찾으라고 했어. 나는 그 말대로 했어. 그런 다음 조니를 불렀어. 아이는 자신의 선택에 따라 면담 내내 서 있었어. 맥래 선생은 아이한테 이루 말할 수 없을 정도로 재치 있고, 친절하고 또 인간적으로 말했어. 조니는 쥐가 해로운 동물이니 죽이는 게 당연하다고 변명했어. 그러자 선생은 인류의 행복을 위해 수많은 동물의 희생이 요구되지만 그것은 복수를 위해서가 아니며, 그 희생은 동물의 고통을 최소화하는 방법으로 이루어져야 한다고 말했어. 그리고 쥐의 신경계에 대해 설명하면서 그 가엾은 작은 동물이 왜 스스로를 방어할 수 없는지에 대해서도 이야기했어. 맥래 선생은 그런 가엾은 생명체를 제멋대로 괴롭히는 것은 비열한 짓이라면서 조니에게 상대의 입장에서 생각하는 상상력을 길러야 한다고, 상대가 쥐일지라도 상대의 입장을 생각해야 한다고 말했어. 그런 다음 책장으로 다가가 내가 가지고 있던 번스의 시집을 꺼내더니 번스가 위대한 시인이며, 스코틀랜드인들이 그를 얼마나 아끼는지에 대해 이야기했어.

"이건 그가 쥐에 대해 쓴 시야."

그렇게 말하더니 샌디는 "작고 매끄러우며 웅크리고 있는 겁먹은 짐승이여,"라는 시를 스코틀랜드 인만이 줄 수 있는 느낌을 동원해 아이한테 읽어 주었어.

조니는 잘못을 뉘우치고 돌아갔고, 샌디는 다시 의사로서 내게 신경을 썼어. 그는 내가 많이 지쳐 있어서 휴식이 필요하다고 했어. "인디언 캠프에서 일주일 정도 지내는 건 어때요? 그 동안 저와 벳시 그리고 위더스푼 씨가 함께 고아원을 운영하겠습니다."

너도 알다시피 내가 바라던 게 바로 그거잖니! 나는 소나무 향 가득한 공기를 마시며 생각을 정리할 시간이 필요해. 우리 식구 모두 지난주에 캠프를 갔는데 거기 함께 하지 못해서 얼마나 속이 상한지 몰라. 우리 식구들은 이런 직책을 맡게 되면 자기 마음대로 자리를 비울 수 없다는 걸 전혀 이해 못해. 그래도 2, 3일 정도는 어떻게 해 볼 수 있을 거야. 우리 고아원은 8일에 한 번 태엽을 감아 주는 시계처럼 모든 게 준비되어 있으니 다음 주 월요일 오후 4시, 기차가 나를 다시 데려다 줄 때까지는 혼자서도 잘 돌아갈 거야. 그러면 나는 네가 도착하기 전에 다시 안정을 되찾을 테고, 엉뚱한 생각도 안 할 거야.

어쨌든 우리의 조니 코브던님께서는 몸도 마음도 많이 차분해졌어. 샌디의 조용한 타이름이 효과를 본 것은 내가 그 전에 팬케이크 뒤집개로 때렸기 때문일지도 모른다는 생각이 들어. 한 가지 분명한 것은 이제 내가 부엌에 들어갈 때마다 수잔 에스텔이 겁을 먹는다는 거야. 오늘 아침에는 지난 저녁에 나온 수프가 너무 짜다는 이야기를 하면서 별 생각 없이 감자 으깨는 주먹을 집어 들었는데 수잔이 갑자기 나무 문 뒤로 달려가 숨지 뭐니.

내일 9시에 전보 5통을 발송한 준비를 한 다음 나는 여행을 떠날 거야. 젊은이한테 어울리는 신나는 자유의 순간을 내가 얼마나 손꼽아 기다리는지 너는 아마 상상도 못 할 거야. 호수에서 카누도 타고, 숲속을 뛰어다니고, 클럽하우스에서 춤도 추고. 내일에 대한 기대 때문에 밤새 거의 미친 듯 들떠 있었어. 고아원 생활에 내가 이 정도로 진력이 나 있는 줄은 나 자신도 미처 깨닫지 못했어.

샌디는 내게 "당신한테 필요한 것은 잠시 이곳을 떠나 젊은 혈기를 마음껏 발산하는 겁니다."라고 말했어. 그는 남의 마음속을 꿰뚫어보기라도 한 듯 정확한 진단을 내렸어. 지금 나는 젊은 혈기를 마음껏 발산하는 것 말고는 바랄 게 없어. 새로운 기운을 온몸에 채우고 돌아와 너와 함께 바쁜 여름을 보낼게.

늘 한결같은

샐리.

추신. 지미 오빠와 고든도 함께 캠프에 갈 거야. 너도 오면 얼마나 좋을까! 남편이란 정말 귀찮은 존재인 것 같아.

❧

맥브라이드 가 캠프

7월 29일

주디에게

산들은 예전보다 더 높아졌고 숲은 더 푸르러졌고 호수는 더 깊어졌어.

올해는 사람들이 늦게 올 예정인가 봐. 호수 끝에 있는 해리먼가의 캠프에만 사람들이 와 있어. 클럽하우스에는 춤추는 남자들이 거의 없지만, 우리 캠프에 춤을 좋아하는 예의바른 청년 정치가가 있으니 나는 파트너 걱정은 안 해도 돼.

아름다운 호수가의 백합 사이를 걸을 때는 나라 일과 고아들 돌보는 일은 잠시 잊었어. 떨어지지 않는 발걸음을 억지로 떼어 이곳에 등을 돌려야 하는 돌아오는 월요일 아침 7시 56분은 전혀 기다려지지 않아. 휴가의 나쁜 점은 행복이 시작되는 그 순간부터 벌써 먹구름처럼 끝이 다가온다는 사실이야.

베란다에서 샐리를 찾았는지 못 찾았는지 묻는 소리가 들리네.

안녕히!
샐리.

∽

8월 3일
주디에게

존 그리어 고아원으로 돌아오니 새로운 일들이 나를 기다리고 있구나. 우선, 팬케이크 뒤집개 사건의 주인공인 조니 코브던이 소매에 휘장을 붙이고 있는 게 눈에 들어왔어. 그래서 자세히 봤더니 'S. P. C. A.,' 라는 글자가, 그것도 금색으로 써 있는 거야! 선생이 나 없는 사이에 동물 학대 금지 본부를 만들어 조니를 본부장으로 임명했다는구나.

어제는 조니가 농장 저택의 기초 공사를 하는 인부들을 멈추게하고는 비탈진 곳으로 올라가게 하려고 말한테 채찍을 휘둘렀다면서 심하게 나무라기까지 했다는 거야! 다른 사람들은 어떤지 몰라도 나는 너무 웃겼어.

할 이야기가 너무 많아. 하지만 4일만 있으면 네가 여기 올 테니 힘들게 편지로 쓸 필요 없겠지? 아껴둔 재미있는 소식 하나만 전할게.

그럼 크게 심호흡 한 번 해. 멋진 소식을 알려줄게. 새디 케이트가 비명을 지르는구나! 제인이 아이 머리를 자르고 있거든.

그러니 우리의 꼬마 숙녀는 지금처럼 머리를 양 갈래로 땋는대신, 앞으로는…….

"돼지 꼬리 같은 머리 모양이 얼마나 거슬렸는지 몰라."

라고 하는 제인의 말소리가 들리는구나.

이제 머리 모양이 얼마나 세련되게 변하는지 봐야겠어. 이러다 입양하겠다고 나서는 사람까지 생기는 건 아닌가 모르겠구나. 새디 케이트는 독립심 강하고 씩씩한 아이라 천성적으로 혼자 살아가는 게 맞는 아이야. 입양 갈 기회는 혼자서는 살아가기 힘든 아이들한테 주어져야 한다고 봐.

아이들 새 옷이 얼마나 근사한지 몰라! 새 옷을 입은 아이들 모두 금방이라도 활짝 필 듯한 장미 봉오리 같아! 새 옷을 입으니 파란 깅엄 제복을 입을 때보다 아이들 눈빛도 초롱초롱해졌어. 한 여자아이 당 각각 다른 색 옷을 세 벌씩 주었고, 이 옷들은 전적으로 개인 소유여서 옷깃 안쪽에 이름도 새겨줬어. 일주일에 한 번씩 세탁장에서 아무 옷이나 꺼내 입도록 한 리펫 부인의 게으른 방침은 여성에 대한 모독이나 다름없는 짓이야.

새디 케이트가 새끼 돼지처럼 꽥꽥거리고 있어. 내가 가서 혹시 제인이 실수로 아이의 귀를 자른 건 아닌지 살펴봐야겠어.

다행히 아이 귀를 자르지는 않았구나. 새디의 멋진 귀는 잘 붙어 있어. 아이는 소리를 지르는 것이 당연한 일이다 싶어 소리를 지르고 있는 것뿐이야. 치과에 가서 곧 엄청난 고통이 엄습할 것이라는 생각에 무조건 소리를 지르는 것처럼 말이야.

너한테 꼭 알려 주고 싶은 소식이 있어…… 그게 뭐냐 하면…… 너도 듣고 기뻐했으면 좋겠어.

나 결혼할 것 같아.

너희 부부 모두를 사랑하는
샐리 맥브라이드.

존 그리어 고아원

11월 15일

주디에게

벳시와 함께 우리 새 차를 타고 방금 지로에서 돌아왔어. 고아
원 생활에 기쁨을 더해 준 것만은 확실해. 차는 저절로 롱리지 로
드로 들어서더니 섀이디웰 정문 앞에 멈춰 섰어. 문에는 쇠사슬
이 감겨 있고 창문마다 덧문이 닫혀 있는 그곳은 비에 젖어 너무
도 암울해 보였어. 마치 《어셔 가의 몰락》에 나오는 저택 같은 그
광경에서 따뜻하게 나를 맞이해 주던 행복한 집의 모습은 찾아볼
수가 없어.

우리의 즐거웠던 여름이 끝난 게 너무 속상해. 마치 내 인생의
한 순간이 영원히 끝나 버리고 알 수 없는 미래가 성큼 다가온 것
같은 기분이야. 솔직히 결혼을 반년 정도 뒤로 미루고 싶은데, 그
랬다가는 가엾은 고든이 너무 힘들어할 것 같아. 그렇다고 해서
내가 마음이 흔들린다고는 생각하지 마. 그런 건 절대 아니니까.
다만 생각할 시간이 좀 더 필요한 것뿐이야.

그리고 3월이 하루하루 더 가까이 다가오고 있잖니. 내가 가장
상식적인 일을 하고 있다는 건 잘 알아. 남자든 여자든 사람이라
면 누구나 자신에게 맞는 사람과 행복하고 즐거운 결혼 생활을

하는 것이 안 하는 것보다는 훨씬 나아. 그런데, 주디야! 난 정말 혼란이 싫은데, 그건 영원히 끝나지 않을 혼란이잖니! 가끔은 하루 일을 끝내고 나면 너무 피곤해서 다음날 아침에 일어나 새 날을 맞이할 기운조차 없을 때도 있어.

거기다 네가 섀이디웰 저택을 사서 앞으로 해마다 여름을 여기서 보내기로 한 후로 나는 이곳을 떠나기 싫어졌어. 내년에 여기서 멀리 떨어져 살면서 바쁘고 행복했던 존 그리어 고아원에서의 생활과 너와 벳시와 퍼시와 불평 많은 스코틀랜드 의사가 나 없이도 즐겁게 일하는 모습을 떠올리면 향수병에 걸리고 말 거야. 107명의 아이를 잃어버린 어머니의 마음을 그 무엇으로 달랠 수 있겠니?

네 딸 주디가 도시로 여행 가더라도 마음의 안정을 잃어버리지는 않았을 거라 믿어. 주디한테 작은 선물 하나를 보낸다. 나도 거들기는 했지만 거의 다 제인이 만들었다고 보면 돼. 그래도 두 줄은 맥래 의사가 만들었다는 건 명심해. 그 덕분에 샌디가 어떤 사람인지 좀 더 깊이 알게 되었어. 이 사람과 함께 지낸 지 10개월이 지난 지금에서야 이 사람이 어린 시절 스코틀랜드 황무지에서 양떼를 돌보면서 뜨개질을 배웠다는 것을 알게 되었지 뭐니.

맥래 선생은 3일 전 여기 들러서 차를 마셨는데, 예전의 친절한 모습은 거의 되찾았어. 그렇지만 여름 내내 우리가 보았던 완고한 모습은 그대로야. 나는 이 사람을 이해하려는 노력을 이제 포기했어. 하긴 아내가 정신병원에 있는 사람이라면 우울해 하는 게 당연한 일이겠지. 언젠가는 이 사람이 그 일에 대해 이야기를 해 주길 바라고 있어. 머릿속에 어두운 그림자가 맴도는데 그것을 입으로 말하지 않고 묻어 두기만 하려니까 너무 힘들어.

편지에 네가 듣고 싶어할 만한 소식은 하나도 없는 거 알아. 하지만 지금은 우울한 11월의 황혼이 지는 우울한 시간이라서 내 기분도 한없이 우울해. 내가 점점 변덕스러운 사람이 되어가고 있나 봐. 고든이 이런 우울한 아내를 감당할 수 있는지는 하늘만 알겠지! 내가 눈에 띄게 둔감하고 쾌활한 성격을 유지하지 못하면 우리 미래가 어떻게 될까? 모르겠어.

저비스 씨와 남부 지방으로 가기로 확정지은 거니? 남편과 헤어지고 싶지 않은 너의 마음은 이해해(아주 조금뿐이지만). 하지만 그렇게 어린 딸아이를 열대 지방으로 데려가는 건 조금 위험한 것 같아.

아래층 복도에서 아이들이 눈 가리고 찾기 놀이를 하고 있어. 아이들하고 같이 놀다 보면 다음에 펜을 들 때는 기분이 좋아져 있을 것 같아.

안녕히!
샐리.

추신. 11월의 밤은 꽤 추워, 그래서 우리는 인디언 캠프를 실내로 옮길 계획을 하고 있어. 우리 인디언 전사들한테는 담요와 뜨거운 물을 담은 병을 평소보다 두 배 많이 줬어. 인디언 캠프가 사라진다는 게 아쉬워. 우리한테 많은 도움이 되었거든. 우리 인 디언 전사들은 캐나다 사냥꾼처럼 씩씩해져서 돌아올 거야.

～

11월 20일
주디에게

네가 어머니로서 염려하는 것은 보기 좋은데 내가 한 말은 진 심이 아니었어.

네 딸 주디를 카리브 해와 접한 온화한 열대의 땅으로 데려가 는 건 전혀 위험한 일이 아니야. 네 딸은 적도 한 가운데 데려다 놓지 않는 이상 아무 문제없이 잘 자랄 거야. 그리고 네가 머물 별장은 야자수 그늘이 드리워져 있고 바닷바람도 시원하게 불어 오는 데다 뒷마당에는 얼음 기계가 있고 만 너머에 영국인 의사 가 있다니 아기를 기르기에는 딱 알맞은 곳인 것 같구나.

내가 반대했던 것은 이번 겨울에 네가 곁에 없어서 나와 존 그 리어 고아원이 외롭게 보낼 것을 걱정한 지극히 이기적인 마음 때문이었어. 열대 지역 철도에 투자하고, 천연 아스팔트가 호수 처럼 펼쳐진 아스팔트 호수와 고무나무 숲, 마호가니 숲을 개발 하는 멋진 사업을 하는 남편이 있다는 건 정말 멋진 일인 것 같

아. 나도 고든이 그런 그림처럼 아름다운 곳에서 살 수 있는 일을 하는 사람이면 좋겠어, 그렇다면 낭만적인 미래를 기대할 수 있을 텐데. 워싱턴은 온두라스와 니카라과, 그리고 카리브 해 여러 섬들에 비하면 화가 날 정도로 평범한 곳이야.

북쪽에서 남쪽으로 인사를 보낸다.

안녕히!

샐리.

ᕫ

11월 24일

고든에게

주디가 시내로 돌아갔어요, 다음 주에 배편으로 자메이카로 간다는데, 그곳에서 주디가 거처를 꾸리면 저비스 씨는 인근해를 다니면서 진행 중인 흥미로운 사업들을 둘러본다는군요. 당신도 남쪽 나라들의 교통 산업에 투자하면 안 돼요? 당신이 낭만적이고 신나는 생활을 보장해 주기만 한다면 좀 더 기쁜 마음으로 고아원을 떠날 수 있을 것 같은데 말이에요. 그리고 당신은 남쪽 나라에서 입는 새하얀 린넨 옷을 입으면 정말 근사할 거예요! 언제나 새하얀 옷만 입는 남자라면 영원히 사랑에 빠질 수 있을 것 같아요.

내가 얼마나 주디를 보고 싶어 하는지 당신은 짐작도 못 할 거예요. 주디가 떠난 후로 오후 시간이 얼마나 쓸쓸한지 몰라요. 언제든 주말에 잠시만 다녀가면 안 돼요? 당신을 보면 기분이 좋아질 것 같아서 그래요. 요즘 내가 심각할 정도로 우울하거든요.

고든, 멀리 있는 당신을 생각하는 것보다 당신이 바로 내 눈 앞에 있다면 당신을 훨씬 더 많이 좋아할 수 있을 거예요. 아무래도 당신한테는 내 마음을 빼앗는 마법의 힘이 있나 봐요. 그런데 당신이 오랫동안 멀리 떠나 있으면 그 마법이 힘을 잃어요. 그러다 당신을 보게 되면 그 마법이 다시 되살아나죠. 당신, 내게서 멀리 떠난 지 너무, 너무 오래 됐어요. 그러니까 제발 빨리 와서 다시 내게 마법을 씌워 줘요!

샐리.

～

12월 2일

주디에게

대학 다닐 때 너와 내가 미래를 계획하면서 늘 남쪽으로 얼굴을 향했던 것 기억나니? 이제 생각해 보니 그때 우리의 계획이 실현된 것 같아, 그러니까 지금 네가 남쪽의 열대 섬들을 다니고 있는 거잖아! 저비스 씨와 관련된 일 한 두 가지를 빼고 네가 지금껏 살아오면서 이른 새벽, 갑판에 나가 킹스턴 항구의 짙푸른 바다와 초록의 야자수 그리고 눈부시게 하얀 해변 모래밭을 바라볼 때처럼 짜릿하고 황홀한 순간을 경험한 적 있니?

그 항구에서 처음으로 잠을 깼던 날이 기억나는구나. 그때 나는 이 세상의 것이라고 믿어지지 않을 만큼 아름다운 풍경 속에서 펼쳐지는 웅장한 오페라의 여주인공이 된 것만 같았어. 유럽 여행을 네 번이나 갔지만 7년 전 따뜻한 남쪽 나라에서 보낸 3주일 동안 경험한 기묘한 풍경과 맛과 향처럼 짜릿한 것은 경험하지 못했어. 정말 그때로 다시 돌아가고 싶어. 그때를 생각하기만 하면 평범하기 그지없는 이곳 음식이 입으로 넘어가질 않아. 카레, 타말레(옥수수 가루, 다진 고기, 고춧가루로 만든 멕시코 요리 - 옮긴이), 망고가 먹고 싶구나. 이상하지 않니? 어쩌면 내 몸 속에 크레올이나 스페인 아니면 남쪽 나라 어딘가의 뜨거운 피가 섞여 있다고 생각할지 모르겠지만, 내 몸에는 오로지 잉글랜드와 아일랜드 그리고 스코틀랜드의 차가운 피만 흐른단다. 그래서 남쪽 나라가 더 그리워지는 건지도 몰라. "야자수는 소나무를 꿈꾸고 소나무는 야자수를 꿈꾼다."는 말도 있듯이 말이야.

나는 너를 배웅하고 나서 심장을 가득 메운 방랑을 향한 열망을 애써 억누르며 뉴욕으로 돌아갔어. 나도 새로 산 파란 모자와 새로 산 파란 드레스 차림으로 손에는 제비꽃을 한 다발 들고서 여행을 떠나고 싶었어. 5분 동안이지만 넓은 세상을 방랑할 수만 있다면 가엾은 고든에게 작별을 고할 수도 있다는 생각까지 했어. 너는 고든과 넓은 세상이 서로 함께 할 수 없다고 생각할 거야. 그렇지만 나는 남편이라는 존재에 대한 너의 생각을 이해하기가 힘들구나. 나는 결혼이란 인간으로서 당연히 해야 할 유익하고 상식적인 제도임에 틀림없지만 개인의 자유의 관점에서 본다면 상당한 속박이라고 생각해. 일단 결혼을 하고 나면 인생에서 모험이 사라져. 나를 깜짝 놀라게 하고 가슴 두근거리게 할 낭만적인 가능성이 완전히 사라져 버리잖아.

수치스러운 사실을 털어놓자면 나는 남자 하나로는 만족할 수 없을 것 같아. 나는 여러 남자한테서 얻을 수 있는 다양한 즐거움을 얻고 싶어. 아무래도 내가 젊은 시절을 너무 방탕하게 보낸 바람에 쉽게 정착을 못 하는 건가 봐.

이야기가 엉뚱한 곳으로 흘러간 것 같구나. 뉴욕으로 돌아간 것부터 다시 쓸게. 너를 떠나보내고 말로 다 표현할 수 없을 정도로 허전한 마음으로 뉴욕으로 돌아갔어. 석 달 간 서로 꼭 붙어서 수다 떨며 즐겁게 지내고 나서인지 대륙 저 끝에 있는 너한테 편지를 써야 한다는 게 너무 힘이 드는구나. 내가 탄 나룻배가 네가 탄 대형 증기선 뱃머리 아래로 지날 때 너와 저비스 씨가 배 난간에 기대 서 있는 모습이 보였어. 나는 미친 듯 손을 흔들었지만 너는 눈도 깜박이지 않더구나. 너의 시선은 고향을 그리는 듯 울워스 빌딩 꼭대기에 고정되어 있었어.

뉴욕에 돌아와서는 쇼핑을 좀 하려고 백화점에 갔어. 그래서 백화점 회전문을 막 들어서려는데 세상에, 반대편에서 헬렌 브룩스가 회전문으로 나오는 게 보이지 뭐니! 나는 다시 나오려고 하고 헬렌은 다시 들어가려고 하는 바람에 회전문에서 한참을 끙끙댔단다. 하마터면 둘이 평생 회전문에서 뱅뱅 돌 뻔했지 뭐야. 다행히 한참 만에 우리는 회전문을 빠져 나와 악수를 했고, 헬렌은 내가 12켤레들이 스타킹 15개와 챙모자 50개, 스웨터, 유니언슈트(위아래가 하나로 된 속옷 - 옮긴이) 200벌 사는 것을 도와주었고, 쇼핑을 끝낸 후에 우리는 내내 수다를 떨면서 52번가까지 가서 여성 대학 클럽에서 점심을 함께 했어.

나는 늘 헬렌이 좋았어. 화려하지는 않지만 착실하고 믿음직한 아이야. 밀드레드가 말썽을 일으킨 후에 그 아이가 3학년 축제 행렬 위원회를 맡아 문제없이 축제를 치러냈던 것 기억하니? 그런 아이가 내 후임으로 오면 어떨까? 후임자가 온다는 생각만 해도 질투가 끓어오르지만 언젠가는 겪어야 할 일이잖니.

"주디 애벗을 마지막으로 본 게 언제니?"

헬렌은 제일 먼저 그것부터 물었어.

"15분 전에. 주디는 남편과 딸과 유모, 하녀 그리고 시종과 개를 데리고 배를 타고 남미 북안 지방(파나마 지협에서 오리노코 하구 사이 지역 - 옮긴이)으로 갔어."

"남편은 좋은 사람이니?"

"더할 나위 없는 사람이지."

"주디가 아직도 남편을 좋아해?"

"그 둘보다 더 사이좋은 부부는 본 적이 없어."

그 말을 하고 나서 갑자기 헬렌의 얼굴이 어두워 보인다는 생각이 들면서 문득 지난여름 마티 킨한테서 들은 소문이 생각나서 헬렌의 마음을 불편하게 할 리 없는 고아들 이야기로 얼른 대화의 방향을 돌렸어.

그렇지만 한참 후에 헬렌 스스로 마치 책에 나오는 등장인물들 이야기를 하듯 무덤덤하게 자신의 이야기를 털어놓았어. 헬렌은 지금 뉴욕에서 혼자 살면서 사람들을 거의 안 만난대. 그리고 의기소침한 것 같았고, 나를 만나 이야기를 하게 된 것을 무척 반가워하는 것 같았어. 가엾은 헬렌은 힘든 일을 많이 겪은 것처럼 보였어. 그렇게 짧은 시간에 그처럼 엄청난 일을 겪은 사람은 아마 없을 거야. 졸업하자마자 결혼해서 아이를 낳았지만 곧 잃어버리고, 남편과 이혼하고, 가족과 다툼이 일어나 뉴욕으로 와서 혼자 생계를 꾸려가고 있대. 지금은 출판사에서 원고 읽는 일을 하고 있다는구나.

헬렌의 이혼에 대해 보통 사람의 관점에서는 말도 안 되는 이유로 이혼을 했다고 생각할 거야. 그냥 결혼 생활이 잘 흘러가질 않았다는 게 이유라니까 말이야. 헬렌과 전남편은 서로 친구가 될 사이도 아니었어. 만약에 전남편이 여자였다면 헬렌은 그 사람과 30분도 이야기를 하지 않았을 거야. 그리고 헬렌이 남자였다면 전남편은 "안녕하세요?"라는 말만 하고는 가 버렸을 거야.

그런 사이인데도 두 사람은 결혼이라는 것을 했어. 이성간의 결합이 이토록 사람의 눈을 멀게 만든다는 게 너무 끔찍하지 않니?

헬렌은 여성의 합법적인 직업은 가사뿐이라는 이론을 이야기했어. 대학을 졸업한 후에는 헬렌도 당연히 직장을 구하려고 애썼는데 헨리가 나타난 거야. 헬렌의 가족은 헨리를 면밀히 관찰했고 좋은 집안 출신에 품행도 방정하고 경제적 능력도 좋은 데다 잘 생긴, 모든 면에서 완벽한 신랑감이라고 판단했어. 당연히 헬렌은 그와 사랑에 빠졌어. 그래서 성대한 결혼식을 올렸고, 새 옷과 수를 놓은 수건도 잔뜩 샀지. 모든 일이 술술 잘 풀리는 것만 같았대.

그런데 서로를 알아가기 시작하면서 둘은 좋아하는 책도 서로 다르고, 좋아하는 사람도, 좋아하는 여흥거리도 서로 다르다는 걸 알게 되었어. 같은 농담에 웃지 않는다는 것도 알게 되었고. 헨리는 활달하고 사교적이어서 떠들썩하게 노는 것을 좋아하는데, 헬렌은 그렇지 않았어. 처음에는 서로를 지루하게 여기다 차츰 짜증이 났대. 헨리는 질서정연한 것을 좋아하고 정숙한 헬렌을 견뎌내지 못했고, 헬렌도 무질서한 헨리를 견뎌내지 못했어. 헬렌이 하루 종일 옷장과 서재 서랍을 정리해 놓으면 5분도 안 되어 헨리가 엉망으로 흩어놓았어. 헨리는 옷도 아무데나 던져 놓고 수건도 욕실 바닥에 함부로 쌓아 놓았고, 욕조 청소도 한 번도 안 했대. 그리고 헬렌은 지독할 정도로 둔하고 짜증나게 하는 사람이어서 (헬렌도 지금은 자신이 그런 사람이었다는 걸 깨달았대.)

남편이 농담을 해도 웃지도 않았대.

지독한 구식에 보수적인 사람들은 그런 대수롭지 않은 일로 결혼을 끝낸다는 것이 말도 안 된다고 생각할 거야. 나도 처음에는 그렇게 생각했어. 그런데 헬렌이 이야기하는 사소한 일들을 계속 듣다 보니 그게 절대 사소한 일만은 아니라는 생각이 들었고, 그런 결혼 생활을 계속 한다는 게 너무 끔찍했다는 헬렌을 이해할 수 있을 것 같았어. 그건 결혼이 아니라 실수였어.

그래서 어느 날 아침 식사를 하던 중에 돌아오는 여름에 무엇을 할 것인지에 대한 이야기가 나오자 헬렌은 아무렇지도 않은 듯 서부로 가서 흠잡히지 않을 이유로 이혼을 할 수 있는 어느 주에 거처를 마련할 생각이라고 했고, 몇 달 만에 처음으로 헨리도 헬렌의 의견에 동의했대.

빅토리아 시대 사람들처럼 보수적인 헬렌의 가족이 그 소식에 얼마나 화를 냈을지는 너도 상상이 갈 거야. 미국에서 7대를 살아오면서 족보에 그런 기록을 올린 조상은 한 명도 없었다고 화를 냈다더구나. 그리고 그 모든 일이 헬렌을 대학에 보내 엘렌 케이 같은 여성운동가와 버나드 쇼 같은 작가들의 쓸데없는 근대적 사고방식을 배우게 만든 탓이라고 분통을 터뜨렸대.

"남편이 술에 취해 머리채를 잡아끌어서 나를 쫓아냈다면 그건 타당한 이혼 사유라고 생각했을 거야, 그런데 단지 우리가 서로에게 물건을 집어던지지 않았다는 이유로 모두가 우리 이혼이 말도 안 된다고 하는 거야."

헬렌은 흐느끼면서 말했어. 안타까운 것은 헬렌과 헨리 모두 다른 상대를 만났다면 더없이 행복하게 살았을 사람들이라는 사실이야. 둘은 그저 서로에게 맞지 않았던 것뿐이야. 서로가 맞지 않는 이상 세상의 모든 결혼식 절차를 다 동원하더라도 행복한 부부가 될 수는 없어.

토요일 오전.

이 편지는 원래 이틀 전에 끝낼 생각이었어. 써 놓은 것도 많은데 아직 부치질 못했어.

우리는 또다시 초라하고 서글픈 밤을 보냈어. 얼어붙을 듯 추운 채로 잠자리에 들었다가 어둠 속에서 눈을 뜨면 겹겹이 덮은 담요 밑에서 따뜻하지만 기절할 듯 답답한 그런 밤 말이야. 그래서 겹겹이 덮은 담요를 걷어내고 베개를 푹신하게 부풀려 다시 편안하게 잠자리에 눕다가 환기가 잘 되는 방에서 자고 있을 14명의 어린 아기들이 생각났어. 그 아기들의 야간 보모라는 사람은 밤마다 자기가 이 고아원 최고위층이라도 되는 듯 태평하게 잠만 자. (앞으로 해고할 사람 명단 제일 첫줄에 이 여자 이름이 들어 있어.) 그래서 나는 다시 일어나 겹겹이 덮은 담요를 걷어내는 순례를 시작했고 다 끝날 때쯤에는 잠이 완전히 달아나 버렸어. 내가 밤을 새는 것은 흔한 일은 아니야. 하지만 밤을 샐 때는 전 세계의 문제를 다 해결하려고 고민에 고민을 거듭한단다. 캄캄한

밤에 눈을 말똥말똥 뜬 채로 누워 있으면 정신은 점점 더 말짱해 진다는 게 이상하지 않니?

나는 헬렌 브룩스 생각이 났어. 그래서 그 아이의 인생을 다시 되짚어 봤어. 그 아이의 불쌍한 과거가 왜 자꾸 생각이 나는지 모르겠어. 약혼한 여자가 생각하기에는 너무 가슴 아픈 이야기인데 말이야. 만약 고든과 나도 서로를 제대로 알고 나면 서로에 대한 생각이 달라질까, 라는 생각이 머릿속을 맴돌았어. 그러자 두려움 때문에 속이 타들어 갔어. 하지만 내가 그 사람과 결혼하려는 것은 오로지 애정 때문이야. 나는 대단한 야망을 가진 사람이 아니야. 그의 직위나 재산은 조금도 탐나지 않아. 그리고 평생을 바칠 직업을 가질 생각도 없어. 나는 결혼을 위해 내가 사랑하는 직업을 포기할 생각까지 한 사람이잖니.

나는 이 일이 정말 좋아. 아기들의 미래를 계획하다보면 국가를 건설한다는 기분이 들어. 후생에서 어떤 사람으로 태어나든 나는 이곳에서 일한 멋진 경험 덕분에 훨씬 더 능력 있는 사람이 될 수 있을 거야. 고아원에서 하는 일은 정말 멋진 경험이야. 인간애를 실천할 수 있는 일이니까. 날마다 너무도 많은 새로운 것들을 배우기 때문에 토요일 저녁마다 그 전 주 토요일 저녁의 샐리를 떠올리면 너무도 무지했었다는 생각이 들면서 깜짝 깜짝 놀란단다.

내가 점점 늙은이같이 변하고 있어. 그래서 변화가 싫어지고 있어. 앞으로 내 인생이 달라진다는 게 싫어. 전에는 불을 뿜은

화산처럼 흥분되는 생활이 좋았는데, 이제는 평탄한 고원 같은 생활이 좋아. 그런 상태일 때가 제일 편안해. 내 책상과 옷장과 사무실 서랍은 나한테 맞게 정리되어 있어. 그리고 내년에 나한테 벌어질 커다란 변화가 말도 못 하게 두려워! 그렇지만 내가 고든을 그에게 합당하리만치 중요하게 여기지 않는다는 생각은 하지 말아 줘. 다만 내가 그를 덜 사랑한다는 뜻이 아니라 우리 고아들을 더 많이 사랑한다는 뜻일 뿐이야.

방금 유아실에서 나오는 맥래 선생을 만났어. 이 고아원에서 그 사람의 흔치 않은 인간적 관심을 받는 유일한 사람이 유아실의 알레그라잖니. 선생은 걸음을 멈추고 인사치레로 갑자기 변한 날씨에 대해 몇 마디 하고는 펜들턴 부인한테 편지를 쓸 때 자기 이야기도 해 달라는 희망을 전했어.

네가 좋아할 소식은 거의 없는 우울한 편지를 보내게 되었구나. 하지만 작고 헐벗은 우리 고아원은 네가 행복하게 지내는 야자수와 오렌지 숲과 도마뱀과 타란툴라 거미가 있는 땅과는 너무도 멀리 떨어진 언덕에 있으니 어쩔 수가 없구나.

즐겁게 지내. 그리고 존 그리어 고아원을 잊지 말아 줘.
샐리.

12월 11일

주디에게.

자메이카에서 보낸 네 편지는 잘 받았어. 어린 주디가 여행을 좋아한다니 다행이구나. 네 집에 대해 작은 것 하나도 빼놓지 말고 적어서 보내 줘. 그리고 사진도 좀 보내 줘야 해. 어떻게 생겼는지 볼 수 있게. 멋진 바다를 다닐 수 있는 네 전용 보트가 있다니 얼마나 좋을까! 새로 산 18벌의 새하얀 드레스는 다 입어봤니? 그리고 네가 킹스턴에 도착할 때까지 파나마 모자를 사지 못하게 내가 말린 건 잘한 일이라고 생각하지 않니?

이곳은 늘 그랬던 것처럼 특별히 기록할 만한 일 없이 조용히 흘러가고 있어. 너, 메이벨 풀러 기억하니? 맥래 선생이 좋아하지 않는다고 한 여성 합창단원의 딸 말이야. 그 아이를 입양 보냈어. 원래는 내가 그 여성에게 해티 히피를 권했어. 교회에서 컵을 훔쳤던 얌전한 아이 말이야. 그런데 세상에, 싫다는 거야! 메이벨의 긴 속눈썹 때문이었어. 그 여성은 예쁜 외모가 제일 중요하다더구나. 인생의 나머지는 다 예쁜 외모에 달려 있다는 거야.

지난 주, 뉴욕에서 돌아와서 나는 아이들한테 짧은 연설을 했어. 큰 배를 타고 떠나는 주디 이모를 배웅했다는 이야기를 했는데, 이런 말하기 미안하지만 아이들, 최소한 남자아이들의 관심은 주디 이모가 아닌 배에 쏠렸어. 하루에 석탄은 몇 톤이나 쓰나요? 길이가 마차 차고에서 인디언 캠프까지 거리만한가요? 그 배에 총은 있어요? 만약에 민간 무장선이 공격을 하면 방어 능력은 있나요? 배에 폭동이 일어날 경우, 선장은 누구든 자신이 선택한 사람을 총으로 쏠 수 있나요? 그런 경우에는 나중에 무사히 뭍으로 돌아왔을 때 교수형은 안 당하는 건가요?

어쩔 수 없이 나는 샌디를 불러 연설의 마무리를 부탁했어. 그 자리에서 나는 최고의 교육을 받은 여성도 13살 소년들의 머리에서 나온 질문을 감당할 수 없다는 사실을 깨달았어.

항해와 배에 대한 사내아이들의 관심을 본 맥래 선생은 제일 연장자부터 그 밑으로 똑똑한 사내아이 7명을 데리고 뉴욕에 가서 직접 원양정기선을 볼 기회를 마련해 주겠다는 계획을 세웠어. 그래서 아이들과 박사는 어제 새벽 5시에 일어나 7시 30분 기차로 출발했고, 일곱 아이들은 태어나서 제일 짜릿한 모험을 경험했어. 아이들은 대형 정기선에 초대받아(그 배의 스코틀랜드 기술자가 샌디와 친분이 있는 사람이었어.) 배의 밑바닥부터 돛대 위 망대까지 구경했고, 배 위에서 점심도 먹었어. 점심 식사 후에는 수족관도 구경하고 싱거 빌딩 꼭대기에도 올라가 보고, 지하철을 타고 가서 미국 새들의 서식지 구경도 했어.

까다롭기 짝이 없는 샌디는 돌아오는 6시 15분 기차를 놓치지 않기 위해 아이들을 자연사 박물관에서 억지로 끌고 나왔어. 저녁 식사는 기차 식당칸에서 먹었고. 아이들은 음식 값이 얼마나

고 꼬치꼬치 캐물었는데 얼마나 먹든 값이 똑같다는 대답에 크게 심호흡을 하더니 식당 주인이 혼동을 일으키지 않도록 조용히 앉아 식사를 했어. 철도 측에서는 아이들에 대해 아무것도 알리지 않았고 주위에서 식사하던 사람들 모두 손을 멈추고 아이들을 쳐다보았어. 한 여행객은 맥래 박사에게 기숙사 학생들을 인솔해서 왔냐고 물었다더구나. 이걸 보면 우리 아이들이 식사 예절을 얼마나 훌륭하게 지키는지 짐작할 수 있을 거야. 자랑을 하려는 건 아니지만 리펫 부인이 원장으로 있을 때는 우리 아이들을 보면서 아무도 그런 말을 안 했을 거야. 아마 그 시절 아이들의 식탁 예절을 본 사람이라면 분명히 "소년원으로 가는 아이들입니까?"라고 물었을 거야.

우리 아이들은 밤 10시가 다 되어서 허겁지겁 돌아와 왕복 복합 엔진에 대한 수치와 방수 칸막이벽, 쥐가오리, 마천루, 극락조에 대해 떠들어댔어. 아이들이 어찌나 흥분해서 떠들어대던지 이러다 아이들이 잠을 안 잘지도 모르겠다는 생각이 들 정도였어. 그래도 이 아이들 모두 멋진 하루를 보냈다는 게 얼마나 기쁜지 몰라! 종종 이렇게 아이들한테 일상에서 벗어난 경험을 하게 해주고 싶어. 그래야 다른 세상이 있다는 것도 보고 조금이라도 보통 아이들에 가까워질 수 있을 테니까 말이야. 샌디가 정말 좋은 일을 하지 않았니? 그런데 내가 고맙다는 인사를 하려고 할 때 그 사람 태도가 어땠는지 너도 봐야 해. 그 사람은 내 말이 채 끝나기도 전에 손을 흔들어 막더니 스네이트 양에게 석탄산 사용을 줄일 수 없겠냐고 따지듯 묻는 거야. 고아원에서 병원 냄새가 난 다면서 말이야.

펀치가 다시 돌아왔다는 소식도 전해야겠구나, 그것도 예의범절을 철저하게 배워서 돌아왔어. 이제 이 아이를 입양해 갈 가정을 찾아봐야겠어.

그동안 펀치를 돌봐주었던 교양 있는 두 독신 여성이 계속 아이를 맡아 주기를 바랐지만 그 사람들은 여행을 하고 싶다면서 아이를 돌보는 데 시간을 너무 많이 빼앗기는 것 같다고 했어. 편지에 네가 탄 증기선을 색분필로 그린 그림을 동봉했는데, 펀치가 막 완성한 그림이야. 배가 어디로 가는지가 다소 불분명한데, 배가 뒤로 가고 있고 브룩클린을 향하고 있는 것처럼 보여. 나한테 파란색 색연필이 없어서 깃발은 이탈리아 국기로 대신했어.

선교에 있는 세 사람은 너와 저비스 씨 그리고 어린 주디야. 그런데 안타깝게도 어린 주디가 새끼 고양이라도 되는 듯 네가 아이의 목 뒤를 붙잡아 들고 있구나. 하지만 존 그리어 고아원에서 아기를 이런 식으로 안지는 않아. 그리고 이 그림을 그린 화가가 저비스 씨의 다리는 정확하게 그렸다는 점도 꼭 알려주고 싶구나. 펀치한테 선장은 어디 있냐고 물었더니, 선장은 배 안에서 화로에 석탄을 넣고 있다고 했어. 펀치는 네가 탄 증기선이 하루에 300수레나 되는 석탄을 사용한다는 말에 크게 감명을 받았어. 그래서 배에 있는 모든 사람이 석탄을 나른다고 생각했나 봐.

멍멍!

싱가포르가 짖는 소리야. 너한테 편지 쓰는 중이라고 했더니 금방 반응을 보이는구나.

싱가포르와 나의 사랑을 담아서
샐리.

◦◦◦◦◦

존 그리어 고아원

토요일

적에게

간밤에 선생님이 너무 통명스럽게 구는 바람에 우리 아이들한 테 멋진 하루를 선사해 주신 데 대한 감사를 채 반도 전하지 못했 어요.

샌디, 도대체 왜 그러는 거예요? 그래도 한때는 참아줄 수 있을 만큼 괜찮은 분이셨잖아요, 이따금이긴 했지만요. 그런데 지난 서 너 달 동안은 다른 사람들한테는 친절하면서 저한테만 유독 매몰 차게 구셨어요. 서로 무수한 오해와 어리석은 말싸움을 겪었지만 매번 그런 일을 겪고 나서는 서로에 대한 이해가 깊어지는 듯 했 고, 저는 우리의 우정이 꽤 단단해져서 정당한 소동이나 사건 정 도는 견뎌낼 수 있을 정도가 되었다는 결론에 이르게 되었습니다.

그런데 지난 6월, 선생님이 전혀 저의 진심이 아닌 어리석고 무례한 이야기를 엿듣는 불행했던 사건이 발생했고, 그날 이후로 선생님께서는 제게서 멀어지셨어요. 그 일에 대해서는 정말로 죄송하게 생각하고 있습니다. 그리고 사과하고 싶은데, 선생님의 태도를 보면 사과할 용기가 생기질 않아요. 저한테 변명이나 설명할 말이 있는 것은 절대 아닙니다. 제가 종종 어리석고 멍청하게 군다는 것은 선생님도 잘 아실 거예요. 하지만 제가 비록 겉으로는 경박하고 어리석고 평범하지만, 속은 꽉 찬 사람이라는 점을 알아주시기 바랍니다. 펜들턴 씨 부부는 그 사실을 이미 오래전부터 알고 있었어요. 그렇지 않았다면 저를 여기로 보내지 않았을 거예요. 제가 이 일을 열심히 하려고 애쓰는 것은 펜들턴 씨 부부의 판단이 옳았다는 것을 증명하고 싶은 마음 때문이기도 하고 가엾은 어린아이들에게 마땅히 누려야 할 행복을 되찾아 주는 일이 진실로 재미있기 때문이기도 해요. 하지만 무엇보다도 선생님이 저에 대해 가지고 있는 좋지 않은 첫인상이 사실은 옳은 것이 아님을 증명하고 싶다는 것이 가장 큰 이유랍니다. 지난 6월 고아원 현관 앞에서 벌어진 15분간의 불행했던 사건은 부디 기억에서 지워 버리고 대신 제가 캘리캑 가에 대해 15시간이나 책을 읽었다는 사실만 기억해 주시면 안 될까요?

우리가 다시 친구가 될 수 있기를 바라며
샐리 맥브라이드.

존 그리어 고아원

일요일

맥래 선생 귀하

제 편지에 대해 선생님의 명함에 적어 보낸 총 11자의 답장은
잘 받아 보았습니다. 제가 선생님을 불쾌하게 만들 의도로 관심
을 보인 것은 절대 아닙니다. 선생님께서 어떤 생각을 하고 어떤
행동을 하는지 저는 전혀 상관없습니다. 그러니 지금처럼 마음껏
무례하게 행동하세요.

샐리 맥브라이드.

12월 14일

주디에게

제발 부탁이니 편지 안팎에 우표를 잔뜩 붙여서 보내 줘. 여기
에 우표 수집가가 무려 30명이나 있어. 네가 여행을 나선 이후로
날마다 우편물이 도착하는 시각이 되면 열성적인 우표 수집가들

이 정문으로 몰려나가 외국 우편물처럼 생긴 편지는 무조건 낚아 채는 바람에 편지들이 내 손에 올 때쯤에는 너덜너덜해져 버린단 다. 저비스 씨에게 온두라스의 자주색 소나무 우표를 좀 더 많이 보내 달라고 전해 줘. 과테말라의 초록색 앵무새 우표도 그렇고. 한 상자 가득 있어도 좋아!

가엾은 아이들이 이렇게 열정적으로 행동할 때도 있다는 게 너 무 반갑지 않니? 우리 아이들이 점점 더 보통 아이들처럼 변하고 있어. 어젯밤에는 B 침실 아이들이 누가 시키지도 않았는데 베개 싸움을 했어. 안 그래도 부족한 베갯잇을 닳게 만드는 놀이이긴 했지만 나는 웃으며 그 모습을 지켜보았고, 심지어는 내 손으로 직접 베개를 던지기도 했단다.

지난 토요일에는 퍼시의 멋진 두 친구가 오후 내내 사내아이들 과 함께 놀아주었어. 그 사람들은 라이플총을 세 자루 가져왔는 데, 세 남자가 각각의 인디언 부족 추장이 되어 오후 내내 병 쏘 기 시합을 하면서 이긴 부족에게는 상도 주었어. 상은 세 남자가 직접 준비했는데, 가죽에 그린 흉악하게 생긴 인디언 얼굴이었 어. 취미도 고약하지. 하지만 그 사람들은 그게 근사하다고 생각 했고, 나는 최선을 다해서 멋진 상이라고 칭찬해 주었어.

병 쏘기 시합이 끝나자 나는 쿠키와 핫초콜릿을 대접했는데 아 이들 못지않게 세 남자도 기쁘게 먹는 것 같았어. 다들 나만큼이 나 쿠키와 핫초콜릿을 좋아하는 게 분명해. 나는 실수로 사람을 쏘는 일이 벌어지지 않을까 하는 걱정에 병 쏘기 시합을 하는 내

내 신경질적으로 떠들어댔어. 하지만 24명의 인디언 전사를 언제까지나 내 치맛자락에 품고 있을 수만은 없다는 걸 나도 잘 알아. 그리고 세상을 다 뒤져도 이 세 남자만큼 이 아이들한테 관심을 가져 줄 사람이 없다는 것도 잘 알고.

고아원 봉사에 쏟을 수 있는 열정과 힘을 가진 건강한 사람들이 고아원 바로 앞에서 그 힘과 열정을 낭비하고 있어. 이 근방에는 봉사를 할 수 있는 사람들이 굉장히 많아. 그래서 내가 직접 나서서 봉사자를 찾아볼 생각이야.

나한테 제일 필요한 건 일주일에 하룻저녁 여기 와서 벽난로 앞에서 아이들한테 이야기를 들려줄 친절하고 분별력 있는 여성으로, 8명 정도면 좋겠어. 우리 아기들한테는 한 사람씩 따로따로 다독여 줄 손길이 절실히 필요해. 주디, 나는 너의 어린 시절이 생각날 때마다 네게 부족했던 점들을 메우기 위해 애쓰게 된단다.

지난주에 있었던 후원자의 날 행사는 훌륭하게 끝났어. 새로운 여성 후원자들은 상당히 도움이 되었고, 남성 후원자들도 친절한 사람들만 참석했어. 사이러스 변호사가 결혼한 딸을 만나러 스크랜튼에 갔다는 기쁜 소식도 알려야겠구나. 그 딸이 아버지를 영원히 스크랜튼에 붙잡아 둔다면 소원이 없겠어.

수요일.

맥래 선생 때문에 속이 상해 죽겠어, 특별한 이유도 없이 말이야. 선생은 여전히 다른 사람이나 다른 일에는 눈곱만큼의 관심도 두지 않고 무덤덤하고 냉정한 태도로 일관하고 있어. 나는 지금껏 살아오면서 당한 모욕보다 지난 두세 달 간 당한 모욕이 훨씬 더 커. 그래서 무서울 정도로 복수심이 강해지고 있어. 시간이 날 때마다 맥래 선생이 심하게 다쳐서 내 도움이 필요하게 되는데, 그때 내가 냉정하게 등을 돌리고 사라지는 상상을 몇 번이고 되풀이해. 요즘 나는 네가 알던 착하고 명랑한 젊은 여성과는 너무도 거리가 먼 사람으로 변하고 있단다.

저녁

너는 내가 고아들의 보육을 책임지고 있는 사람이라는 사실을 알고 있니? 내일은 나를 포함해서 다른 고아원 책임자들이 플레젠트빌에 있는 히브리 빈민 구호 단체의 고아원을 공식 방문할 예정이야. (플레젠트빌이라니, 이름은 정말 명랑하고 유쾌하지 않니!) 여기서 가려면 이른 새벽에 출발해서 기차를 두 번 갈아타고 자동차도 한 번 타야 하는 아주 복잡하고 빙 돌아가야 하는 여행이야. 그렇지만 책임자가 되려면 직책에 맞게 살아야 해. 나는 다른 고아원들을 꼼꼼히 살피고 내년에 우리가 만들어낼 변화에 필요한 아이디어를 되도록 많이 수집할 거야. 그리고 플레젠트빌의 이 고아원은 건축적으로도 모범적인 건물이야.

맑은 정신으로 되돌아보니 건물의 대대적인 보수 공사를 내년 여름으로 미루길 잘한 것 같아. 물론 실망한 건 사실이야. 그렇게 되면 건물을 뜯어내고 부술 때 내가 주도할 수 없을 테니까 말이야. 나는 뜯어내고 부수는 일을 주도하는 게 정말 좋거든! 하지만 어쨌든, 너는 내 조언을 계속 받아들일 거야. 내가 더 이상 공식적인 원장이 아니라도 말이야, 그치? 두 건물에 대한 세부적인 공사는 아주 희망적이야. 새 세탁실은 점점 더 좋아지고 있어. 더이상 증기와 빨래하는 냄새가 고아원으로 스며들어오지 않을 거야. 소작농의 집도 드디어 다음 주면 입주가 가능해. 페인트칠을 하고 문손잡이 몇 개 다는 일만 남았어.

그런데, 어쩌면 좋으니! 또 다른 문제가 터졌어! 턴펠트 부인이 밝은 미소와 넉넉한 몸집과는 달리 아이들이 말썽 피우는 것을 절대 못 참는대. 그런 모습만 보면 흥분해서 안절부절 못 한다는구나. 턴펠트 씨도 성실하고 질서정연하고, 솜씨 좋은 정원사이긴 한데 사고방식이 내가 바라는 것과 많이 달라. 그 사람이 처음 왔을 때 내가 서재를 마음대로 쓸 수 있게 했어. 턴펠트 씨는 문에서 제일 가까운 책꽂이부터 읽기 시작했는데 거기에는 팬시의 작품 37권이 꽂혀 있었어. 그 사람이 넉 달에 걸쳐 팬시의 작품을 다 읽었기에 이번에는 변화를 시도해 보라면서 《허클베리 핀》을 들려서 집으로 보냈어. 그런데 턴펠트 씨는 며칠 지나지 않아 그 책을 도로 가져와서는 고개를 절레절레 내저으며 팬시의 작품을 읽고 났더니 다른 건 시시해 보인다고 했어. 활동적이고 진취적인 사람을 새로 뽑아야 하는 건 아닌가 걱정이 되기도 했지만, 그래도 예전에 있던 스테리 씨에 비하면 턴펠트 씨는 학자나 다름없어!

스테리 씨 이야기가 나와서 말인데, 며칠 전 인사차 왔더구나. 그런데 성격이 꽤 유순하게 변한 것 같았어. 보아하니 요즘 스테리 씨가 관리하는 사유지의 주인인 '돈 많은 도시 사람'이 더 이상 스테리 씨를 부리지 않기로 한 것 같아. 그래서 고맙게도 우리한테 돌아와서 아이들이 원한다면 텃밭도 만들 수 있게 허락하겠다고 했어. 나는 상냥하게, 그렇지만 단호하게 그의 제안을 거절했어.

금요일.

지난 밤, 부러움을 가슴 가득 안고 플레젠트빌에서 돌아왔어. 제발 후원회 회장님께 루카 델라 로비아의 조각들이 현관문에 새겨진 회색 치장 벽토 단층 주택을 좀 만들어 달라고 전해 줘. 플레젠트빌 고아원에는 아이들이 무려 700명 가까이 있는데 모두 덩치가 꽤 컸어. 물론 그 아이들은 아기부터 있는 107명의 우리 아이들과는 전혀 다른 문제를 일으킬 거야. 그래도 나는 그곳 원장에게서 몇 가지 아주 근사한 아이디어를 얻어왔어. 나는 우리 아이들을 언니, 형, 남동생, 여동생으로 나눠서 언니가 여동생을, 형이 남동생을 하나씩 맡아 돌보고 도와주고 대신 싸워주도록 짝을 지워 줄 거야. 새디 케이트가 언니가 되어서 어린 여동생 글라디올라의 머리도 단정하게 빗겨 주고 스타킹도 흘러내리지 않게 잘 신겨 주고, 공부도 가르쳐 주고, 잘 다독여 주고, 자기 사탕도 나눠주는 거야. 이건 글라디올라에게도 좋은 일이지만 새디 케이트의 성장에 특히 많은 도움이 될 거야.

그리고 나는 나이 많은 아이들을 대상으로 우리가 대학교 다닐 때 했던 것 같은 자기 통제를 제한된 형태로 실시할 생각이야. 이런 훈련을 통해 아이들은 세상에 어울릴 수 있는 사람으로 성장해서 사회에 나갔을 때 스스로를 통제하는 법을 배우게 될 거야. 16살이 되었다고 아이들을 무작정 사회로 내보내는 것은 너무 잔인한 짓인 것 같아. 지금 사회로 나가야 할 아이가 다섯 명 있는데, 내 손으로 도저히 고아원을 내보낼 수가 없어. 어리석고 무책임했던 나의 어린 시절을 돌아보면서 만약 내가 16살 나이에 직업을 가지고 일을 해야 할 운명이었다면 내게 어떤 일이 일어났을지 끊임없이 생각하게 돼.

워싱턴에 있는 나의 정치인에게 재미있는 편지를 써야 하기에 네 편지는 이만 줄여야겠어. 정치인이 흥미를 느끼게 하려면 어떤 편지를 써야 할까? 나는 그저 아이들 이야기밖에는 할 이야기가 없고 그 사람은 이 세상에 있는 모든 아기가 사라진다고 해도 눈도 깜박 안 할 사람인데. 아, 아니야, 그 이야기를 하면 그 사람도 아기들한테 관심을 가질 거야! 내가 그 사람에 대해 중상모략을 하는 건 아닌지 모르겠네. 어쨌든 이 아기들, 그 중에도 최소한 사내아기들은 나중에 자라서 유권자가 된다는 사실을 일깨워 줘야겠어.

안녕.
샐리.

〰

세상에서 제일 사랑하는 주디에게

즐거운 편지를 기대한다면 이 편지는 읽지 마.

인간의 삶은 겨울 같아. 안개, 눈, 비, 진창길, 추위…… 정말 이런 날씨 싫어! 싫다고! 너는 찬란한 햇빛과 오렌지 꽃이 흐드러진 자메이카에 있으니 내 심정은 절대 모를 거야!

여기는 기침 감기가 유행이야. 3킬로미터 밖에서 기차를 내려도 콜록대는 기침 소리가 들릴 정도야. 어쩌다 감기가 이렇게 심하게 퍼졌는지 모르겠어. 고아원 생활의 한 가지 즐거움이라고 생각할 밖에. 요리사가 떠났어. 그것도 지난밤에 몰래, 그래서 맥래 선생은 '야반도주'라고 하더구나. 가방을 어떻게 들고 나갔는지는 모르겠지만 어쨌든 달아나 버렸어. 아궁이 불도 꺼져 버렸고 난방 파이프도 얼어 버렸어. 배관공들이 와서 부엌 바닥을 모두 뜯어냈어. 말 한 마리가 발목 관절에 염증이 생겼어. 게다가 유쾌하고 재치 있는 퍼시마저 깊고 깊은 절망의 늪에 빠져 버렸어. 우리는 지난 3일 간 퍼시가 자살이라도 할까 봐 얼마나 전전긍긍했는지 몰라. 디트로이트에 있는 매정하고 못된 약혼녀가 약혼반지를 돌려주는 예의도 지키지 않고, 자동차 두 대와 요트를 가진 남자와 결혼을 해 버렸다는 거야. 내 생각에는 이게 퍼시한테 일어난 일 중에 최고로 좋은 일인 것 같지만 그가 그 사실을 깨닫기까지는 오래, 아주 오랜 시간이 걸리지 싶어.

24명의 인디언 전사는 다시 실내로 돌아왔어. 아이들을 실내로 불러들인 게 안타깝긴 하지만 인디언 캠프가 겨울을 날 수 있도록 지어진 것이 아니라 어쩔 수 없었어. 인디언 전사들은 새로 만든 비상계단을 에워싸는 넓은 철제 베란다에서 편하게 지내고 있어. 저비스 씨한테 부탁해서 이 베란다에 유리창을 달아 잠잘 수 있는 베란다로 만들길 잘 했지. 유아실에 새로 만든 일광욕실도 굉장히 근사해. 덕분에 아기들이 햇빛과 신선한 공기를 마음껏 쬐고 호흡할 수 있게 됐어.

인디언 전사들이 문명 세계로 돌아오면서 퍼시의 할 일은 끝이 났어, 그러니 호텔로 돌아가야 하는데 그러기를 원치 않더구나. 퍼시는 고아들과 함께 생활하는 데 익숙해져서 아이들과 헤어지면 보고 싶을 것 같다고 했어. 내 생각에는 파혼 때문에 너무 괴롭고 외로워서 혼자 있고 싶지 않은 것 같아. 퍼시한테는 회사에 가지 않고 잠자지 않는 동안 매달려서 할 일이 필요해. 물론 우리로서는 퍼시가 여기 계속 있는 게 참 좋아. 아이들한테도 정말 잘 해 주고 사내아이들한테는 본보기로 삼을 남자 어른이 필요하니까.

그렇지만 퍼시한테도 여기서 지내는 게 도움이 될까? 너도 지난 여름에 여기 와 봐서 알겠지만, 넓디 넓은 이 궁전은 손님용 객실을 넉넉히 마련할 만한 공간적인 여유가 없어. 그래서 퍼시는 맥래 박사 진료실에 거처를 마련했고, 진료실 약품들은 복도 벽장으로 옮겼어. 이건 퍼시와 맥래 박사가 서로 합의해서 결정한 일이기 때문에 만약에 앞으로 두 사람이 서로 불편해하게 되더라도 내가 뭐라 탓할 수가 없어.

어머나! 방금 달력을 봤는데 벌써 18일이야. 크리스마스가 겨우 일주일밖에 안 남았어. 우리 계획을 일주일 안에 다 끝낼 수 있을까? 아이들은 서로에게 선물을 준비하고 있는데, 벌써 수천 가지도 넘는 비밀이 내 귀로 흘러들어오고 있단다.

간밤에는 눈이 왔어. 사내아이들은 오전 내내 숲에서 상록수를 모아 썰매에 실어 고아원으로 끌고 왔고 여자아이들 20명은 오후에 세탁실에서 창문에 달 장식을 만들고 있어. 이 아이들 때문에 이번 주 세탁을 어떻게 해야 할지 걱정이야. 크리스마스트리를 크리스마스 당일까지 아이들한테 비밀로 할 생각인데, 마차 차고 창문을 몰래 들여다본 아이들이 벌써 50명은 족히 되기 때문에 나머지 50명한테도 지금쯤 소문이 다 퍼졌을 거야.

네가 고집을 부려서 우리가 산타클로스 이야기는 열심히 하고 있는데 아이들이 믿으려 하지 않아. 새디는 "그럼 왜 전에는 산타클로스 할아버지가 한 번도 안 왔는데요?"라며 날카로운 질문을 했어. 하지만 올해는 산타클로스가 올 거야. 예의상 맥래 선생한테 크리스마스 때 산타클로스 역할을 해 주지 않겠냐고 물었어. 물론 묻기 전에 미리 거절할 것이라 예상하고 퍼시한테 산타클로스 역할을 맡아 달라고 부탁을 해 뒀지. 그런데 스코틀랜드인은 정말 예측불가능한 사람들이라니까. 샌디가 전에 없이 정중한 태도로 내 청을 받아들인 거야. 그 바람에 나는 몰래 퍼시한테 가서 산타클로스 역할을 해 주지 않아도 된다고 말해야 했어.

화요일

결과도 생각 안 하고 머릿속에 떠오르는 생각을 앞뒤 따져보지 않고 무턱대고 입 밖으로 뱉어내기부터 먼저 하는 사람들을 보면 우습지 않니? 그런 사람들은 인사치레를 할 예의 같은 것도 없고, 언제든 자기 하고 싶은 이야기부터 먼저 떠들어대는 것 같아.

바로 그런 사람을 오늘 만났어. 어떤 여자가 언니의 아이를 데리고 여기 찾아왔어. 언니는 결핵으로 요양소에 있다면서 다 나을 때까지만 아이를 우리가 맡아 달라는데, 이야기를 들어보니 아무래도 우리가 영원히 아이를 맡아야 할 것 같았어. 그렇지만 어쨌든 필요한 절차를 모두 거치고 그 여자가 아이를 우리한테 넘기기만 하면 되는 거였어. 그런데 열차를 타러 가기 직전에 그 여자가 한 번 둘러보고 싶다고 하기에 아기들이 생활하는 방들과 릴리가 앞으로 쓰게 될 요람도 보여 주고, 토끼 그림이 있는 식당도 보여 주었어. 불쌍한 아이 어머니한테 되도록 기쁜 이야기를 많이 들려 줄 수 있도록 말이야. 구경을 마친 후에 여자가 피곤해하는 것 같아서 나는 내 응접실에 들러 차나 한 잔 마시자고 청했어. 마침 그때 맥래 선생도 배고픈 얼굴로 찾아왔기에 (드문 경우야, 선생이 요즘은 한 달에 두 번 정도 고아원 직원들 모두와 차를 마시는 것으로 만족하고 있거든.) 작게나마 다과회를 열게 되었어.

그런데 이 여자는 분위기를 밝게 만드는 것이 자신의 책임이라고 생각했는지 대화를 이끌어간답시고는 자기 남편이 영화관에서 표를 파는 여자(금발에 화장을 진하게 하고 소처럼 껌을 쩍쩍 씹는 여자라고 설명하더구나.)와 바람이 났다고 말하면서, 남편이 그 여자한테 돈을 다 써버렸고, 술에 취했을 때 말고는 집에 들어오지도 않는다고 했어. 그나마 술에 취해 집에 돌아와서는 물건들을 때려 부쉈는데, 이 여자가 결혼하기 전부터 가지고 있던 어머니 사진이 든 이젤까지 재미삼아 내던져 부쉈다더구나. 결국 이 여자는 사는 게 너무 힘들어 누군가에게 들은 대로 한꺼번에 한 병을 다 마시면 죽는다는 말만 듣고 신장약 한 병을 몽땅 들이켰대. 하지만 죽지는 않고 속만 아팠다더구나. 그러자 남편이 와서 한 번만 더 이런 짓을 하면 목 졸라 죽이겠다고 해서 남편이 아직도 자신을 아끼는구나, 라는 생각이 들었대. 이런 이야기를 이 여자는 차를 저으며 아무렇지도 않게 했어.

나는 뭔가 말을 하고 싶었지만 그럴 만한 사이가 아닌 것 같아 입을 다물었어. 그때 샌디가 신사답게 이 문제에 대해 이야기하기 시작했어. 그는 분별력 있고 유창한 말솜씨로 여자의 기운을 한껏 북돋워서 돌려보냈어. 샌디도 마음만 먹으면 얼마든지 친절해질 수 있는 사람이야. 특히 자신에게 뭔가를 요구하지 않는 사람한테는 더 친절해. 내 생각에 샌디가 이렇게 행동하는 건 직업적인 이유 때문인 것 같아. 의사라는 직업이 환자의 몸뿐만 아니라 마음도 치유해야 하는 일이잖니. 이런 세상을 살려면 누구든 마음도 치유해야 하는 것 같아. 이 여자 때문에 나도 마음의 치유가 필요해졌어. 이 여자가 떠난 후로 나는 만약에 내가 껌이나 씹는 여자와 바람을 피우고 집에 와서는 물건을 때려 부수는 남자와 결혼했다면 어떻게 해야 할까를 생각해 봤어. 이번 겨울에 본 연극들을 바탕으로 생각해 볼 때 그건 특히 상류층에서는 누구한테나 일어날 수 있는 일인 것 같아.

너는 저비스 씨 같은 좋은 사람과 결혼한 것을 다행으로 여겨야 해. 그런 남자를 만나면 확신이 생길 것 같아. 살면 살수록 성격이 제일 중요하다는 생각이 들어. 그런데 성격이 좋고 나쁜 걸 구분하기가 쉽지 않잖니? 남자들이 매끄러운 말솜씨로 여자의 판단력을 흐려놓으니까 말이야! 안녕, 저비스 씨와 엄마 주디, 아기 주디 모두 메리 크리스마스.

샐리 맥브라이드.

추신. 네가 답장을 조금만 더 신속하게 보내 주면 고맙겠구나.

존 그리어 고아원
12월 29일
주디에게

새디 케이트는 이번 주 내내 너한테 보낼 크리스마스 편지를 쓰고 있는데 무슨 내용인지는 나도 모르겠어. 크리스마스는 정말 즐거웠어! 선물이며 놀이, 맛있는 음식들도 좋았지만 건초 수레를 타고 밤소풍을 가고, 스케이트 타고, 사탕을 만든 게 정말 즐거웠어. 이런 굉장한 즐거움을 맛본 우리 아이들이 과연 보통 아이들처럼 평범한 생활을 견뎌낼 수 있을지 걱정이야.

나한테 보내 준 여섯 가지 선물은 정말 고마워. 다 마음에 들어, 특히 네 딸 주디 사진은 너무 예쁘더구나. 이가 나서 웃는 모습이 더 예뻐졌어.

해티 히피를 목사 가정으로 입양 보냈다는 소식 들으면 너도 반가울 거야. 그 가족 모두 좋은 사람들이야. 내가 해티 히피의 교회 컵 도난 사건에 대해 말해도 다들 눈도 깜박 안 했어. 그 사람들은 아이한테 직접 크리스마스 선물도 주었고 아이는 새 아버지 손을 잡고 기쁜 얼굴로 떠났어.

지금은 더 길게 편지를 쓸 수가 없어. 50명이나 되는 아이들이 주디 이모한테 감사 편지를 쓰고 있거든, 그러니까 이번 주 증기선이 도착하면 가엾은 주디 이모는 편지에 파묻히게 될 거야.

펜들턴 부녀에게 안부 전해 줘.
샐리 맥브라이드.

추신. 싱가포르가 토고에 대한 사랑을 포기했어. 그리고 토고의 귀를 문 것에 대해 미안하게 생각하고 있단다.

༺ ༻

존 그리어 고아원
12월 30일

소중한 고든, 요즘 읽는 책이 있는데 얼마나 불쾌한지 몰라요!

지난번에는 불어로 말을 하려고 하는데 생각대로 되지 않는 거예요. 그래서 불어 실력이 완전히 녹슬기 전에 다시 공부를 해야겠다고 결심했어요. 여기 있는 스코틀랜드 의사가 고맙게도 내 과학 교육을 포기해 버려서 마음대로 쓸 수 있는 시간 여유가 생겼어요. 그래서 고른 책이 하필이면 알퐁스 도데의 《뉘마 루메스탕》이었어요. 이 책은 정치인과 약혼한 여성이 읽기에는 너무도 불쾌한 책이에요. 고든, 부디 이 책을 읽어 봐요. 그래서 뉘마 같은 사람이 되지 않도록 부단히 자신을 갈고 닦으세요. 이 책은 걱정스러울 정도로 멋진 (당신처럼) 정치인에 대한 이야기예요. 그를 아는 사람은 누구나 그를 사랑해요. (당신처럼요.) 그리고 설득력 있는 말솜씨로 연설도 정말 멋지게 해요. (역시 당신처럼요.) 그래서 모든 사람들에게 존경 받고, 사람들은 그의 아내에게 이렇게 말해요. "그런 멋진 남자가 남편이니 당신은 정말 행복하겠어요!"

하지만 그 사람은 아내가 있는 집에 돌아가면 멋지고 훌륭한 모습은 온데간데없이 사라져요. 오로지 청중의 박수 소리가 있을 때만 훌륭한 정치인이 되는 사람이었던 거예요. 밖에서는 사람들과 술도 마시고, 포용력 있고 명랑한 사람처럼 말도 잘 하지만 집에 돌아오면 까다롭고 침울하고 퉁명스러워져요. "밖에서는 즐겁고 집에서는 침울한 성격"이 이 책의 고민이에요.

지난 밤 12시까지 이 책을 읽었는데, 솔직히 두려워서 한숨도 못 잤어요. 당신이 불쾌해할 거라는 건 알지만, 고든, 이 책은 흥미롭게도 많은 진실을 담고 있어요. 지난 8월 20일의 불행한 사건을 다시 언급할 생각은 없어요. 그 일에 대해서는 그때 이미 다 말했으니까요. 하지만 당신도 조금은 주의가 필요하다는 걸 알 거예요. 나는 그런 생각조차 하기 싫어요. 나는 결혼할 상대에 대해 전적으로 신뢰하고 확신할 수 있어야 한다고 생각해요. 남편이 집에 돌아오기만 기다리며 전전긍긍하고 사는 건 절대 할 수 없어요.

《뉘마 루베스탕》을 꼭 읽어 보세요. 그러면 여성의 시각에 대해

알게 될 거예요. 어쨌든 내가 인내심이 있거나, 온순하거나, 오래
잘 참고 견디는 편도 아니고 화가 났을 때 잘 대응할 수 있을지도
자신이 없어요. 일을 잘 해결해 나갈 수 있는 용기가 있어야 할
텐데. 난 정말 우리 결혼이 순탄하게 흘러가길 바란단 말이에요!

　이런 편지 쓴 것 미안해요. 당신이 "밖에서는 즐겁고 집에서는
침울한" 사람이라고 생각하는 건 절대 아니에요. 다만 간밤에 잠
을 제대로 못 자서 이런 거예요. 머릿속이 텅 빈 것 같아요.

　다가오는 새해가 우리 두 사람에게 좋은 계획과 행복과 평온을
가져다주기를 빌어요!

늘 당신 곁에 있는

샐리.

∽

1월 1일
주디에게

　너무도 기묘한 일이 일어났어. 정확히 말하자면 그 일이 실제
로 일어났는지 아니면 내가 꿈을 꾼 건지 잘 모르겠어. 처음부터
이야기를 할게. 그런데 다 읽고 나면 이 편지를 태워버리는 게 좋
을 것 같아. 저비스 씨가 보면 안 될 내용이거든.

지난 6월 입양 보낸 토마스 케호에 대해 이야기했던 것 기억하지? 이 아이는 부모 양쪽 모두 알코올 중독자여서 아기 때도 모유 대신 맥주를 먹었을 것 같아. 고아원 기록부에 의하면 9살에 존 그리어 고아원에 들어왔고 두 번이나 술에 취한 적이 있는데, 한 번은 작업부들한테서 훔친 술을 마셨고, 또 한 번은 부엌에 있던 요리용 브랜디를 훔쳐 마셨어. 그러니 우리가 이 아이에 대해 걱정하는 이유를 너도 이해할 거야. 그래도 우리는 이 아이를 입양하는 가정(성실히 일하고 절도 있는 사람들이야)에 그런 사실에 대해 미리 경고했고 일이 잘 풀리기만을 빌었어.

그런데 어제 그 집에서 더 이상 아이를 기를 수 없다는 전보가 왔어. 내가 6시 기차로 돌아오는 그 아이를 기쁘게 맞이하러 갈 수 있었겠니? 그래서 대신 턴펠트 씨가 마중을 나갔어. 그런데 아이가 없다는 거야. 나는 아이가 도착하지 않았다는 사실과 몇 가지 질문을 더해서 급히 야간 전보를 부쳤어.

그리고 간밤에는 새해를 맞이할 준비도 할 겸 이런저런 정리를 하느라 늦게까지 깨 있었어. 자정이 다 되어서야 늦었다는 걸 깨달았어. 몸도 많이 피곤했고. 그래서 잠자리에 들려고 자리에서 일어나다 현관문 두드리는 소리에 화들짝 놀랐어. 창문 밖으로 고개를 내밀고 누군지 물었더니, 세상에, 떨리는 목소리로 "토마스 케호예요."라는 대답이 들리는 거야.

아래층으로 내려가 문을 열었더니 16살밖에 안 된 녀석이 술에 잔뜩 취해 비틀거리며 들어오는 거야. 하느님 감사합니다! 나는 인디언 캠프에서 얼마 떨어지지 않은 곳에 있는 퍼시 위더스푼을 불렀어.

그리고 토마스를 일으켜 퍼시와 함께 아이를 부축해서 객실로 옮겼어. 객실이 구석진 곳에 있어서 천만다행이었지. 그런 다음 맥래 선생한테 전화를 했어. 하루 종일 피곤하게 일했을 게 분명했지만 다른 도리가 없었어. 선생이 오고 나서 우리는 꽤나 피곤한 밤을 보내야 했어. 알고 보니 토마스는 자기 짐 속에 고용주의 물약을 한 병 같이 가져왔어. 이 물약은 알코올과 하마멜리스가 각각 반씩 들어 있는 건데, 토마스가 이 약을 술 대신 마셨던 거야!

이 아이 꼴이 말이 아니라 영영 깨어나지 못할 줄 알았어……. 솔직히 그렇게 되길 바라기도 했어. 만약 내가 의사라면 사회의 이익을 위해 이런 환자는 모른 척 내버려두었을 거야. 그런데 샌디가 이 아이한테 얼마나 정성을 다했는지 몰라! 목숨을 구하고자 하는 본능이 살아나면서 샌디는 자신이 가진 힘을 모두 쏟아부었어.

나는 블랙커피도 만들고 내가 도울 수 있는 건 다 했지만 일이 너무 지저분해서 결국 두 남자한테 아이를 맡기고 내 방으로 돌아왔어. 하지만 도저히 잠자리에 들 수가 없었어. 혹시 또 내가 필요하지 않을까 싶어서 말이야. 새벽 4시가 가까워서야 샌디가 내 서재로 와서 아이는 잠이 들었고 퍼시가 야영 침대를 가지고 올라가 아이 방에서 잘 거라고 전해 줬어.

가엾은 샌디는 핏기 없이 초췌한 얼굴이 금방이라도 쓰러질 것처럼 보였어. 그를 보고 있자니 다른 사람들을 살리기 위해서는 저렇게 애를 쓰면서 왜 자신은 돌보지 않는지, 그리고 즐거움이라고는 찾을 수 없는 그의 가정사와 그가 겪은 불행한 과거가 머릿속을 스쳤어. 그러자 그때까지 샌디에게 품었던 미움과 원망이 눈 녹듯 사라지고 동정심이 솟구쳤어. 그래서 그에게 손을 내밀었어. 그도 내게 손을 내밀더구나. 그때 갑자기…… 뭐라고 해야 하나…… 불꽃 같은 것이 번쩍 했고…… 그 다음 순간 우리가 서로 껴안고 있는 거야. 그는 얼른 내 손을 놓고 나를 커다란 팔걸이의자에 앉혔어.

"이러지 말아요! 샐리, 당신은 내가 감정도 없는 쇳덩이인 줄 아십니까?" 이 말을 남기고 샌디는 서재를 나갔어. 나는 그대로 의자에서 잠이 들었는데 햇빛에 눈이 부셔 깨어 보니 제인이 대경실색한 얼굴로 나를 내려다보고 서 있었어.

오늘 오전 11시에 샌디가 다시 왔는데 눈도 깜박이지 않고 싸늘하게 나를 보면서 토마스는 두 시간마다 뜨거운 우유를 마셔야 하고 매기 피터스의 목에 있는 반점은 주의해서 지켜봐야 한다고 말했어.

우리는 예전과 달라진 게 전혀 없었어, 어젯밤의 그 1분이 꿈이었나 봐!

하지만 만약 완벽한 아내가 정신병원에 있는 샌디와, 화가 잔뜩 난 약혼자가 워싱턴에 있는 내가 서로 사랑에 빠진다면 정말 재미있지 않겠니? 내가 해야 할 가장 현명한 선택은 당장 이 고아원을 그만 두고 집으로 돌아가 약혼한 양가집 규수답게 남은 몇 달 동안 식탁보에 '샐리 맥브라이드'라고 내 이름을 자수로 새기는 일에 전념하는 일일 거야.

다시 한 번 당부하지만 이 편지는 절대 저비스 씨 눈에 띄면 안돼. 갈기갈기 찢어서 카리브 해에 던져 버려.

샐리.

∽

1월 3일
고든에게

당신이 화내는 건 당연해요. 나도 내가 연애편지를 잘 쓰는 사람이 아니라는 건 잘 알아요. 시인 부부인 로버트 브라우닝과 엘리자베스 베렛 브라우닝이 주고받은 연서 모음집만 봐도 내 편지에 애틋함이 많이 부족하다는 건 알 수 있어요. 그렇지만 내가 감성이 풍부한 사람이 아니라는 건 당신도 이미 알고 있는 사실이잖아요. 그것도 아주 오래전부터요. 당신에게 편지할 때 "깨어 있을 때면 항상 당신 생각을 해요." "사랑하는 그대여, 당신이 곁에 있을 때만 내가 살아 있음을 느껴요." 이런 말들을 써야겠죠. 하지만 그런 건 사실이 아니잖아요. 나는 하루 종일 당신 생각만 하지는 않아요. 107명 고아들 생각을 하지. 그리고 당신이 여기 있든 없든 나는 상당히 편하게 잘 살고 있어요. 나는 자연스러운 게 좋아요. 당신도 내가 정말로 느끼는 것보다 더 쓸쓸하고 비참한 척 하기를 바라지는 않을 거예요. 그래도 당신을 사랑하는 건 확실해요. 그건 누구보다 당신이 잘 알 거예요. 그리고 당신이 여기 오지 못할 때는 얼마나 실망이 큰지 몰라요. 당신이 얼마나 멋지고 매력적인 사람인지도 잘 알아요.

하지만 사랑하는 그대여, 나는 감상적인 편지는 도저히 못 쓰겠어요. 당신이 호텔 방 책상 위에 아무렇게나 편지를 두면 객실 담당 여종업원이 그 편지를 볼 거잖아요. 당신이 내가 보낸 편지를 항상 품에 간직하고 다닌다고 말하지는 말아요. 당신이 그럴 사람이 아니라는 건 내가 더 잘 아니까.

지난 번 보낸 편지 때문에 마음이 상했다면 미안해요. 이 고아원에 온 후로 나는 술과 관련된 일에 아주 민감해졌어요. 당신도 내가 본 광경을 봤다면 그렇게 될 거예요. 우리 아이들 중에는 알코올 중독자 부모로 인해 문제점을 안고 태어나 평생 남들만큼의 기회를 누리지 못하고 살게 될 아이들이 여럿 있어요. 이런 곳에서 살다보면 끔찍한 생각을 계속하면서 살 수밖에 없다고요.

찬성하고 싶지는 않지만 당신 말대로 남자를 용서하고 남자의 말을 끝까지 들어주는 게 여자의 도리예요. 그런데 고든, 나는 '용서'라는 말의 의미를 모르겠어요. 그리고 '용서'라는 말에 '잊어버

린다'는 의미까지 포함될 수는 없어요. '잊어버린다'는 것은 생리
학적 과정으로, 인간의 의지대로 되는 일이 아니잖아요. 우리가
가진 기억들이 모두 다 언젠가는 잊히겠지만 그런 기억들도 가끔
은 불현듯 생각이 나기 마련이에요. 만약 '용서'가 어떤 일에 대
해 다시는 말하지 않겠다는 약속이라면 나도 문제없이 할 수 있
어요. 하지만 불쾌한 기억을 마음속에 꼭꼭 숨겨두는 것이 반드
시 현명한 일은 아니에요. 그러다보면 그 기억이 점점 자라 독약
이 될 수도 있어요.

이런 심각한 말을 할 생각이 아니었는데, 어쩜 좋아! 나도 당신
이 좋아하는 명랑하고 걱정이라고는 모르는(그리고 조금은 머리가
모자란) 샐리로 돌아가고 싶어요. 하지만 지난 한 해 동안 엄청난
'현실'을 경험해 버린 바람에 당신이 사랑에 빠졌던 여자와는 다
른 사람으로 변해 버린 것 같아서 걱정이에요. 더 이상은 인생을
즐길 줄만 아는 밝은 젊은이가 아니에요. 이제는 인생에 대해 깊
이 생각하게 되었고, 인생이 늘 행복하기만 한 것은 아니라는 것
도 알게 되었어요.

또다시 한없이 우울한 편지를 쓰고 말았네요. 지난 번 편지처
럼요. 아니 그보다 더 나쁜 편지일 수도 있어요. 그렇지만 우리가
어떤 일을 겪고 있는지 당신도 안다면 이런 나를 이해할 수 있을
거예요! 자세히 밝힐 수는 없지만 떳떳하지 못한 부모에게서 태
어난, 이제 겨우 16살 밖에 안된 사내아이가 알코올과 하마멜리
스로 만든 약물에 중독되어 하마터면 목숨을 잃을 뻔한 사건이

있었어요. 다행히 3일을 간호한 끝에 아이는 목숨을 유지할 수 있을 만큼 건강을 되찾았어요! "멋진 세상 그 속에는 불행도 있는 법이여!"

스코틀랜드 말 써서 미안해요, 나도 모르게 나와 버렸어요. 모든 게 다 미안해요.

샐리.

～

1월 11일
주디에게

내가 보낸 해외 전보 두 통 때문에 네가 심한 충격을 받지 않았기를 바란다. 첫 번째 소식은 자세한 내용을 담아 편지로 보냈어야 하는데 혹시라도 네가 다른 경로를 통해 그 소식을 먼저 듣게 될까 봐 서둘렀어. 끔찍한 일이긴 했지만 사망자도 없고 사고였을 뿐이야. 그래도 비상구가 없는 이런 건물에서 1백 명이 넘는 아이들이 자고 있었으니 더 끔찍한 결과가 벌어질 수도 있었다는 생각에 온몸이 부들부들 떨려. 새로 만든 화재 비상구는 아무 쓸모도 없었어. 바람이 비상구 안으로 불어 들어오기 때문에 불길이 너무 쉽게 번졌던 거야. 우리는 불길을 중앙 계단으로 몰았는데…… 아니, 처음부터 자세하게 모든 이야기를 다시 할게.

잔인한 신의 섭리 덕분에 금요일은 하루 종일 비가 내려서 천장까지 속속들이 흠뻑 젖었어. 밤이 되자 젖은 천장이 얼기 시작했고, 비는 진눈깨비로 변했어. 밤 10시쯤 되어 잠자리에 들려는데 북서쪽에서 사나운 바람이 불어 닥쳐 고아원 건물의 헐거운 부분들이 일제히 덜컹거리며 흔들렸어. 그러다 새벽 2시에 문득 눈을 떠보니 시뻘건 불빛이 일렁거리는 거야. 그래서 침대에서 뛰어내려 창가로 달려갔어. 마차 차고에서 불길이 솟구치면서 요란한 불꽃이 동쪽 건물로 날아가고 있었어. 다시 욕실로 달려가 창밖으로 몸을 내밀어 살폈더니 유아실 지붕 절반에 벌써 불이 옮겨 붙어 타오르는 게 보였어.

세상에, 어떡해! 너무 놀라 1분쯤 심장이 멈췄을 거야. 유아실에서 자고 있을 17명 아기들을 생각하니 숨조차 쉴 수가 없었어. 떨리는 다리를 가까스로 추슬러 코트를 들고 복도로 달려 나갔어.

그리고 벳시와 매튜스 양과 스네이트 양 방문을 두드리는데 위더스푼 씨가 창밖의 불빛에 깨서 코트를 걸치고 계단으로 뛰어내려왔어.

"아이들을 모두 식당으로 데려가요, 아기들부터 먼저요. 제가 화재 신고를 할게요." 나는 숨을 헐떡이며 말했어.

위더스푼 씨가 3층으로 달려 올라가는 사이 나는 전화기 있는 곳으로 달려갔어, 그러다 아! 전화 교환국에 연결이 안 될지 모른다는 생각이 들었어, 교환수도 잠을 자야 할 테니까.

"존 그리어 고아원에 화재예요! 화재경보기를 울리고 마을 사람들한테 알려 주세요. 505번에 연결해 주세요." 나는 교환수에게 말했어.

1초도 안 되어 맥래 선생이 전화를 받았어. 솔직히 냉정하고 너무도 차분한 그의 목소리는 반갑지 않았어.

"불이 났어요! 얼른 오세요, 데려올 수 있는 남자는 다 데려오시고요!" 나는 울부짖듯 소리쳤어.

"15분 안에 가겠습니다. 욕조에 전부 물을 채우고 그 안에 담요를 담그세요." 이 말만 하고 맥래 선생은 전화를 끊었어.

다시 복도로 달려 나가 보니 벳시가 고아원 화재경보기를 울리고 있고 퍼시는 벌써 B침실과 C침실에 있던 인디언 전사들을 대피시키고 있었어.

우리는 불을 진압할 생각보다 아이들을 안전한 곳으로 대피시켜야겠다는 생각이 먼저 들었어. G침실부터 시작해서 요람을 하나씩 차례로 다니며 아기를 안아 담요로 싸서 방문 밖으로 데려가 인디언 전사들한테 맡기면 인디언 전사들이 아기들을 안고 아래층으로 내려갔어. G침실과 F침실은 벌써 연기가 가득 찬데다 아기들이 잠에 푹 빠져 있어서 아기들 스스로 걸어서 대피하도록 내버려둘 수가 없었어.

그 뒤로 한 시간 동안 나는 종일 비를 내려 준 신의 섭리에 몇 번이나 감사드렸는지 몰라. 그리고 떠들썩한 소방 훈련으로 일주일에 한 번씩 우리를 귀찮게 만들었던 퍼시 위더스푼한테도. 제일 연장자부터 아래로 24명의 사내아이들은 퍼시의 지휘에 따라 단 1초도 우왕좌왕하지 않고 움직였어. 이들은 빠르게 4개 부족으로 나뉘어 꼬마 병사처럼 자신들이 맡은 일로 뛰어들었어.

인디언 부족 둘은 침실에서 아이들을 데려 나오고 겁먹은 아이들이 질서를 지키도록 살피는 일을 도왔어. 다른 한 부족은 소방관들이 올 때까지 탱크에서 소방 호스를 꺼냈고, 나머지 한 부족은 물건들을 꺼내는 일을 했어. 이 아이들은 바닥에 침대보를 깔고 사물함과 책상 서랍들에 든 물건을 담아 아래층으로 날랐어. 덕분에 아이들이 전날 입고 있던 옷을 제외한 여분의 옷들도 모두 무사히 꺼낼 수 있었고, 직원들 물건도 거의 다 무사했어. 하지만 G침실과 F침실에 있던 것들은 옷이든, 침대보든 남김없이 다 타버렸어. 방 안에 연기가 너무 심해서 마지막 아이를 데리고 나온 다음 다시 들어갈 수가 없었어.

마지막 침실에서 빠져나온 아이들이 화재 현장에서 가장 멀리 떨어진 주방으로 줄을 맞춰 가고 있을 때 맥래 선생이 르웰린과 이웃 남자 둘을 데리고 도착했어. 가엾은 아이들은 맨발에 담요만 두르고 있었어. 우리는 아이들을 깨우면서 옷을 가지고 나오라고 일렀지만 아이들은 겁이 나서 옷을 챙길 정신도 없이 침실을 빠져나왔거든.

그때쯤에는 이미 복도마다 연기가 가득해서 숨도 제대로 쉬기 힘들 정도였어. 내가 묵는 서쪽 건물 쪽에서 바람이 불어오기는 했지만 그대로 고아원 건물 전체가 불에 타 무너질 것처럼 보였어.

놀톱 목장에서도 일꾼들을 가득 태운 차가 거의 즉시 도착해서 불과 싸웠어. 정식 소방서에서는 그 뒤로도 10분이 지나서도 오질 않았어. 너도 알겠지만 소방서에는 말밖에 없고, 우리 고아원에서 5킬로미터나 떨어진 곳에 있는데다 도로 사정이 나쁘니 어쩔 수 없었겠지. 진눈깨비가 흩뿌려 춥고 무서운데다 몸을 가누기도 힘들 정도로 바람까지 세찬 밤이었어. 그래서 지붕으로 올라간 남자들은 미끄러지지 않으려고 애를 쓰면서 불을 끄느라 더 힘들었을 거야. 그들은 젖은 담요로 불꽃을 두드려 끄고, 물을 뿌리고, 정말 정신없이 움직였어.

그 사이 맥래 선생은 아이들을 살폈어. 우리는 아이들을 안전한 곳으로 대피시켜야 한다는 생각밖에 없었는데, 만약 건물 전체에 불이 붙으면 잠옷에 담요만 두른 아이들을 차가운 겨울바람이 몰아치는 밖으로 내보낼 수밖에 없었어. 그런데 마침 그 무렵에 사람들을 싣고 차들이 여러 대 더 도착해서 아이들을 그 차에 태웠어.

신의 뜻이었는지 놀톱 목장은 놀톱 씨의 67번째 생일 파티를 치르기 위해 개방해 놓은 참이었어. 놀톱 씨는 불이 나자마자 제일 먼저 달려왔고, 우리를 위해 기꺼이 목장을 내주었어. 고아원에서 가기에는 그곳이 제일 가까운 피난처라 우리는 즉시 그의 제의를 받아들였어. 먼저 제일 어린 아기들 20명을 차에 태워 목장 저택으로 달려갔어. 화재 현장으로 오려고 서둘러 채비를 하던 목장 손님들은 아기들을 받아 자신들의 침대에 눕혔어. 그 바람에 저택 침실들이 거의 다 찼는데 레이머 씨(놀톱 씨의 성이야.)가 얼마 전 새로 지은 차고가 연결된 대형 헛간이 제법 따뜻하고 아늑해서 그곳도 우리가 사용하기로 했어.

고마운 목장 손님들은 아기들을 저택 안으로 무사히 옮긴 다음 좀 더 큰 아이들이 묵을 수 있도록 헛간을 정리하기 시작했어. 바닥에 건초를 깔고 그 위에 다시 담요와 마차 몰 때 입는 코트를 덮은 다음 아이들 30명을 어린 송아지처럼 줄 지어 눕혔어. 매튜스 양과 유모 한 사람이 같이 와서 아이들한테 따뜻한 우유를 먹였고 30분도 안 되어 아이들은 요람에 누운 듯 편안하게 잠이 들었어.

하지만 그 사이 고아원에 있던 우리는 식겁할 일을 경험했어. 맥래 선생이 도착하자마자 대뜸 이렇게 묻는 거야.

"아이들 수는 세어 봤습니까? 아이들이 전부 다 여기 있는 게 확실해요?"

"떠나기 전에 침실들이 전부 다 빈 걸 확인했어요."라고 나는 대답했어.

너도 짐작이 가겠지만 그런 혼란한 상황에서 아이들 수를 센다는 건 불가능한 일이야. 스무 명 정도 되는 사내아이들이 그때까지 퍼시 위더스푼의 지휘 하에 옷가지와 가구들을 꺼내느라 고아원에 남아 있고, 나이 많은 여자아이들은 쌓아 놓은 신발들을 뒤져 맨발로 뛰어다니며 우는 어린아이들한테 신기는 중이었거든.

그런데 7대의 차에 아이들을 실어 나르고 돌아왔더니 느닷없이 맥래 선생이 소리를 질렀어.

"알레그라 어딨어요?"

순간 너무 놀라 다들 아무 말도 못했어. 알레그라를 본 사람이 없는 거야. 그때 스네이트 양이 비명을 지르면서 벌떡 일어났어. 벳시가 그녀의 어깨를 붙잡아 흔들어 겨우 정신을 차리게 만들었어.

들어보니 스네이트 양은 알레그라가 기침을 하면서 침대에서 내려오기에 추울까 봐 아이의 요람을 환기가 잘 되는 유아실에서 창고로 옮기고는 그 사실을 잊어버렸다는 거야.

세상에, 너도 창고가 어디 있는지 알 거야! 우리는 하얗게 질린 얼굴로 서로를 바라보기만 했어. 그때는 벌써 동쪽 건물 전체에 불이 붙었고 3층 계단도 불길에 휩싸였어. 알레그라가 살아 있을 가능성은 희박했어. 맨 먼저 맥래 선생이 움직였어. 그는 복도 바닥에 쌓여 있던 젖은 담요 하나를 낚아채더니 계단으로 뛰어올라갔어. 우리는 돌아오라고 소리소리 질렀지. 그건 자살 행위나 다름없었어. 하지만 그는 들은 척도 안 하고 연기 속으로 사라졌어. 나는 밖으로 달려 나가 지붕에 있던 소방관들에게 소리를 질렀어. 창고 창문은 남자 몸으로 들어가기에는 너무 작았고 외풍이 들어가 불길을 키울까 봐 그대로 닫아 놓은 상태였어.

그 뒤로 10분 간 무슨 일이 있었는지는 말로 표현할 수가 없었어. 맥래 선생이 올라간 후 5초도 되지 않아 3층 계단이 요란한 소리를 내며 무너졌어. 우리 모두 그를 포기했는데, 갑자기 잔디밭에 있던 사람들이 소리를 질렀어. 잠깐이지만 맥래 선생이 다락 창문으로 얼굴을 보이면서 소방관들한테 사다리를 올려 달라고 한 거야. 그러더니 그는 다시 사라졌고 소방관들도 사다리를 그 창문으로 옮기지 못할 것 같았어. 하지만 소방관들은 사다리를 창문 가로 옮겼고 소방관 두 사람이 올라갔어. 창문을 열자 건물 안으로 바람이 밀려들어가 불길이 거세졌고 엄청난 연기가 솟구쳤어. 이대로 끝이구나, 싶은 생각이 드는데 맥래 선생이 하얀 꾸러미를 안고 다시 창문으로 나타났어. 그런데 그가 꾸러미를 소방관한테 넘기더니 뒤로 비틀거리다 다시 사라진 거야!

그 다음 몇 분 간은 무슨 일이 벌어졌는지 모르겠어. 내가 고개를 돌려 눈을 감아버렸거든. 아무튼 소방관들이 그를 창문 밖으로 끌어내 계단을 반쯤 내려오다 그만 그를 놓쳐 버렸어. 맥래 선생이 연기를 마셔 의식을 잃은 데다 사다리도 얼음 때문에 미끄럽고 바람에 이리저리 흔들렸거든. 어쨌든, 내가 다시 돌아보았을 때 그 사람은 잡동사니들이 쌓여 있는 위에 쓰러져 있고 여기저기서 사람들이 달려왔어. 인공호흡을 하라고 소리치는 사람도 있었어. 모두들 처음에는 그 사람이 죽은 줄만 알았어. 하지만 마을의 멧캘프 박사가 그 사람을 진찰하더니 다리가 부러지고 갈비뼈도 두 개나 부러졌지만 그것 말고는 괜찮다고 말했어. 사람들은 의식이 돌아오지 않은 그를 창밖으로 내던진 유아용 매트리스

두 장에 눕혀 사다리를 신고 온 마차에 실어 집으로 옮겼어.

그 뒤에 남은 우리는 아무 일도 없었던 것처럼 하던 일을 계속
했어. 이런 재난이 벌어지면 여기저기서 할 일이 너무 많아 생각
할 시간이 없어. 그래서 일이 다 지나갈 때까지는 우선순위를 따
질 수가 없어. 맥래 선생도 자기 목숨을 위험에 빠뜨리면서까지
알레그라를 구하러 가는 데 한 순간의 망설임도 없었어. 그것은
내가 본 중에 가장 용감한 행동이었어. 끔찍했던 지난 밤 전체를
생각해 보면 겨우 15분에 불과한 일이었지만. 정말 생각지도 못
한 일이었어.

맥래 선생이 알레그라를 구했어. 담요에 싸여 있던 아이는 머
리만 헝클어졌다 뿐이지, 까꿍 놀이라도 하는 듯 신이 난 얼굴이
었어. 글쎄 생글생글 미소까지 짓고 있더라니까! 알레그라가 살
아난 건 거의 기적에 가까운 일이었어. 아이가 누워 있던 벽에서
채 1미터도 떨어지지 않은 곳에서 불이 시작되었는데 바람의 방
향 덕분에 불길이 다른 쪽으로 이동했던 거야. 스네이트 양이 환
기가 더 필요하다는 생각에 창문을 그대로 열어 두었다면 불이
알레그라를 삼켰을 거야. 하지만 다행히도 스네이트 양은 환기의
중요성을 믿지 않았고 그 덕분에 일이 이렇게 되었어. 만약 알레
그라가 죽었다면 나는 브레틀랜드 씨 부부한테 아이를 보내지 않
은 것을 두고두고 후회하며 나를 용서하지 않았을 거야. 물론 샌
디도 스스로를 용서하지 못했을 거고.

엄청난 재난을 겪었지만 나는 현실이 될 수도 있었던 끔찍한

비극 두 가지가 일어나지 않았다는 사실에 그저 기쁠 따름이야. 맥래 선생이 불길이 치솟는 3층에 갇혀 있던 7분 동안 나는 두 사람이 모두 죽었다는 생각이 가슴이 찢어지는 줄만 알았어. 지금도 그 생각을 하면 가슴이 두근거려서 잠이 오질 않아.

그렇지만 용기를 내어 그 뒤의 이야기를 계속할게. 소방관들과 자원봉사자들, 특히 놀톱 목장의 운전기사와 마부들은 정말 최선을 다해서 밤새 화재 진화 작업을 했어. 새로 온 흑인 요리사는 밖으로 나와 세탁실 불을 지펴서 커피를 잔뜩 끓였어. 누가 시키지도 않았는데 스스로 생각해내서 한 일이었어. 직접 진화 작업을 하지 않는 사람들이 잠시 쉬는 소방관들에게 커피를 전달했고, 그것이 큰 힘이 되었어.

남은 아이들은 여러 곳의 병원에 분산해서 수용했고, 제일 나이 많은 사내아이들은 남아서 밤새 진화 작업을 도왔어. 마을 전체가 힘을 모아 돕는 모습은 아이들한테 큰 교훈이 되었어. 존 그리어 고아원이 존재한다는 사실조차 몰랐던 것 같은 사람들이 한밤중에 달려와 주었고 우리를 위해 기꺼이 자신들의 집을 빌려 주었어. 그들은 우리 아이들을 데리고 가서 뜨거운 물에 목욕을 시키고 따뜻한 수프를 먹이고 따뜻한 침대에서 재워 주었어. 그리고 지금까지 파악한 바로는 맨발로 축축한 바닥을 밟고 탈출한 우리 아이들 중 누구 하나 감기도 걸리지 않고 무사해.

아침이 완전히 밝아오고서야 불길이 거의 잡혔어. 내 숙소가 있는 건물은 탄내가 조금 나는 것만 제외하면 거의 손상이 없어.

중앙 복도도 중앙 계단까지는 거의 문제가 없어. 하지만 그 나머지는 까맣게 타고 축축이 젖었어. 동쪽 건물은 시커멓게 타고 지붕도 없이 외관만 남았어. 주디, 네가 그토록 싫어하던 F실도 영원히 사라졌어. F실이 이 지구상에서 영원히 사라진 것처럼 네 기억 속에서도 영원히 사라지기를 바란다. 물질적으로도 그리고 정신적으로도 과거의 존 그리어 고아원은 영원히 사라졌어.

우스운 이야기 하나 할게. 지난밤에 우스운 일이 얼마나 많이 벌어졌는지 몰라. 다들 실내복 차림이었고, 특히 남자들은 대부분 파자마에 외투 하나만 걸쳤고 칼라 달린 차림을 한 사람은 하나도 없었는데, 유독 사이러스 위코프 변호사만 마치 애프터눈티 모임에라도 가는 것 같은 차림으로 늦게서야 나타났어. 글쎄, 진주 달린 스카프 핀에 하얀 각반까지 하고 왔지 뭐니! 그렇지만 위코프 변호사도 정말 큰 도움이 되었어. 집 전체를 우리를 위해 내어 주었고, 나는 흥분해서 어쩔 줄 모르는 스네이트 양을 위코프 변호사한테 맡겼지. 그래서 흥분한 스네이트 양을 돌보느라 정신이 없어서 그날 밤 내내 위코프 변호사는 우리한테 참견할 여유가 없었어.

지금은 더 이상 자세히 못 쓰겠어. 지금까지 이렇게 정신없이 지낸 적은 처음이야. 그렇지만 네가 여행을 중단할 필요는 전혀 없다는 점을 분명히 하고 싶구나. 토요일 아침 일찍 후원자 다섯 분이 오셨고, 우리 모두 정리정돈 비슷한 것이라도 하기 위해 미친 듯이 일하고 있어. 현재 우리 고아원은 마을 전체에 흩어져 있다고 보면 돼. 그렇지만 크게 걱정하지는 마. 아이들이 어디에 있는지는 다 파악하고 있어. 누구 하나 잃어버리는 일은 없을 거야. 전혀 모르는 사람들이 이렇게까지 친절을 베풀어줄 수 있다고는 생각도 못했어. 인간에 대한 생각에 변화가 올 것 같아.

맥래 선생은 그 뒤로 한 번도 못 봤어. 그의 다리를 치료할 외과 의사를 부르기 위해 뉴욕으로 전보를 보냈대. 다리 골절이 심해서 회복하려면 시간이 오래 걸릴 거라고 하더구나. 그리고 많이 다치긴 했지만 내부 손상은 없는 것 같대. 맥래 선생의 면회가 허락되는 대로 자세한 소식 전할게. 내일 증기선 타려면 이제 정말 편지 끝내야 돼.

안녕. 걱정하지 마. 이 불행 뒤에는 10개도 넘는 행복이 기다리고 있어, 그건 내일 편지에 적어 보낼게.

샐리.

어머나 세상에! J. F. 브레틀랜드 씨가 탄 차가 왔어!

존 그리어 고아원
1월 14일
주디에게

들어 봐! 브레틀랜드 씨가 뉴욕 신문(대도시 신문이라 자세한 내용을 모두 담았을 게 분명해.)에서 우리 고아원 화재 소식을 읽고는 걱정이 되어 급히 달려왔어. 시커멓게 탄 문지방을 넘어서자마자 그가 제일 처음 던진 질문은 바로 이거였어.

"알레그라는 무사합니까?"

"네. 무사해요."

"하느님 감사합니다!"

브레틀랜드 씨는 소리를 지르며 의자에 털썩 주저앉더니 다시 말을 이었어.

"여기는 아이들이 있을 곳이 못 됩니다." 그러고는 딱 잘라 말하더라.

"제가 알레그라를 데려가겠습니다. 아이 오빠들도 같이 말입니다."

브레틀랜드 씨는 내가 미처 말할 틈도 주지 않고 서둘러 말을 이었어.

"제 아내와 이 문제에 대해 상의한 끝에 어차피 유아실을 만들어야 하니 그곳에서 아이 하나를 기르든 아이 셋을 기르든 다를 게 없다는 결론을 내렸습니다."

나는 브레틀랜드 씨를 내 서재로 모셨어. 화재가 난 이후로 알레그라 삼남매가 거기서 지내고 있었거든. 그리고 10분 뒤, 후원자들과 상담하기 위해 서재를 나올 때 브레틀랜드 씨는 새로 딸이 된 알레그라를 무릎에 앉히고 새로 아들이 된 두 사내아이는 각각 한 팔에 기대 세운 채 미국에서 제일 자랑스러운 아버지의 얼굴을 하고 있었어.

그러니까 화재 덕분에 얻은 것도 있어. 이 삼남매한테 새 가정이 생긴 거야. 이 정도면 화재로 인한 손해를 보상하고도 남을 만한 일이야.

그런데 왜 불이 났는지는 이야기 안 한 것 같구나. 일일이 다 쓰려니 팔이 너무 아플 것 같아서 너한테 알리지 않은 일들이 한두 가지가 아니란다. 우리를 다시 찾아온 스테리 씨는 그날 이후로 손님 자격으로 여기 묵고 있었어. '잭스 플레이스'라는 술집에서 취할 정도로 술을 마신 그는 마차 차고로 돌아와 창문을 통해 안으로 들어가서 촛불을 켜고 침대에 누웠다 그대로 잠이 들었어. 아무래도 그 사람이 촛불 끄는 것을 잊어버린 것 같아. 어쨌든, 불이 나자 스테리 씨는 재빨리 빠져나와 목숨을 건졌어. 지금은 온몸에 올리브유를 바른 채로 우리한테 끼친 피해를 뼈저리게 후회하며 마을 병원에 입원해 있어.

다행히도 우리가 받게 될 보험료가 충분해서 금전적인 손실은 크지 않을 것 같아. 게다가 다른 손해는 하나도 없잖아! 실제로 따져보면 손해는 없고 얻은 것만 있어. 물론 가엾은 맥래 선생이 많이 다치긴 했지만 말이야. 모두들 정말 대단했어. 인간에게 그처럼 사랑과 친절함이 가득한 줄 미처 몰랐어. 혹시 내가 후원자들에 대해 나쁜 말 한 적 있니? 있다면 다 취소할게. 화재가 난 그다음날 아침에 후원자 네 분이 뉴욕에서 달려와 주셨고, 이 지역 후원자들도 많은 도움을 주셨어. 심지어 사이러스 변호사도 고아 다섯 명을 자신의 집에서 재우면서 윤리 교육을 시키는 데 정신이 빠져서 우리 일에는 전혀 참견을 안 했어.

불은 토요일 새벽 일찍 발생했고 일요일에 마을의 모든 교회 목사들이 고아원이 정상을 되찾을 때까지 3주일 간 고아들 한 둘을 맡아줄 자원 봉사자들을 구했어.

고아원에 불이 난 후 사람들이 보여 준 반응은 정말 감동적이었어. 아이들은 30분도 안 되어 전부 자원 봉사자들 집으로 갔어. 이 일이 앞으로 어떤 영향을 미치게 될지 생각해 봐. 아이들을 맡아 준 가정들 모두 이제부터 우리 고아원에 관심을 갖게 될 거야. 그것이 우리 아이들의 미래에 어떤 영향을 미칠 것인지도 생각해 봐. 아이들은 정상적인 가정생활이 어떤 것인지 알게 될 것이고, 우리 아이들 중 많은 수가 태어나서 처음으로 보통 가정을 구경하는 기회를 얻게 되었어.

우리가 겨울을 나기 위해 어떤 계획을 세웠는지 좀 더 구체적으로 설명해 줄게. 컨트리클럽에서 캐디들의 클럽하우스를 겨울 동안은 사용하지 않는다면서 우리한테 사용하라고 정중히 제안해 왔어. 이곳은 우리 고아원 뒤편으로 이어져 있어서 우리 아이 14명을 그곳으로 보냈고 매튜스 양이 책임을 맡기로 했어. 우리 식당과 주방은 손실이 없어서 이 아이들은 고아원으로 와서 식사를 하고 수업을 받은 후 저녁에 800미터 정도 걸어 숙소로 돌아가게 될 거야. 이 클럽하우스를 우리는 '모래 언덕 위의 별장'이라고 불러.

그 다음으로, 맥래 선생 이웃에 살면서 우리 로레타를 잘 돌봐 주시는 친절한 윌슨 부인이 주급 4달러에 다섯 아이를 더 맡아 주기로 했어. 윌슨 부인한테는 집안일에 재능을 보이는 나이 많은 여자아이들을 맡겨서 보통 가정에서처럼 적은 양의 요리를 하는 법을 배우게 할 거야. 윌슨 부인과 그 남편은 둘 다 훌륭한 사람들이고, 검소하고, 성실하고, 꾸밈없고 사랑이 넘치기 때문에 여자아이들의 모범이 될 거라고 생각해. 현모양처를 기르기 위한 교육의 장인 셈이지.

놀톱 목장에 대해서는 이야기했었나? 우리 고아원 동쪽에 있는 목장인데, 화재가 난 날 밤에 이 목장에서 곧장 우리 아이들 47명을 데려가느라 파티를 하기 위해 목장에 왔던 사람들이 졸지에 보모가 되어버렸다는 이야기 말이야. 그 다음날 거기 있던 아이들 중 36명은 다른 곳으로 옮겼지만 아직도 목장에는 11명이 남아 있어. 내가 전에 놀톱 씨를 까다롭고 심술궂은 구두쇠라고 했던가? 그 말 취소할게. 그런 말 한 것에 대해 용서라고 구해야겠어. 놀톱 씨는 양처럼 착한 분이야. 지금처럼 우리에게 도움이 절실한 때에 그 고마우신 분이 어떤 도움을 주셨는지 아니? 자신의 땅에 있던 비어 있는 소작인 집을 우리 아기들을 위해 빌려 주셨을 뿐만 아니라, 훈련받은 영국인 보모를 손수 구해 주셨고 아기들에게 자신의 목장에서 생산되는 고급 우유까지 먹이고 계셔. 놀톱 씨는 그동안 이 우유를 어떻게 처리할지 고민이었다고 했어. 판매를 해도 1.14리터당 4센트씩 손해를 보기 때문에 팔 수도 없었대.

A침실의 나이 많은 여자아이들은 새로 만든 소작인 주택에 묵게 했어. 이틀 전까지만 해도 이곳에서 지내던 턴펠트 부부는 가없게도 마을로 옮겨가게 됐어. 이들 부부가 아이 돌보는 솜씨도 없는데다 나는 방이 하나라도 더 필요했기 때문에 어쩔 수가 없었어. 이 여자아이들 중 서넛은 너무 고집스럽다는 이유로 양부모 가정에서 되돌아온 아이들이기 때문에 특별한 감시가 필요해. 그래서 내가 어떻게 했는지 아니? 헬렌 브룩스한테 전보를 보내서 편집자들을 내던지고 우리 아이들을 돌봐달라고 했어. 너도 헬렌이라면 우리 아이들을 잘 돌봐줄 거라고 생각할 거야. 헬렌은 임시로 내 청을 받아들였어. 하지만 가없은 헬렌 돌이킬 수 없는 일들을 이미 충분히 경험했기 때문에 이제는 무슨 일이든 경험해 보고 싶어 하는 것 같아.

나이 많은 사내아이들한테는 좋은 일이 생겼어. J. B. 브레틀랜드 씨한테서 고마운 선물이 왔거든. 브레틀랜드 씨는 알레그라를 구해 줘서 고맙다는 인사를 하려고 맥래 선생을 찾아갔었대. 두 사람은 우리 고아원에 무엇이 필요한지에 대해 오랫동안 이야기를 나눴고 집으로 돌아간 브레틀랜드 씨는 큰 규모로 인디언 캠프를 지으라면서 내게 3천 달러짜리 수표를 보냈어. 그리고 퍼시와 마을 건축가와 함께 설계도도 만들었으니 아마 2주일 후면 인디언 전사들은 겨울용 캠프로 옮겨갈 수 있을 거야.

1백 7명 아이들이 불에 좀 그을리면 어떠니, 이렇게 마음 따뜻한 사람들과 함께 살고 있는데?

금요일

내가 왜 맥래 선생의 상태에 대해 자세히 설명하지 않는지 궁금할 거야. 하지만 직접적인 정보를 알려 줄 게 없어, 선생이 나를 만나지 않고 있거든. 그런데 나를 제외하고는 벳시, 알레그라, 리버모어 부인, 브레틀랜드 씨, 퍼시 그리고 여러 후원자들까지 모두 만나고 있어. 그들 모두 맥래 선생이 부러진 갈비뼈와 비골 골절이 잘 낫고 있다고 알려 줬어. 비골 골절이라는 건 선생의 부러진 다리뼈를 부르는 전문용어인 것 같아. 맥래 선생은 자기 때문에 사람들이 호들갑을 떠는 것도 싫어할 테고, 영웅처럼 행동하지도 않을 거야. 나는 이 고아원의 원장으로서 고마움을 표시하기 위해 여러 차례 방문했는데, 번번이 문 앞에서 선생이 자고 있으며 깨우지 말라고 했다는 말을 들어야 했어. 처음 두 번은 맥거크 부인 말을 믿었어. 하지만 그 다음부터는…… 맥래 선생이 어떤 사람인지 내가 너무도 잘 알잖니! 그래서 맥거크 부인이 자신을 해고하지 않고 지켜 주는 선생에게 그대로 돌아가서 자신이 한 일을 떠벌이면 그 자리에서 해고를 당할지도 모른다는 생각에 나는 대신 벳시한테 빨리 가 보라고 일렀어.

맥래 선생이 왜 그러는지 도무지 모르겠어. 지난주에는 상냥했는데, 지금은 그의 의견을 구하려면 대신 퍼시를 보내서 의견을 물어야 되는 실정이야. 그 사람이 더 이상 나와 개인적인 친분은 유지하고 싶지 않지만 이 고아원 원장으로 보기는 하는 것 같아. 정말 스코틀랜드 사람은 싫어!

한참 후

이 편지를 자메이카까지 보내려면 우표 값이 꽤 나오겠지만 너한테 모든 소식을 꼭 알리고 싶고 이 고아원이 설립된 1876년 이후로 이렇게 신나고 흥분되는 일은 없었기 때문에 편지를 보내기로 했어. 이번 화재로 인해 우리는 앞으로 오랫동안 정신 바짝 차리고 살 수 있을 만큼 정신이 번쩍 들었어. 모든 고아원이 25년에 한 번씩 불에 몽땅 타서 낡은 물건과 고리타분한 생각들을 모두 없애버려야 한다고 생각해. 지난여름에 저비스 씨의 돈을 쓰지 않은 게 얼마나 다행인지 몰라. 그때 새로 건물을 짓고 보수를 했다면 지금 얼마나 아깝고 가슴이 아프겠니. 하지만 존 그리어 씨가 이 고아원에 투자한 돈은 아깝다는 생각이 안 들어. 듣자하니 그 돈은 아편이 든 약품을 팔아 번 돈이라고 하더구나.

화재에 무너지지 않고 남은 곳은 벌써 널빤지를 두르고 타르 종이를 발랐기 때문에 우리는 꽤 아늑하게 잘 지내고 있어. 직원들 숙소와 아이들 식당, 주방으로 쓸 공간은 충분해. 그러니까 다른 계획에 대해서는 나중에 생각해 보려고 해.

우리가 어떤 일을 겪었는지 이해하겠니? 하느님께서 내 기도를 들으시고는 존 그리어 고아원을 단층 저택으로 만들어 주시기 위해 화재를 일으키신 거야!

적도 북부에서 가장 바쁜 사람
샐리 맥브라이드.

존 그리어 고아원
1월 16일
고든에게

제발 부탁이니 올바로 생각해 주세요. 그리고 일을 더 힘들게 만들지 마세요. 지금 이런 상황에서 고아원을 그만 두라는 건 천부당만부당한 요구예요. 그 어느 때보다 우리 아이들이 나를 절실히 필요로 하는 때에 내가 아이들을 버릴 수는 없잖아요. 게다가 나는 이 저주받은 자선 사업을 놓아버릴 준비가 되지 않았어요. (당신이 즐겨 쓰는 단어가 이제는 내 편지에도 스스럼없이 등장하게 되었네요!)

당신이 걱정할 이유는 하나도 없어요. 나는 억지로 일을 많이 하는 게 아니에요. 즐거워서 하는 거예요. 지금껏 이렇게 바쁘면서도 행복했던 적은 한 번도 없어요. 신문에는 화재가 실제보다 훨씬 더 끔찍했던 것처럼 묘사되었어요. 내가 양팔에 아이 하나씩을 안고 지붕에서 뛰어내리는 그림은 과장된 거예요. 한두 아이가 목이 아프고 가엾은 맥래 선생이 깁스를 하고 있긴 해요. 하지만 우리 모두 살아 있고 영원히 남을 흉터도 하나도 없어요. 하느님 감사합니다!

지금은 더 이상 자세히 쓸 수가 없어요, 바빠서 죽을 지경이거든요. 그리고 제발 부탁이니까 오지 말아요! 나중에, 모든 게 조금이라도 정리가 되고 나면 당신과 나에 대해 함께 이야기를 해야 돼요. 하지만 그 전에 생각할 시간이 필요해요.

샐리.

❧

1월 21일
주디에게

헬렌 브룩스는 아주 훌륭하게 14명의 여자아이들을 돌보고 있어. 내가 부탁한 일이 상당히 힘든 일인데도 불구하고 헬렌은 그일을 즐겁게 하고 있어. 아무래도 헬렌은 우리 고아원의 소중한 인력이 될 것 같아.

펀치 이야기를 한다는 걸 잊어버렸구나. 여름 내내 펀치를 돌봐 주던 두 여성은 캘리포니아 행 기차를 타려다 고아원에 불이 났다는 소식을 듣고는 달려와서…… 아이를 낚아채더니 자신들의 짐과 함께 아이를 데려가 버렸어. 그래서 펀치는 겨울을 패서 디나에서 보내게 되었고 나는 이 두 여성이 펀치를 입양해 가는 상상을 하고 있어. 내가 엄청난 재난을 겪고도 신이 나서 의기양양한 것 같아 이상하니?

한참 후.

실연당한 가엾은 퍼시가 방금 나와 함께 저녁을 먹었어. 내가 자신의 괴로움을 이해해 줄 수 있을 것 같아서 그랬대. 왜 내가 모든 사람의 괴로움을 이해해야 하는 거니? 텅 빈 마음에서 동정심을 짜낸다는 것이 얼마나 힘들고 사람을 지치게 만드는 일인데. 가엾은 퍼시는 지금 당장은 슬프고 괴롭겠지만, 내가 짐작컨대 벳시의 도움으로 곧 슬픔에서 벗어날 것 같아. 지금 그는 벳시와 사랑에 빠지기 직전인데 정작 자신은 그 사실을 아직 모르고 있어. 지금 그는 괴로움을 즐기는 상태인 것 같아. 그는 자신이 지독한 괴로움을 겪는 비극의 주인공이라도 되는 듯 굴어. 그런데 내가 보니까 벳시만 눈에 띠면 신이 나서는 무슨 일이든 도와주겠다고 나서더구나.

고든의 전보가 오늘 도착했는데 내일 여기 오겠대. 나는 그 사람을 만날 게 두려워. 둘 사이에 언쟁이 벌어질 것이 분명하거든. 그 사람은 불이 난 다음날 편지를 보내서 '고아원을 내던지고' 즉시 결혼해 달라고 애원하더니, 급기야 그 문제를 결론지으러 여기로 오겠다는구나. 107명 아이들의 행복과 관련된 일을 대수롭지 않게 내던져 버릴 수는 없다고 그 사람을 설득할 방법이 없어. 그 사람을 여기 오지 못하게 하려고 애썼지만 남자라는 존재가 다 그렇듯이 그 사람은 너무도 고집스러워. 우리 앞에 어떤 일이 기다리고 있는지 전혀 모르겠어! 내년에 어떤 일이 벌어질지 잠깐만 미리 볼 수 있다면 얼마나 좋을까.

맥래 선생은 아직도 깁스를 하고 있고 투덜대기는 하지만 잘 지내고 있다고 들었어. 이제는 매일 조금씩 앉아 있을 수도 있고 조심스럽게 선별한 방문객도 만난다더구나. 손님은 맥거크 부인이 선별하는데 자기 마음에 안 드는 사람은 현관 문 앞에서 쫓아 버린대.

안녕. 좀 더 쓰고 싶지만 너무 졸려서 눈이 문을 닫는구나. (새디 케이트가 만든 표현이야.) 내일 벌어질 107명 아이들의 불행에 맞서기 위해 이만 침대로 가서 자야겠어.

펜들턴 가족의 행복을 기원하며,
샐리 맥브라이드.

❧

1월 22일
주디에게

이 편지는 존 그리어 고아원과는 상관없는 편지야. 오로지 샐리 맥브라이드에 관한 편지야.

대학 4학년 때 헉슬리의 서간문 읽었던 것 기억하니? 그 책에 있던 글 중에 이런 글귀가 아직도 내 기억 속에 남아 있어. "인생에는 비바람이 몰아치거나 배를 난파시키는 케이프 혼(남미 대륙 최남단에 있는 곳 - 옮긴이)이 있기 마련이다." 이 말은 정말 맞는 말이야. 문제는 케이프 혼을 보고도 단번에 알아보지 못한다는 점이야. 안개 때문에 앞이 보이지 않아 케이프 혼에 부딪혀 배가 난파되고 마는 거지.

나는 최근에야 인생의 케이프 혼에 다다랐다는 것을 깨달았어. 나는 진실한 마음으로 희망을 품고 고든과 약혼했어. 그런데 조금씩 그 결과에 대한 의심이 들기 시작했어. 그가 사랑하는 여자는 내가 되고자 하는 여자가 아니야. 그는 지난 해 내내 내가 되지 않으려고 애썼던 여자를 사랑하고 있었어. 그 여자가 정말로 존재하는 여자인지도 나는 모르겠어. 하지만 고든은 그 여자가 존재한다고 믿어. 어쨌든, 그 여자는 더 이상 존재하지 않으니 고든과 내가 가야 할 길은 약혼을 끝내는 것뿐이야.

우리는 더 이상 서로에게 관심이 없어. 우리는 친구도 아니야.

그는 그 사실을 이해 못 해. 그는 모든 게 나한테 달렸대, 그래서 내가 그의 인생에 관심을 갖기만 하면 모든 게 잘 될 거라고 생각해. 물론 나도 그가 나와 함께 있을 때는 그에게 관심을 가져. 그리고 그가 하고 싶어 하는 이야기를 해. 하지만 그 사람은 내 안에 그에게 전혀 어울리지 않는 모습이 있다는 걸, 그것도 아주 많이 있다는 사실을 전혀 몰라. 그와 함께 있을 때면 나는 내 자신을 숨겨. 내가 아닌 다른 사람이 되는 거야. 만약에 우리가 매일 함께 살게 된다면 나는 평생을 내가 아닌 다른 사람으로 살아야 해. 그 사람은 내가 그의 얼굴만 보면서 그가 미소 지으면 따라서 미소 짓고 그가 찡그리면 따라서 찡그리기를 바라고 있어. 그는 내가 그와 마찬가지로 생각이 있는 하나의 인격체라는 사실을 몰라.

나는 교양도 갖췄고, 옷도 잘 입고, 화려해서 정치인의 아내로 손색이 없어. 그래서 그 사람이 나를 좋아하는 거야.

어쨌든, 이 관계를 계속 유지하면 몇 년 지나지 않아 헬렌 브룩스처럼 되겠다는 생각이 갑자기 들었어. 지금으로서는 결혼을 하면 주디, 너보다는 헬렌처럼 될 거라는 생각이 절실하게 들어. 너와 저비스 씨가 보여 주는 행복한 모습은 사회에는 위협이야. 너희 부부가 너무 행복하고 평화로워 보이고 서로 이야기도 잘 통하기 때문에 너희를 보는 사람은 결혼하면 원래 다 저렇게 사는구나 싶어서 아무나 덜컥 붙잡아 결혼에 덤벼드는데, 그렇게 해서 만난 남자는 전부 다 제 짝이 아니기 쉬워.

어쨌든, 고든과 나는 언쟁을 벌였고 결론이 났어. 싸우지 않고 끝내려고 했는데, 그 사람 성격 때문에 우리는 불꽃 튀는 싸움을 벌일 수밖에 없었어. (고백하건데 내 성격도 만만치 않잖니.) 내가 오지 말라는 편지를 보냈는데도 불구하고 고든은 어제 오후에 도착했고, 우리는 놀톱 목장으로 걸어갔어. 거기서 우리는 3시간하고도 30분 동안 바람 부는 황무지를 이리저리 돌아다니며 서로의 마음 가장 깊은 곳 이야기까지 모두 했어. 그러니까 남자와 여자가 서로에 대한 오해 때문에 헤어진다는 말은 나한테는 하지 마!

말다툼은 고든이 그 자리를 떠나 다시는 돌아오지 않는 것으로 끝이 났어. 나는 그 자리에 서서 언덕 끝으로 사라지는 고든을 지켜보면서 드디어 혼자가 되었다는 것을 깨달았어. 그리고 나의 스승 주디야, 그 순간 자유와 기쁨의 안도감이 나를 휘감았어! 너한테는 뭐라고 말해야 할지 모르겠어. 행복한 결혼 생활을 하는 사람은 혼자라는 느낌이 얼마나 아름답고 황홀한지를 이해 못할 테니까 말이야. 나는 갑자기 내 것이 되어버린 세상을 두 팔 벌려 껴안고 싶었어.

그래, 그건 드디어 결론이 지어졌다는 안도감이었어. 불이 나고 과거의 존 그리어 고아원이 사라지는 것을 보면서 새로운 존 그리어 고아원이 지어지면 나는 더 이상 이곳에 필요 없다는 생각이 들었어. 그 순간 말도 못할 만큼 엄청난 질투심이 내 심장을 찢어놓았어. 이대로 포기할 수는 없었어. 그리고 우리 의사 선생을 잃어버렸다고 생각한 그 괴로운 시간 동안 나는 그의 인생이 내게 어떤 의미인지, 그리고 고든의 인생보다 내게 얼마나 더 큰 의미를 갖는지를 깨달았어. 그리고 그때 알았어, 내가 그를 버릴 수 없다는 것을. 우리 두 사람이 함께 만든 계획을 내 손으로 현실로 만들어내야만 한다는 생각이 들었어.

제대로 된 말이 아니라 그냥 단어만 나열하고 있는 것 같다는 생각이 드는구나. 하지만 감정이 너무 벅차서 어쩔 수가 없어. 일관성을 찾기 위해서라도 계속해서 말하고 말하고 또 말하고 싶어. 하지만 어쨌든, 겨울의 석양 아래 홀로 서서 차갑고 상쾌한 공기를 깊이 들이마시니 자유를 찾았다는 기쁨이 온몸을 짜릿하게 만들었어.

그때부터 나는 달리기 시작했어. 언덕을 달려 내려가 목장을 가로질러 철제 경계선을 향해 가면서 노래를 불렀어. 이런, 이건 수치스러운 일인데, 남들이 생각하기에는 찢어진 가슴을 안고 슬픔에 젖어 집으로 돌아가야 할 일인데. 나는 배신당하고 상처받은 마음을 안고 기차역으로 가고 있을 고든에 대해서는 전혀 생각하지 못했어.

고아원으로 들어서는데 저녁 식사를 하기 위해 신나게 떠들며 줄지어 가는 아이들을 만났어. 별안간 그 아이들이 내 아이들이라는 생각이 들었어. 최근 들어 나의 파멸이 가까워오면서 아이들이 점점 낯선 이방인처럼 느껴졌는데 말이야. 나는 제일 가까이 있던 아이 셋을 잡아끌어 힘껏 안았어. 갑자기 힘이 솟구치면서 마음이 풍요로워졌어. 막 감옥에서 풀려나 자유를 얻은 것 같은 기분이 들었어. 그때 내 기분은…… 아, 잠깐만…… 나는 그저 네가 진실을 알았으면 하고 바라는 것뿐이야. 절대 저비스 씨한테는 이 편지 보여 주지 마. 대신 이 편지에 어떤 내용이 들었는지에 대해서 점잖고 차분하게 그리고 슬퍼하는 투로만 전해 줘.

이제 자정이야, 자야겠어. 결혼하고 싶지 않은 상대와 결혼하지 않아도 된다니 너무 신나. 이 아이들이 나를 절실히 필요로 한다는 사실도 고맙고, 헬렌 브룩스의 일을 알게 된 것도 고맙고, 그래, 고아원에 불이 난 것도 고맙고, 내가 세상을 제대로 볼 수 있게 해 준 모든 일이 다 고마워. 우리 가족 중에는 이혼한 사람이 아무도 없기 때문에 내가 만약에 이혼을 한다면 나를 외면하려고 했을 거야.

내가 지독히 이기적이고 못됐다는 건 알아. 가엾은 고든의 상처받은 마음을 헤아려야 한다는 것도 알아. 하지만 지금 내가 슬픈 척 한다면 그건 단지 겉치레에 불과하잖아. 고든은 나처럼 눈에 띄는 머리색에 멋진 안주인 노릇을 할 줄 알고, 사회봉사와 여성의 의무 같은 빌어먹을 현대적인 사고방식과 우리 세대 여성들이 중독된 온갖 어리석은 짓에 관심 없는 다른 여자를 만나게 될 거야. (상처받은 고든이 한 말을 부드럽게 바꿔서 쓴 거야.)

안녕. 너와 함께 해변에 서서 푸르디 푸른 바다를 바라볼 수 있다면 얼마나 좋을까! 스페인 함대에 경례!

안녕히!

샐리.

1월 27일

맥래 선생께

이 편지가 운 좋게 당신이 깨어 있을 때 전달될 수 있을까요? 제가 감사 인사와 재치 있는 병문안을 위해 네 번이나 찾아갔다는 사실은 아마 모르시겠죠? 교구 숙녀들이 깁스를 한 퉁명스러운 영웅에게 보내는 꽃과 젤리와 닭고기 수프 선물을 받느라 맥거크 부인이 다른 일을 못한다는 소식에 감동 받았습니다. 당신은 성자의 후광보다는 홈스펀 모자가 훨씬 더 편하겠지만, 저는 당신이 영웅에 반해서 떠들어대는 여성들과 저를 달리 보신다고 생각했어요. 선생님과 저는 친구였어요(간간히 그랬긴 하지만), 비록 깨끗이 잊어버려야 할 일이 우리 둘 사이에 한두 번 발생하긴 했지만, 어째서 그 일들이 우리의 관계를 완전히 망쳐놓을 수 있는지 도저히 이해할 수가 없어요. 이성적인 사람답게 과거의 안 좋았던 일들을 완전히 잊어버릴 수는 없는 건가요?

화재로 인해 기대하지도 않았던 친절과 사랑을 경험하면서 선생님에게서도 조금이라도 친절과 사랑을 받을 수 있기를 바랐어요. 샌디, 나는 당신을 잘 알아요. 당신은 심술궂고, 퉁명스럽고, 고마워할 줄 모르고 오로지 과학만 생각하는 비인간적인 스코틀랜드인처럼 보이고 싶어 하지만 내 눈은 속일 수 없어요. 나는 새로 훈련받은 심리학적 시각으로 10개월 간 당신을 지켜보았고 비네 테스트도 해 봤어요. 그 결과 당신은 무척이나 친절하고 동정심 많고, 지혜롭고, 관대하고, 마음이 넓은 사람이라는 것을 알게 되었어요. 그러니 제발 다음에 제가 방문할 때는 집에 계셔 주세요. 그래서 시간을 수술해서 지난 5개월을 잘라내 없애 버려요.

우리가 함께 달렸던 그 일요일 오후를 기억하세요? 그리고 그날 얼마나 즐거웠던가도 기억하세요? 지금이 바로 그 다음날이 되는 거예요.

샐리 맥브라이드.

추신. 제가 겸허히 선생님을 다시 찾아가면 선생님도 겸허히 저를 만나 주세요, 왜냐하면 맹세컨대 더 이상은 가지 않을 거니까요! 또한 맹세컨대, 저는 선생님 이불에 눈물을 흘리지도 않을 것이고 손등에 입을 맞추려고 하지도 않을 거예요. 들은 바에 의하면 선생님을 숭배하는 어느 숙녀가 그렇게 했다더군요.

☙

존 그리어 고아원
목요일
적에게

아시겠지만 지금 저는 당신에게 아주 호의적이랍니다. 당신을 '맥래 선생'이라고 부를 때는 당신을 싫어하는 것이지만 당신을 '적'이라고 부를 때는 당신을 좋아한다는 뜻입니다.

새디 케이트가 당신은 편지를 가져다 주었습니다. (뒤늦게 보낸 답장이지요.) 왼손으로 글씨를 써야 하는 사람이 보낸 편지치고는 꽤 훌륭했습니다. 처음에는 펀치가 보낸 편지인 줄 알았지만요.

내일 4시에 찾아갈 테니 깨어 계세요! 당신도 우리가 친구라고 생각한다니 기뻐요. 부주의하게 잃어버렸던 소중한 무언가를 되찾은 기분이에요.

샐리 맥브라이드.

추신. 자바가 불이 난 날 밤에 감기에 걸렸고 치통까지 생겼어요. 그래서 가엾은 어린아이처럼 볼을 감싸 쥐고 앉아 있답니다.

◈

1월 29일
목요일
주디에게

지난주에 너한테 보낸 편지는 무려 10장에 걸쳐서 말도 안 되는 소리만 줄줄이 이어져 있을 거야. 그 편지 없애 버리라는 내 요구는 이행했니? 그 편지가 내가 너에게 보낸 편지들 묶음에 포함되는 건 원치 않아. 지금 내 감정이 수치스럽고, 충격적이고, 창피하기 짝이 없는 것이라는 건 잘 알지만 감정은 자기 마음대로 어찌할 수 있는 게 아니야. 사람들은 약혼을 하면 즐겁고 행복할 거라 생각하는데 그 기쁨은 약혼이라는 굴레에 속박당하지 않은 자유와 기쁨에 비하면 아무것도 아니야! 지난 몇 달 간 나는 말도 못 할 정도로 불안하고 초조했는데 이제 겨우 안정을 되찾았어. 나처럼 결혼 못 하고 독신으로 살게 된 것을 감사하게 생각하는 여자는 이 세상에 없을 거야.

생각해 보니 고아원에 불이 난 것도 신의 섭리였던 것 같아. 새로운 존 그리어 고아원을 만들 수 있도록 하늘에서 기회를 내려주신 거야. 우리는 벌써 단층 주택들을 지을 계획을 구체적으로 세웠어. 나는 회색 치장벽토를 선택했고, 벳시는 벽돌로, 퍼시는 반은 목재로 짓기를 원해. 가엾은 우리 의사 선생은 어떤 집을 원하는지 아직 모르겠어. 그 사람 취향이 황록색에 2단 경사 지붕이 있는 집인 것 같기는 하지만.

조리 연습을 할 수 있는 주방이 10곳이 있다면 우리 아이들 모두 요리는 거뜬히 배울 수 있겠지! 나는 벌써 각 주방을 책임질, 사랑이 넘치는 보모 10명을 구하고 있어. 사실, 그보다는 샌디를 위해 한 명 더 해서 11명을 구하는 게 나을 것 같기도 해. 그 사람은 우리 아이들만큼이나 어머니의 사랑이 절실히 필요한 가엾은 사람이야. 매일 저녁 맥거크 부인이 기다리는 집으로 돌아간다고 생각하면 전혀 신이 나지 않을 거야.

내가 그 여자를 얼마나 싫어하는지 넌 모를 거야! 그 여자는 맥래 선생이 잠을 자고 있으며 깨우지 말라고 했다고 무려 네 번이나 내게 단호하게 말했어. 그래서 나는 여태 맥래 선생 얼굴도 못 봤고 이제 더 이상은 참을 수가 없어. 그렇지만 내일 오후 4시, 전혀 기다려지지 않는 짧은 방문을 하러 갈 때까지는 판단을 유보할 생각이야. 이 약속은 맥래 선생이 직접 한 것인데 만약에 그 여자가 또다시 선생이 잔다고 말하면 나는 그 여자를 슬쩍 밀어서 쓰러진 그 여자를 밟아(맥거크 부인은 굉장히 뚱뚱해서 잘 넘어지게 생겼어.) 한쪽 발로 배를 굳게 디디고 차분히 내가 가야 할 길을 찾아 위층으로 올라갈 거야. 예전에는 운전기사 겸 방을 관리하는 하인 겸 정원사였던 르웰린은 지금은 간호사 역할을 하고 있어. 그 사람이 백색 간호사 모자와 앞치마 두른 모습을 얼른 보고 싶어.

방금 우편물이 도착했는데 브레틀랜드 부인의 편지도 있었어. 아이들을 키우는 게 얼마나 행복한지 모른다고 써 있더구나. 부인은 처음으로 찍은 가족사진도 동봉했는데 온 가족이 2륜 경마차에 타고 있고 클리포드는 자랑스럽게 고삐를 쥐고 있고, 마부석에는 잘 차려 입은 마부도 앉아 있는 사진이야. 이 아이들이 얼마 전까지만 해도 존 그리어 고아원 원생이었다는 걸 누가 믿겠니?

이 아이들의 장래를 생각하면 기쁨에 가슴이 설레지만 이 아이들의 가엾은 아버지를 떠올리면서 아이들을 위해 죽도록 일을 했는데 이제는 아이들이 그런 아버지를 잊어가고 있다는 사실을 생각하면 조금은 마음이 아파. 브레틀랜드 부부는 최선을 다해 아이들이 친아버지를 잊도록 만들 거야. 그들은 아이들이 과거를 떠올리는 것을 싫어하고 아이들을 완전히 친자식으로 만들고 싶어 해. 역시 내 생각에는 자연스러운 방법이 최선인 것 같아. 모든 부부가 자신의 아이를 낳아 직접 기르는 것 말이야.

금요일.

오늘 맥래 선생을 만났어. 온몸에 휘감은 붕대 때문에 무척 불쌍해 보였어. 서로 가지고 있던 오해는 이런저런 방법으로 모두 해소했어. 말하는 데 아무 문제가 없는 두 사람이 자신의 사고 과정을 전달하지 못했다는 게 이해가 되니?

나는 처음에는 그 사람의 정신 상태를 이해할 수 없었고, 그 사람 역시 내 정신 상태를 이해하지 못했어. 이게 다 북쪽 사람들의 못된 과묵함 때문이야! 어쩌면 쉽게 흥분하는 남쪽 사람들의 수다스러움이 최고의 방법인지도 모르겠어.

그런데, 주디, 작년에 이 사람이 정신병원에 찾아가 무려 10일이나 머물 때 내가 바보처럼 법석을 떨었던 것 기억나니? 아, 주디, 그게 얼마나 어리석은 짓이었던지, 난 정말 말도 안 되는 짓을 했어. 그 사람은 아내의 장례식에 참석하기 위해 그곳에 갔던 거야. 부인이 그 정신병원에서 죽었대. 맥거크 부인은 처음부터 그 사실을 알고 있었고, 다른 소식을 전하면서 그 소식도 전해줄 수 있었으련만 입을 꾹 다물고 있었던 거야.

맥래 선생은 고인이 된 부인에 대해 지극한 사랑을 담아 이야기해 주었어. 이 가엾은 남자는 오랜 세월을 극심한 긴장 속에서 살았기 때문에 나는 부인의 죽음이 이 사람에게는 안식이 되리라 생각했어. 선생은 결혼을 할 무렵에 그녀의 불안한 정신 상태에 대해 알게 되었고 결혼을 해서는 안 된다는 것도 알게 되었대. 하지만 의사이기 때문에 얼마든지 극복할 수 있다고 생각했고, 그 시절 그녀는 눈이 부실 정도로 아름다웠다더구나. 그래서 선생은 도시에서의 의사 생활을 포기하고 아내를 위해 시골로 이사했어. 그런데 딸이 태어나자마자 아내는 완전히 정신이 나가 버렸고 맥거크 부인의 말을 빌자면 선생은 '아내를 멀리 치워 버려야' 했던 거야. 그때 태어난 딸이 지금은 6살로, 아주 예쁘고 착하대. 하지만 맥래 선생이 말하는 걸로 봐서 정상이 아닌 것 같아. 그래서 선생은 항상 잘 훈련받은 유모한테 아이를 맡긴다고 했어. 우리의 인내심 강하고 훌륭한 의사한테 이런 끔찍한 비극이 벌어졌다는 걸 생각해 봐, 평소에는 그토록 참을성 없이 화 잘 내는 사람이 이런 모든 일을 인내하며 살았다니 정말 대단하지 않니!

저비스 씨 편지는 감사하게 잘 받았다고 전해 줘. 저비스 씨는 정말 자상한 분이야. 그 분이 응당 받아야 할 상을 받게 되어 정말 기뻐. 네가 섀이디웰로 돌아오면 우리 함께 정말 재미있게 지내자. 그리고 새로운 존 그리어 고아원도 함께 설계하자꾸나! 지난 한 해는 인생을 배우는 시간이었고 이제 제대로 인생을 시작할 준비가 되었다는 생각이 들어. 이 고아원을 세계에서 가장 좋은 고아원으로 바꾸어 놓을 거야. 아침에 침대에서 벌떡 일어나 수많은 할 일을 생각하며 신나게 하루를 시작할 수 있다는 사실이 너무 행복해.

존 그리어 고아원의 모든 사람이 최고의 두 친구에게 인사를 보낼게!

안녕히!
샐리.

༄

존 그리어 고아원
토요일 아침 6시 30분
사랑하는 적에게

"조만간 멋진 일이 일어날 거예요."

오늘 아침 일어나 그 사실을 기억하고 놀라지 않았어요? 난 그랬는데! 나를 너무도 행복하게 했던 그 일을 잠시도 머리에서 잊을 수가 없어요.

아직 사방이 어둠에 묻혀 있지만 저는 잠이 다 깼어요. 그리고 흥분이 가시지 않아서 당신한테 편지를 쓰기로 했어요. 이 편지는 제일 먼저 눈에 띄는 믿을 수 있는 원생을 통해 보낼 테니까 아침 식사 때 당신 오트밀 접시 옆에 놓여 있을 거예요.

그리고 저는 오늘 오후 4시 정각에 이 편지의 뒤를 이어 갈게요. 만약 제가 원생도 동반하지 않은 채 당신 집에서 두 시간을 머문다면 맥거크 부인은 이 수치스러운 사건을 묵인할까요?

샌디, 제가 당신 손에 입을 맞추지도 않고 당신 이불에 눈물을 흘리지도 않겠다고 굳게 약속했지만 불행히도 그 두 가지 약속을 모두 지키지 못했어요. 게다가 그보다 더 심한 짓까지 해 버렸네요! 솔직히 당신 방 문지방을 넘어서 머리는 사방으로 뻗치고 온몸에 붕대를 감은 당신이 베개에 몸을 기대 앉아 있는 모습을 보기 전까지는 제가 얼마나 당신을 아끼는지 미처 몰랐어요. 그 모습은 정말 잊을 수가 없어요! 저는 현재 몸의 1/3에 깁스를 하고 붕대를 감은 당신도 사랑하고 있어요. 그러니 당신이 완전히 몸이 나으면 얼마나 더 당신을 사랑하게 될지 상상이 갈 거예요.

하지만 사랑하고 사랑하는 로빈, 당신은 정말 어리석은 남자예요! 지난 몇 달 간 당신이 전형적인 스코틀랜드인처럼 구는데 당신이 저를 사랑한다는 것을 제가 어찌 상상이나 할 수 있었겠어요? 어떤 남자라도 당신처럼 행동한다면 어떤 여자도 그것을 애정의 표시로 받아들이지 않을 거예요. 내가 조금이라도 진실을 눈치 챌 수 있도록 당신이 배려해 줬더라면 우리는 그처럼 오랫동안 가슴 아프게 지내지는 않았을 거예요.

그렇지만 과거는 돌아보지 않기로 해요. 우리는 앞만 바라보며 감사하며 살아요. 인생에서 가장 행복한 두 가지가 이제 우리 차지가 될 거예요. 부부이자 친구가 되는 것과, 우리가 사랑하는 일 말이에요.

어제는 당신의 집을 나와서 꿈을 꾸듯 멍한 상태로 고아원으로 돌아왔어요. 혼자서 진지하게 생각을 하고 싶었지만 혼자 있는 대신 벳시와 퍼시와 리버모어 부인과 함께 저녁 식사(이미 초대를 해 놓은 상태였거든요.)를 한 다음 아래층으로 내려가 아이들과 이야기를 나눴어요. 금요일 저녁 친교의 시간이었거든요. 아이들한테는 리버모어 부인이 준 빅터 축음기용 새 레코드가 많이 있어서 저는 얌전히 앉아 음악을 들었어요. 그런데 어쩜, 마지막에 들은 음악이 "존 앤더슨, 내 사랑 존"이었어요. (아마 당신도 재미있다고 생각할 거예요.) 이 노래를 듣는 순간 나는 울음이 터져 나왔어요! 그래서 저는 열심히 음악을 듣고 있던 아이 하나를 끌어당겨 힘껏 껴안고는 다른 사람들이 제 눈물을 보지 못하도록 아이의 어깨에 얼굴을 묻었어요.

존 앤더슨, 내 사랑 존,
우리는 함께 언덕에 올라갔죠,
그리고 존, 수많은 행복한 날들을
우리 함께 즐겼죠.
존, 이제 우리 내려가야 해요,

하지만 서로 손을 잡고 함께 갈 거예요,

그리고 산 아래에서 함께 잠들 거예요,

존 앤더슨, 내 사랑 존.

우리가 늙어서 허리가 굽고 걷기도 힘들어졌을 때 당신과 내가 과거를 돌아보며 우리 함께 했던 수많은 행복한 날들을 후회하지 않을 수 있을까요? 미래를 생각하면 즐거워요. 좋아하는 일과, 즐거움과, 매일의 작은 모험이 있고 또 곁에 사랑하는 사람이 함께 있으니 당연한 일 아니에요? 저는 더 이상 미래가 두렵지 않아요. 샌디, 당신과 함께라면 나이 먹는 것도 싫지 않아요. "시간은 내가 그 속에서 낚시질을 하는 흐름이다."

제가 여기 있는 원생들을 사랑하게 된 것은 그들이 나를 절실히 필요로 하기 때문이었고, 그와 같은 이유로 저는 당신을 사랑하게 되었어요. 최소한 많은 이유 중 하나의 이유인 것만은 확실해요. 당신은 너무도 가엾은 사람이고 혼자서는 결코 행복해질 수 없는 사람이기에 당신한테는 곁에서 행복하게 만들어줄 수 있는 누군가가 필요해요.

우리, 고아원 너머 언덕 중턱에 집을 지어요. 이탈리아 풍의 노란색 저택은 어때요? 아니, 분홍색이 더 나으려나? 어쨌든, 초록색은 절대 안 돼요. 그리고 2단 경사지붕도 절대 안 돼요. 그 집에는 벽난로와 아름다운 경치가 내다보이는 창문이 있는 넓고 쾌적한 거실을 만들 거예요, 그리고 맥거크 부인은 절대 들이지 않을 거예요! 가엾은 노인네! 이 소식을 들으면 그 노인네는 분명 화가 나서 당신한테 형편없는 저녁 식사를 만들어 줄 거예요! 그 사람한테는 가급적 오랫동안 이 소식을 말해 주지 말아요. 다른 사람들한테도요. 제가 파혼한지도 얼마 되지 않았는데 이런 소식이 알려지면 험담하는 사람들이 있을지도 모르잖아요. 주디에게는 어젯밤에 편지를 썼는데, 지금까지의 제 자신과는 달리 엄격한 통제력을 발휘해서 살짝 눈치 챌 정도 이상의 이야기는 하지 않았어요. 저도 점점 스코틀랜드 사람처럼 변하고 있나 봐요.

샌디, 당신을 얼마나 아끼는지 미처 몰랐다는 말을 할 때 진실을 정확히 말하지 않은 것 같네요. 진실을 깨달은 것은 존 그리어 고아원에 불이 난 날 밤이었어요. 당신이 불붙은 곳으로 달려 올라가고 난 후 30분 동안, 당신이 살았는지 죽었는지 알 수 없었던 그때 저는 말로 표현할 수 없을 정도로 괴로웠어요. 당신이 그대로 떠나버린다면 평생 당신을 잊지 못할 것 같았어요. 서로의 오해 때문에 가장 좋은 친구를 잃어버린다면……. 저는 당장이라도 지난 다섯 달 간 마음속에 감춰 두었던 생각을 당신한테 털어놓고 싶었어요.

하지만 그 뒤로 당신은 철저히 저를 외면했고, 그런 사실이 제게 얼마나 큰 상처가 되었는지 몰라요. 당신이 다른 누구보다도 저를 보고 싶어 한다는 것을, 당신이 저를 외면하는 것이 스코틀랜드 인의 고집스러운 도덕관념 때문이라는 것을 제가 어찌 짐작이나 할 수 있었겠어요? 샌디, 당신은 정말 솜씨 좋은 배우예요. 하지만 그대여, 앞으로 우리 살아가면서 서로에 대해 아주 조금이라도 오해가 생긴다면 절대 마음속에 감춰 두지 말고 반드시 서로 이야기하기로 해요.

지난밤에는 모두들 일찍 잠자리에 든 후에, 위층으로 올라가 주디한테 보낼 편지를 마무리하고는 전화기가 눈에 띄기에 걸고 싶은 유혹을 참아내야만 했어요. 당장이라도 505번으로 전화를 걸어 당신에게 잘 자라는 인사를 하고 싶었어요. 하지만 감히 그럴 수가 없었어요. 저는 아직도 꽤나 수줍음이 많은 편이랍니다! 그래서 당신과 이야기를 하는 것 다음으로 좋아하는 일을 하기로 했어요. 번즈의 서간문을 꺼내 한 시간 동안 읽은 거죠. 그래서 스코틀랜드의 연가들이 머릿속을 떠다니는 채로 잠이 들었다가 새벽에 눈을 떠 이렇게 당신한테 사랑의 노래를 쓰고 있답니다.

안녕히, 로빈. 당신을 진심으로 사랑합니다.
샐리.

《키다리 아저씨》의 해피엔딩에 이어지는
세상을 바꿔나가는 사랑 이야기

키다리 아저씨의 저자 진 웹스터는 유복한 가정에서 태어났지
만 사회사업에 관심을 두고 고아원이나 빈민가에서 봉사 활동을
하였고 고아들의 삶에 관심이 많았습니다. 그래서인지 '주디처럼
고아원 출신이 아닐까'라는 생각이 들 정도로 고아원 출신의 소
녀의 마음과 꿈, 생각까지 생생하게 잘 그려냈습니다. 고아원 출
신의 소녀가 부유한 후원자를 만나 교육 받고 사랑까지 하게 된
다는 키다리 아저씨의 스토리는 멋진 왕자님을 만나는 신데렐라
나 한때 엄청난 인기를 누렸던 만화 캔디를 떠올리게 하면서 소
녀들의 마음을 설레게 하기에 충분합니다. 하지만 그런 말랑말랑
하고 달콤한 소녀들의 감성을 잘 보여 주면서도 작가는 또다른
시각을 독자들에게 제시합니다. 지금 시대보다 더 힘든 삶을 살
았을 그 시절 빈민층, 고아들에 대해 이야기하면서 혹시라도 그

런 이들이 존재한다는 것을 모를 수도 있는 사람들로 하여금 자신의 주위를 돌아볼 수 있는 계기를 부여하는, 사회 참여적인 작품을 써 낸 것입니다.

키다리 아저씨 1편이 불우한 환경에서 벗어나 사랑을 찾는다는 신데렐라 스토리에 충실한 전개였다면 2편은 대학 교육을 마치고 성인이 되어 사회에 나서는 여성의 시선으로 이야기가 전개됩니다. 2편 역시 1편과 마찬가지로 편지 형식으로 이루어져 있는데, 여기서는 편지를 쓰는 주인공이 주디의 절친인 대학 동창 샐리로 바뀝니다.

키다리 아저씨를 처음 읽을 때부터 주디가 곤란할 때 도와주고 친절하게 대하는 샐리는 독자들의 많은 사랑을 받았습니다. 같은 대학 동창인 줄리아처럼 대단한 부자는 아니지만 가족끼리 서로 아끼고 사랑하고, 마음이 너그러운 가족들과 함께인 모습이 참 좋아 보이지요. 저 또한 고아로 자란 주디에게 샐리의 오빠 지미가 멋진 새 가족이 되어 줄 수 있을 것 같다는 생각이 들어 둘의 사적인 만남을 사사건건 방해하는 키다리 아저씨가 심술궂게 보이기까지 했답니다. (초등학생 때 처음 이 책을 접했던지라 키다리 아저씨의 '충격적인' 결말은 전혀 예상 못 하고 지미 오빠에게 마음이 기울었던 것을 고백합니다.)

키다리 아저씨 1편에서도 잘 묘사되어 있듯이 샐리는 유복한 가정에서 가족들의 사랑을 듬뿍 받고 자란 아가씨지만 동창생인 거만한 부잣집 아가씨 줄리아와 달리 이해심 많고 남을 배려할

줄 아는 여성입니다. 그런 샐리를 잘 알기에 주디는 친구에게 자
신이 태어나고 자란 존 그리어 고아원의 운영을 맡겼습니다. 자
신과 같은 처지의 고아원 아이들이 보다 나은 환경에서 자라도
록 하기 위해 샐리를 선택한 것입니다. 하지만 무턱대고 힘든 사
명만 친구에게 안겨 준 건 아니었습니다. 그곳에는 무뚝뚝하지만
속 깊은 의사 선생님이 기다리고 있었던 것이죠.

　당시 샐리에게는 이미 약혼자가 있었습니다. 하지만 여자는 그
저 남자를 빛내주기 위해 필요한 부속물이라는 당시 사고방식
을 가진 약혼자 고든은 샐리에게 어울리는 남자가 아니었습니다.
샐리는 그 사실을 미처 깨닫지 못했지만 주디와 저비스 씨는 이
미 간파했었던 것 같습니다. 물론 사람의 인연은 다른 누가 마음
대로 만들어 줄 수 있는 것이 아닙니다. 그러니 샐리와 맥래 선생
의 사랑이 주디와 저비스 씨가 준 선물이라고 하는 것은 무리가
있겠지요. 하지만 샐리가 고아원 원장이 되었기에 맥래 선생과의
사랑이 이루어졌으니, 주디와 저비스 씨의 공이 전혀 없다고는
할 수 없을 것 같습니다.

　키다리 아저씨 1편이 주디의 사랑이 이루어지는 것으로 끝난
것처럼 키다리 아저씨 2편도 샐리의 사랑이 이루어지는 것으로
끝이 나지만, 여기에는 달콤한 사랑보다는 전혀 낯선 곳에서 새
로운 삶을 개척해가는 과정이 더 많이 담겨 있습니다. 고아원 아
이들의 삶을 개선하기 위해, 하나부터 열까지 새롭게 알아가면서
동분서주하는 샐리의 하루하루가 위트를 담은 편지의 내용을 통

해 잘 나타나 있습니다.

어린 소녀가 최고 수준의 교육을 받으며 성인으로 성장하는 과정을 담은 키다리 아저씨 1편에 이어 2편은 독자들을 새롭게 일깨워주는 역할을 합니다. 아무리 높은 수준의 교육을 받은 여성도 신분에 맞는 상대와 결혼하는 것이 최고의 그리고 당연한 선택으로 여겨지던 시대 상황에 맞서 주인공이 자신이 원하는 삶을 살며 당당한 여성으로 자신을 둘러싼 환경을 바꿔 나가는 과정을 담고 있는 것입니다.

1편의 주디와 2편의 샐리 모두 조금은 시대를 앞서간, 용감한 여성의 모습이며 이는 글을 쓰고 봉사 활동에 참여했던 작가 진 웹스터의 실제 모습이 반영된 것입니다. 소녀에서 여성으로, 사회를 변화시키려는 꿈을 가진 성인으로 변하는 과정을 두 편의 책으로 잘 표현해낸 진 웹스터는 안타깝게도 딸을 출생하고 곧 사망합니다. 만약 진 웹스터가 오래 살았다면 딸을 키우는 어머니로서의 삶에 대한 책도 쓰지 않았을까, 라고 생각해 봅니다. 그리고 자신의 딸도 씩씩하게 삶을 개척하는 똑똑한 여성으로 길러냈겠지요. 그런 일들을 미처 이루지 못 한 진 웹스터의 이른 죽음이 못내 안타깝지만, 부디 그녀가 남긴 유쾌한 작품들이 많은 사람들의 마음에 남아 앞으로 오랜 세월이 지난 후에도 계속해서 빛나는 명작으로 평가될 수 있기를 진정으로 바라고 있습니다.

서현정

1876년   뉴욕 프레도니아에서 출생했다.

1891년   친척인 마크 트웨인과의 사업적 마찰로 힘들어하던 아
버지가 스스로 목숨을 끊었다.

1896년   배서 대학에 입학했다.

1901년   문학사 학위를 받고 졸업했다.

1903년   동시대 여성들의 대학 생활을 그린 《When Patty Went
to College》(패티, 대학에 가다)가 출간되었다.

1905년 《The Wheat Princess》(보리공주)가 출간되었다.

1907년 《Jerry Junior》(제리 주니어)가 출간되었다.

1908년 《The Four Pools Mystery》(4개의 연못 미스테리)가 출간되었다.

1909년 《Much Ado About Peter》(피터에 관한 소동)이 출간되었다.

1911년 《Just Patty》(말괄량이 패티)가 출간되었다. 매사추세츠주 타이링험(Tyringham, Massachusetts)의 오래된 농가에서 《키다리 아저씨》를 쓰기 시작했다.

1912년 《키다리 아저씨》가 단행본으로 출간된 동시에 베스트셀러가 되었다.

1913년 《키다리 아저씨》를 각색했다.

1914년 《키다리 아저씨》가 연극 무대에 올려졌다. 절친한 친구인 시인 아델레이드 크렙시(Adelaide crapsey)가 결핵으로 사망했다.

1915년 주디의 친구 샐리가 주디의 추천으로 존 그리어 고아원의 원장이 되어 일어난 일을 그린 《키다리 아저씨 그 후 이야기(Dear Enemy)》가 출간되었다. 글렌포드 매킨니(Glenn Ford McKinney)와 결혼했다.

1916년 딸을 출산하고 40세의 나이로 숨을 거두었다.

1919년 《키다리 아저씨》가 무성영화로 제작되어 큰 인기를 끌었다. 이 작품은 그저 인기를 끈 하나의 이야기가 아니라, 고아들의 처우 개선을 하는 데에도 큰 역할을 했다.

옮긴이 서현정

이화여자대학교를 졸업하고 명지대학교 사회교육원 번역작가 양성과정 수료 후 현재 전문번역
가로 활동 중이다. 옮긴 책으로《백 걸음의 여행》《꿈을 파는 빈티지샵》《줄리엣》《서른 살의 키
친》《똑똑하게 사랑하라》《이기적인 여자가 행복한 가정을 만든다》《여자는 차마 말 못하고 남자
는 전혀 모르는 것들》《나는 왜 내 편이 아닌가》《굿바이 작심삼일》《키다리 아저씨 2 _그 후 이
야기》등이 있다.

키다리 아저씨 2 ―그 후 이야기

개정 1쇄 펴낸 날 2020년 12월 1일
개정 2쇄 펴낸 날 2021년 1월 30일

지 은 이   진 웹스터
옮 긴 이   서현정
펴 낸 이   장영재
펴 낸 곳   (주)미르북컴퍼니
자 회 사   더클래식
전   화   02)3141-4421
팩   스   02)3141-4428
등   록   2012년 3월 16일(제313-2012-81호)
주   소   서울시 마포구 성미산로32길 12, 2층 (우 03983)
E-mail   sanhonjinju@naver.com
카   페   cafe.naver.com/mirbookcompany

* (주)미르북컴퍼니는 독자 여러분의 의견에 항상 귀 기울이고 있습니다.
* 파본은 책을 구입하신 서점에서 교환해 드립니다.
* 책값은 뒤표지에 있습니다.

더클래식

세계문학
컬렉션

* 더클래식 세계문학 컬렉션은 계속 출간될 예정입니다.